替天行盜
卷13
鳴鹿島
石章魚 著

這世上看似不相干的事物
只要耐心去找
總能找到兩者之間的聯繫

目錄

CONTENTS

第一章

心頭永遠的痛

比西蒙病情更重的是他內心中的愧疚和負罪感，
西蒙已經完全放棄了治療，如果他想積極治療，
就不會在這種時候還選擇來到這裡尋找自己。
羅獵無法原諒西蒙，因為艾莉絲的死是他心頭永遠的痛。

洋人身後的兩名打手同時撩開了衣襟，在他們的腰間都插著一把開山刀，羅獵在黃浦這麼久，一看就知道這兩人屬於開山幫，開山幫因幫眾攜帶開山刀而得名，說起來劉尚武的菜刀會也是受了他們的啟發，可菜刀會遠遠不能和開山幫相提並論，開山幫的勢力最主要集中在公共租界，就算是在法租界如日中天的白雲飛，也不敢輕易招惹開山幫的人。

羅獵點了點頭，突然左手探出抓住了那洋人手中的文明棍，右手懷錶彈射出去，懷錶準確擊中了洋人的鼻子，將那洋人砸得滿臉開花，頓時放開了文明棍。

兩名打手看到羅獵居然敢動手，抽出開山刀一左一右向羅獵圍攏上來，羅獵手中文明棍左右格擋，將兩人砍來的開山刀擋住，旋即用文明棍狠狠抽打在兩人的頸側，雖然未用全力，也足以讓兩人喪失戰鬥力，撲通一聲癱倒在了地上。

羅獵緩步走向那洋人，那洋人嚇得滿頭大汗，顫聲道：「我……我認得趙虎臣……，他是我的好朋友……」

趙虎臣乃是開山幫幫主，是黃浦公共租界響噹噹的角色。羅獵微笑道：「我們中國人有句老話，好漢不吃眼前虧，現在誰都救不了你。」

那洋人被羅獵嚇破了膽子，趕緊將藏在身上的懷錶遞了過去。

羅獵接過懷錶，來到西蒙的身邊，伸手將他攙起，順便將那根搶來的文明棍遞給了他。

西蒙這段時間一直都住在公共租界的一家破破爛爛的小旅館裡，他本想回去拿行李，羅獵卻擔心夜長夢多，當鋪有開山幫的背景，用不了多久這件事就會傳到開山幫，如果他們集結人馬過來尋仇就麻煩了，羅獵自己雖然突圍不難，可是如果落入包圍圈很難保證西蒙平安無事。

他叫了兩輛黃包車，帶著西蒙迅速離開了公共租界。

回到小教堂，葉青虹幾人都已經回來了，瞎子因為醉酒先去睡了，唐寶兒最終還是沒有比得過張長弓，正躺在葉青虹的懷裡說著醉話。

張長弓見羅獵帶了個外國老頭回來，趕緊迎了上去：「羅獵，去了哪啊？」

羅獵沒時間解釋，先將西蒙安頓下來，這才將今天得罪開山幫的事說了，葉青虹道：「開山幫勢力盤根錯節，雖然他們主要在公共租界活動，可法租界也有他們的勢力，這兩天你要小心了，如果被他們發現你的動向，總是不好。」

羅獵點點頭，看到唐寶兒仍在說著胡話，納悶道：「怎麼喝了這麼多？」

張長弓有些尷尬道：「都怪我。」

葉青虹道：「怪不得你，是她不自量力非要跟你拚酒來著。」

唐寶兒含含糊糊道：「喝……老張……咱們再喝……你酒量不錯……可比起

我還是差那麼一點……」

幾人聽她喝成這個樣子居然還如此要強，一個個都強忍住笑。

葉青虹歎了口氣道：「她這個樣子，要是送回去我可不放心。」

羅獵道：「不如這樣，我把房間讓出來，你們就別走了，萬一她有什麼事情也好照顧。」

葉青虹道：「你住哪裡？」

羅獵笑道：「教堂這麼多長條凳，拼起來就是床，而且……」

葉青虹充滿關切道：「你還是失眠啊？」

羅獵道：「沒那麼嚴重。」

羅獵沒說實話，他失眠的狀況在北平遇到吳傑的時候，曾經一度好轉，可是在顏天心遭遇不測之後，他失眠的症狀越發嚴重了。

夜深了，小教堂新來的客人們大都已經進入了夢鄉，羅獵在關上教堂的大門之前，特地去探望了一下西蒙，西蒙的身體狀況很不好，本來羅獵準備送他前往醫院，可是西蒙執意不肯，他說有些事情想跟羅獵交代，可等到了這裡，卻早早地去睡了。

羅獵沒有打擾西蒙的熟睡，拿著手電筒去關上大門，關門的時候，已經聽到葉青虹輕盈的腳步聲從身後傳來。

羅獵沒有轉身就判斷出了她的身分，輕聲道：「這麼晚了，還沒去睡？」

葉青虹歎了口氣道：「寶兒吐得到處都是，我幫她剛剛清理完，可房間裡到處都是刺鼻的酒味。」

羅獵轉過身來，看到葉青虹的身上沾濕了多處，顯然是唐寶兒的緣故，葉青虹素來愛潔，今天被唐寶兒折騰的夠嗆，感覺自己的身上仍然帶著濃烈的酒精味道，皺了皺眉頭道：「我身上也被她吐了。」

羅獵笑了起來，他帶葉青虹去辦公室拿了件黑袍換上，這黑袍是羅獵的，自從他這次回來，就不再以牧師裝扮出現在人前，所以過去的聖袍都閒置了下來。

葉青虹換好了黑袍出來，看到羅獵一個人靜靜坐在小教堂內，時間已經是夜晚十一點半，其他人都已經睡了。葉青虹來到羅獵的身邊坐下。

羅獵道：「辦公室裡有沙發，你可以去那裡湊合一夜。」

葉青虹道：「我這個人的性格不喜歡湊合，與其那樣還不如陪你坐著。」

羅獵想起他們在津門馬場道唐府的時候，他和葉青虹就在一起坐了一整夜，葉青虹最終還是沒有撐住靠在自己的肩膀上睡著了。

葉青虹也在想同樣的事情，她小聲道：「其實失眠症應該可以治療的。」

羅獵道：「習慣了，反倒沒覺得有什麼不好。別人清醒的時候我清醒，別人睡得人事不知的時候我仍然清醒，我活一輩子等於別人活兩輩子，說起來我還是賺了。」

葉青虹笑了起來，不過心中仍然充滿了擔憂，長時間的失眠勢必會影響到羅獵的身體，而且那種徹夜無法入睡的感覺是極其痛苦的。葉青虹道：「那位西蒙先生，他是你的老朋友？」

羅獵搖搖頭，如果非要用朋友來稱呼西蒙，那麼只能算是很久以前的朋友。

葉青虹道：「過去我也喜歡將任何事都埋在心裡，我總覺得沒必要將自己的事情告訴別人，可後來才發現，我之所以不說是因為沒遇到可以分擔的人。」她的美眸悄悄看了羅獵一眼。

羅獵道：「一旦說出來就不是秘密了。」

葉青虹道：「上次的事情之後，我發現自己沒什麼事情能夠瞞過你，沒有秘密其實也就沒了負擔，活得反倒開心許多。」

羅獵道：「西蒙是我過去神學院的老師，只是他後來背叛了自己的信仰。」

葉青虹道：「他從美利堅遠渡重洋過來找你，一定有很重要的事情。」

羅獵道：「他得了絕症，已經時日無多了。」

葉青虹其實在見到西蒙第一眼就看出他得了重病，只是沒想到西蒙的病情居然如此之重。她並不清楚羅獵和西蒙之間的恩怨糾葛，認為西蒙是羅獵的朋友，就衝著羅獵她也會盡一切努力給予幫助，她馬上就表示自己可以介紹黃浦第一流的醫生給西蒙。

羅獵搖了搖頭，比西蒙病情更重的是他內心中的愧疚和負罪感，西蒙已經完全放棄了治療，如果他想積極治療，就不會在這種時候還選擇來尋找自己。

羅獵無法原諒西蒙，因為艾莉絲的死，這是他心頭永遠的痛。

曾經有人說過，**如果一個人受到的傷害太多就會感覺到麻木，又或者新的痛苦很快會取代舊的痛苦，羅獵也相信過，可後來他發現，有些痛苦只會疊加不會變淡，痛苦一樣有層次。**

葉青虹望著正前方的耶穌像，小聲道：「人都有走到盡頭的那一天。」在經歷了復仇之後，她的內心變得平和了許多，她開始去想冤冤相報何時了的真正意義，可是多半人都跳脫不了仇恨的魔咒，她之所以能夠回歸平和是因為她的殺父仇人一個個授首，可是在她復仇的同時，她也種下了新的仇恨，任天駿無疑就是因為她種下的種子而滋生出的仇恨。

羅獵聽到西蒙劇烈的咳嗽聲，咳嗽了很久非但未見平復，反而越發劇烈，彷佛要將整個肺咳出來，羅獵向葉青虹道：「我去看看。」

葉青虹道：「一起去。」

羅獵沒有拒絕，兩人來到西蒙的門外，咳嗽聲卻突然平復了下去，羅獵敲了敲房門，裡面無人應聲，房門並沒有關，他推門走了進去，卻看到西蒙躺在了地上，胸前滿是鮮血。

羅獵慌忙衝過去將他扶起，準備先將他抱到床上，卻想不到西蒙突然醒來，用盡全力吸了口氣，抓住羅獵的手臂：「艾莉絲……艾莉絲……我錯了……我錯了……」

他的臉上佈滿了青黑色的脈絡，雙目的眼白都已經被染黑。羅獵內心一怔，他不由得想起了此前在蒼白山所遇，西蒙的樣子像極了被黑煞入侵，可是從蒼白山到北美大陸不知相隔了多遠，這兩者之間應當不會有聯繫。

葉青虹提醒羅獵務必要小心，她也看出西蒙的模樣太過詭異。

西蒙道：「艾莉絲……」

羅獵暗自吸了口氣，他起了一個大膽的想法，決定進入西蒙的腦域世界，看看他到底發生了什麼事。自從天廟決戰之後，羅獵還從未運用過自己的精神力。

羅獵的精神力在和雄獅王的那場殊死搏戰之中受到了很大的損傷，不過對於西蒙這種本身意志就稱不上強大的人，應該不會有什麼難度。

羅獵握住西蒙的雙手，盯住了他已經變得全黑的雙目，猶如走入了一片黑暗，看不到一絲光，聽不到任何的聲息。

西蒙的腦域世界沒有正常人的生命力，沒有一絲一毫的美好，羅獵準備放棄在他黑暗腦域中搜索的時候，卻看到了一道光，光分七色，光芒的中心一朵七色花靜悄悄綻放開來。

西蒙曾經給他看過七色花的照片，可是黑白照片無法正確地還原出花朵本來的色彩，而在他的腦域世界則完全不同。羅獵從未見過如此美麗而神秘的顏色，色彩在花瓣之上靜靜流動，擁有著一種無法描摹的吸引力。

突然那朵花在黑暗中燃燒了起來，火焰照亮了黑暗，照亮了七色花賴以生存的土地，七色花紮根的地方是一片片的白骨，隨著七色花化為灰燼，累累白骨開始活動起來，相互拼湊成一具具完整的骨架。

重新站起的骷髏排成整齊的陣列，在陣列的中心，出現了一個黑色的背影，那背影緩緩轉過身來，露出一張慘白的面孔，絕美的輪廓不見一絲一毫的煙火氣，冰藍色的雙眸冷冷審視著身後。

金色的髮辮隨風舞動，一根根的髮辮幻化成為金色的小蛇。

骷髏排列在一起，用它們的身體組合成一艘巨大的白骨之船，那黑衣女子身軀緩緩升騰而起，來到了白骨大船的船首，她的手中撚起一朵七色花，湊在鼻翼前聞了聞。

白骨大船之下滲出黑色的血液，血液瞬間湧滿了西蒙的整個腦域。

黑血構成的海洋，漂浮著一具具白色的骨骸，它們努力掙扎著，卻不停向血水中沉去。

黑衣女子呵呵狂笑著，她的雙手揉碎了那朵七色花，任由花瓣隨風飄零，飄落在血的海面上。

波濤湧動，一條黑色的巨輪分開波濤從海底冒升出來，巨輪之上站著一名身穿滿清官員服飾的人，那人左手提著一顆頭顱，右手握著一柄血淋淋的長劍。

巨輪和白骨大船相向而行，彼此都沒有減速的意思，就在兩艘船即將撞擊在一起的剎那，血色海洋之中突然現出一個巨大的漩渦，這漩渦宛如一張巨口將兩艘船吞噬。

西蒙的腦域隨著漩渦進入飛旋瓦解的狀態，一個個支零破碎的影像在漩渦中掙扎。羅獵慌忙將自己的意念抽離出西蒙的腦域，因為他感覺到一股強大無比的吸引力正牽扯著自己的意念，想要將他拖入深不見底的海洋深處。

「羅獵！」

耳邊傳來葉青虹關切的聲音，羅獵睜開雙目，點了點頭，表示自己沒事，再看西蒙，西蒙的臉色已經變得鐵青，嘴唇呈現出近似於黑色的紫紺。

隔壁休息的張長弓也被這邊的動靜吸引過來，看到眼前一幕，慌忙道：「我去找醫生。」

西蒙抓住羅獵的手臂，幾乎用盡全身的力氣，他的手指深深陷入羅獵的肉中，聲嘶力竭道：「她來了……她來了……她帶走了艾莉絲……」

羅獵大聲道：「她是誰？那女人是誰？」

西蒙的手慢慢鬆開，銀白色的頭顱猛地歪到了一邊，他的手癱在了地上，從他的左手中掉落一樣東西，那是一塊懷錶。

懷錶落在了地上發出叮噹聲響，然後一直滾到了葉青虹的腳下，葉青虹撿起懷錶，懷錶是打開的，在錶蓋的內側鑲嵌著一個美麗少女的肖像，葉青虹猜到這是艾莉絲。

西蒙死了，雖然羅獵對此早就有了心理準備，可當這一刻真正到來的時候，心中卻仍然有些傷感，西蒙的死代表著他和大洋彼岸的那段過去徹底揮手告別，他或許應該給西蒙一個機會，讓他解釋當年的所作所為。

西蒙如同千千萬萬個輸光的賭徒一樣，除了這塊羅獵幫他奪回的懷錶，他的身上空無一物。

張長弓觀察了一下西蒙的遺容，向羅獵道：「需不需要找人檢查一下？」很少看到一個人的死狀如此恐怖，西蒙的臉上充滿了驚恐，讓人不由得猜測他死前看到了極其恐怖的東西。

羅獵點了點頭。

葉青虹道：「唐寶兒有位世伯是法醫，我們可以通過寶兒找他幫忙。」她將那塊懷錶遞給羅獵。

羅獵拿起懷錶，打開之後，目光久久定格在艾莉絲的肖像上，葉青虹悄悄望著他，從羅獵憂傷的目光中她猜到了一些事，葉青虹沒有嫉妒，並不僅僅因為她知道艾莉絲早已經死了，就算艾莉絲仍然活著，她也不會嫉妒，她只是為羅獵感到心痛，他年輕的生命竟然經歷了那麼多的挫折和不幸，她開始理解羅獵因何會失眠，為何始終放不下那支煙。

羅獵又點燃了香煙，合上了懷錶，一個人走向了耶穌像，靜靜站在耶穌像前，默默為西蒙祈禱，**一個人無論他曾經做過什麼事情，死亡已經意味著終結，就算死亡無法洗刷他的罪孽和恥辱，但是生者已經無法再去計較。**

唐寶兒的世伯梁伯倫是位留德醫生，本來是外科醫生，歸國後也已經打響了一定的名氣，可後來被人舉報他涉嫌藏匿滿清遺老而被關進了監獄，事實上，他所藏匿的是他的一位老師。

梁伯倫在監獄中關了半年，他不斷寫信上訴，就在他已經逐漸失去了希望準備在監獄中待一輩子的時候，他兒子找到了在民國政府擔任要職的唐先生，是唐先生為他洗刷了冤情。

不過梁伯倫出獄之後決定棄醫從文，可單靠寫文章又無法維持家庭的龐大開支，後來做了法醫，在他看來和死人打交道要比跟活人打交道安全得多。

梁伯倫擁有著民國知識份子的氣節和義氣，對於唐寶兒的這個要求自然一口應承下來。解剖的結果很快出來了，西蒙並非死於肺癌，而是一種寄生蟲病，梁伯倫在他的肺部、肝部、腦部等多個組織器官內發現了蟲卵。

梁伯倫將這些蟲卵小心地搜集了起來，指給羅獵和葉青虹看：「你們看，這就是我在他體內發現的蟲卵，這些蟲卵吸取了他體內的營養，導致他機體營養不良，隨著侵入器官的不同發生相應的症狀，他不是癌症。」

羅獵望著那被置於燒瓶內的蟲卵，黑色蟲卵就像是一顆顆黑色的米粒。

葉青虹有些擔心道：「會不會傳染？」

梁伯倫搖了搖頭道：「所有蟲卵都是死卵。」

羅獵有些奇怪道：「既然是寄生蟲卵，牠們可以通過吸取宿主的營養而存活，可宿主死亡後不久。」

梁伯倫道：「宿主也就是死者應當對自己的病情非常清楚，他一直都在嘗試和這些蟲卵抗爭，不惜服用一些副作用極大的藥物來殺滅蟲卵，用咱們中國人的話來說就是同歸於盡玉石俱焚，他殺死蟲卵的同時也殺死了自己。」

羅獵道：「梁先生可知道這是什麼蟲卵？」

梁伯倫搖了搖頭道：「不清楚，我準備將其中的部分樣本帶去給我的幾位朋友，他們是寄生蟲和流行病學專家。」他在徵求羅獵的允許，畢竟這具屍體是羅獵送來的。

羅獵雖然很想知道這蟲卵到底是什麼，可是內心深處卻又有一個聲音在提醒他，此事不可聲張，否則會引起不必要的麻煩，他向梁伯倫道：「梁先生，我看這件事還是就此作罷。」

梁伯倫道：「這蟲卵興許是一個新的物種，過去我們從未發現的物種。」

羅獵道：「梁先生，新的物種未必對人類有益。」

梁伯倫皺了皺眉頭。

葉青虹道：「梁先生，謝謝您的幫助，死者的屍體我們會派人處理，至於這些從他體內取下的東西，我希望您能夠保守秘密。」她看出羅獵想要就此終結這件事的調查，有些話還是她更方便說。

梁伯倫看到兩人的態度如此堅決，也只好點了點頭道：「也好，我會尊重你們的意見。」

羅獵和葉青虹兩人離開了梁伯倫的事務所，離開之前，羅獵將裝有蟲卵的容器全部帶走。唐寶兒就在外面等著，雖然唐寶兒和梁伯倫熟識，可是她害怕見到死人，看到兩人出來，急火火地迎上去：「怎麼樣？怎麼樣？」

葉青虹笑了笑，並沒有將具體的情況告訴她，殯儀館的車已經事先叫到了這裡，張長弓和瞎子兩人親自去將西蒙的屍體搬運出來，羅獵又盯住張長弓務必將容器中的蟲卵全部銷毀，雖然梁伯倫說這些蟲卵並不存在孵化的可能，可凡事還是多一些小心為妙。

唐寶兒和葉青虹約好了去逛街，兩人和羅獵道別離去，羅獵叫了輛黃包車，讓車夫拉他去了公共租界。

羅獵去的是西蒙曾經居住的小旅館，按照西蒙生前告訴他的地址，羅獵並沒有花費太多的功夫就找到了那裡，小旅館雖然房費低廉，可是西蒙仍然欠了一筆錢，羅獵為西蒙代付了所欠的房費，讓老闆打開了西蒙的房間。房間沒有窗戶，即便是大白天裡面也是黑漆漆一片，羅獵拉開了電燈，看到了牆角的皮箱，那口破舊的皮箱就是西蒙所有的遺物了。

皮箱沒有上鎖，裡面應該沒有重要的東西，羅獵想起了那塊被西蒙視如生命的懷錶，興許懷錶才是他最重要的東西。

打開皮箱，皮箱裡面有幾件衣服，還有一本陳舊的聖經，聖經破舊的封皮和已經剝落的燙金字足以說明它所經歷的歲月。

羅獵用指尖輕輕撫摸著這本聖經，閉上雙目，感受著封面印刷字體的凸凹，在他遙遠的記憶中，一個紮著麻花辮的金髮女孩向他走來：「嗨！你好，我是艾莉絲！」

「我叫羅獵！」

羅獵的記憶因外面的打雷聲戛然而止，他將聖經重新放回了皮箱，然後將皮箱合上扣好，拎起皮箱走出了門外。

剛才拉他過來的黃包車夫已經不見了，羅獵皺了皺眉頭，自己明明讓那車夫多等一會兒，那車夫剛才也答應了，頭頂烏雲密佈，可能是因為一場暴風驟雨就要來臨吧。

羅獵決定步行到前方的大路上去攔車，小旅館的位置有些偏僻，這附近並無攬活的車夫。

羅獵走了沒多遠就意識到自己被人跟蹤了，這是一條狹窄的小巷，羅獵剛好走到了小巷的中段，他停下腳步，因為他看到前方的出口已經被人堵住，轉過身去，身後也有一群人封住了後路。

羅獵馬上就想到昨天在當鋪門前發生的事情，自己雖然帶走了西蒙，可是開山幫顯然沒有善罷甘休的意思，一定是他們派人埋伏在小旅館的周圍，自己從出現起就已經被盯上了，現在看來黃包車夫的離去並非偶然。

羅獵對黃浦的幫派是有瞭解的，這些幫派中不乏亡命徒的存在，不過他們更大的共性就是死纏爛打，一旦招惹了他們就像被貼上狗皮膏藥，想要甩掉很難。

羅獵粗略地估計了一下，這次參與圍堵自己的開山幫眾不低於五十人，他們全都手持開山刀，有了昨天的那場戰鬥，今天的開山幫必然是有備而來。羅獵盤算著自己硬闖突圍的可能性，他的體力和精力都大不如前，如果正面衝突，就算能夠突圍，也難保自己不會受傷。

羅獵向兩旁看了看，那些人抽出了開山刀，明晃晃的刀鋒閃耀著寒光。

羅獵點了點頭，忽然騰空而起，身體躍起之後，他的右腳在右側的牆壁上用力蹬踏了一下，借著蹬踏之力，身體飛向左側，左腳用同樣的方式踏在左側牆壁上，右手抓住了右側高牆的上沿，稍一用力，身體已經攀爬上去，他沿著一尺寬度的牆頭快速奔跑。

那群開山幫的幫眾本以為封住了羅獵的去路，他已經無處可逃，卻想不到羅獵居然用這種方式爬上了牆頭。這群人慌忙也向牆頭上爬去，有十幾個人率先爬上了牆頭。

羅獵在牆頭上跑了一段，然後騰空跳到了東邊的屋簷上，因為拎著西蒙的這只舊皮箱，他的行動多少還是受到了一些影響。

羅獵在房頂屋簷縱跳騰躍，奔跑了一段距離，轉身望去，只見身後有二三十名開山幫的幫眾握著砍刀仍然在後方窮追不捨。其餘的人則從下方的街巷繞行，分從不同的小路追趕過來。

羅獵身在高處，此時看清今天參與圍堵他的人約有二百左右，看來自己昨天的行為當真觸怒了開山幫。

羅獵連續跳過了幾棟民宅，又從屋簷上溜到了地面，身後一名地痞騎著自行車已經殺到，羅獵揚起皮箱擋住對方砍來的一刀，然後用力一揮，用皮箱撞在對方的身上，將對方連人帶車撞倒在地，不等對方爬起，一腳踹中了對方的面門，搶過對方的自行車，翻身上了自行車。

羅獵騎著自行車高速從小巷駛入了大路，在他的身後，十多輛自行車一個個魚貫而出，爭先恐後地向他展開了追逐。

羅獵將皮箱夾在車後的行李架上，全力蹬踏，自行車在川流不息的大道上來回變向，羅獵一邊按鈴一邊大喊著：「讓讓，讓讓！」

一輛黑色汽車迎面駛來，眼看就要相撞，羅獵一個靈巧的變向從汽車的左側繞了過去，身後緊跟他的那兩輛自行車就沒那麼幸運，先後撞在了車頭上，兩名騎車的地痞慘叫著飛向了空中，然後狼狽不堪地摔倒在地上。

開山幫的幫眾仍然沒有放棄，後來者拚命踩著單車，羅獵剛剛駛過前方的丁字路口，二十多名前來增援的開山幫成員又加入了追逐的陣營。

萬國大酒店的天台上，開山幫幫主趙虎臣正抽著雪茄觀賞著下方一齣貓捉老鼠的好戲，他臉上原本帶著得意的笑容，可很快他的笑容就消失了，派出去近三百人，居然到現在連一個人都抓不住，更讓他惱火的是，他的手下居然還有幾名受傷。

趙虎臣咬住嘴裡的雪茄，露出滿口被香煙熏得焦黑的牙齒，雙目瞪得滾圓，猶如一頭憤怒的老虎。

穿著墨綠色旗袍，披著白色狐裘的陸如蘭扭著水蛇腰來到了他的身邊，從趙虎臣的表情已經看出了他此時的憤怒，伸出手去挽住趙虎臣粗壯的手臂，嬌滴滴道：「虎爺！什麼事兒把您氣成這個樣子？」循著趙虎臣的目光望去，看到下方小廣場的狀況，不由得格格笑了起來。

趙虎臣因她的笑聲怒目而視。

陸如蘭在他手臂上不輕不重地扭了一把道：「我又沒招您惹您，您可別跟我動氣，一個人再快也快不過槍子兒，用得著上這麼麻煩嗎？」

趙虎臣怒道：「你懂個屁，這裡是租界，光天化日之下，難道我讓他們把槍都掏出來？」

陸如蘭道：「不過那人我倒是認識。」她指了指一路狂奔的羅獵。

趙虎臣聽說她知道羅獵的身分，皺起眉頭道：「什麼人？」

陸如蘭道：「法租界一間小教堂的牧師。」

「牧師？」趙虎臣滿臉質詢地望著陸如蘭，這女人該不會把自己當成一個傻子吧？

陸如蘭道：「一年多以前，我記得跟他一起打過牌，當時是和前衛生署長的夫人一起，我當時就覺得他們有些不對頭，還以為他是被人包養的面首呢。」

趙虎臣點了點頭，他可從沒見過那麼厲害的面首。

一輛汽車徑直衝向羅獵，羅獵一個急速轉向，身體幾乎平貼在了地上，將自行車甩了出去，隨手抓起皮箱，自行車因為慣性倒地後仍然衝向那輛汽車，被汽車碾壓變形。

而羅獵就地一個翻滾，從地上站起身來，向前方的大華劇院跑去。

趙虎臣的唇角露出一絲笑意，他知道羅獵的目的，可大華劇院的後台老闆就是他，只要他讓人封住大華劇院的各個出口，這小子就插翅難飛。伸手捏住雪茄從齒間拿開，向陸如蘭道：「想不想看一場好戲？」

陸如蘭歎了口氣，撅起櫻紅色的嘴唇道：「人家最怕見血。」

羅獵丟給檢票人一個大洋，趁著檢票人沒反應過來，就快步進入了劇院，劇院內正上演著一場電影。

羅獵借著黑暗的掩護找了個空位坐下，沒多久就看到有人進來了。因為是公眾場合，又是趙虎臣的產業，所以那些進來的癟三都把刀藏在了懷中，他們也不敢開燈，反正距離散場只剩下十分鐘，他們分別將各個出入口和安全出口全都守住了，只等散場時行動。

羅獵坐下後方才發現身邊是一位年輕軍人，在那名軍人的身邊還坐著一位女郎，兩人應該是情侶關係，原本牽著手，可因為羅獵的到來，他們又將手分開。

羅獵心中有些歉意，自己也是無心驚擾了人家的約會，不過他也沒時間考慮這些，當務之急是想辦法從這裡脫身。

那名年輕軍人看了羅獵，羅獵向他歉然笑了笑，那名軍人表情冷酷地轉過臉去。羅獵遭遇了對方的冷臉難免有些尷尬，不過也能夠理解，畢竟自己打擾了人家談情說愛。

羅獵決定在散場前行動，一旦燈光大亮更不易隱藏，他準備製造一場混亂。

那名年輕的軍人忽然道：「遇到了麻煩？」

羅獵愣了一下，然後點了點頭。

那年輕軍人道：「想要製造混亂，趁機溜出去？」

羅獵開始意識到這軍人的不同尋常，其實換成任何人在自己的狀況下都會產生這樣的想法。

軍人道：「劇院的人很多，如果你製造了混亂，大家會爭先恐後地向外面逃走，你固然有可能通過這種方式離開，可是不排除恐慌情緒下出現踩踏事故的可能，我勸你別冒險。」

羅獵微笑道：「很有道理，那我還是自投羅網的好。」

軍人道：「追你的是什麼人？」

羅獵在這種時候居然還能夠跟他心平氣和的聊天：「開山幫的人。」

軍人不屑地撇了撇嘴道：「一群地痞流氓罷了。」

羅獵心中暗歎，聽這軍人的口音應當是滿洲人，估計也是剛來黃浦，並不清楚開山幫的厲害，不過他的提醒還是很及時的，如果自己製造混亂，很可能會將現場鬧得不可收拾，萬一有人因為自己而受傷，反倒不好了。

羅獵已做好準備，去找開山幫的趙虎臣談談，亮出穆天落的招牌應該有用，現在的白雲飛畢竟是法租界的實權人物，趙虎臣不可能不給他面子。

電影結束了，現場燈光大亮。

羅獵向那軍人笑了笑道：「有機會再見！」

此時已經有開山幫的人發現了羅獵，十多名開山幫的幫眾向他們這邊靠近。

羅獵不準備連累別人，他拎起皮箱向那群人迎了過去。

剛剛來到通道之上，就被開山幫的人從四面八方包圍在了中心。

羅獵正準備開口說話，卻見剛才坐在他身邊的軍人起身走了過來，朗聲道：「他是我朋友，我看誰敢動他！」

別說是這群開山幫的人，就連羅獵自己都糊塗了，他只是湊巧坐在了那名軍人身邊，而且還打擾了他談情說愛，兩人連彼此的姓名都不知道更談不上什麼朋友。看來自己遇到了路見不平拔刀相助的英雄好漢，人家見不得以眾凌寡。

開山幫又有不少人湊了過來，現場觀眾見到開山幫鬧事，自然不敢多做逗留，一個個悄悄走了。

一名開山幫的成員冷笑望著那軍人道：「這位軍爺從外地來的吧？你先搞清楚這是什麼地方，在這裡，你的話連個屁都算不上。」

軍人冷哼一聲，突然掏出了手槍，槍口瞄準了辱罵他那人的額頭。開山幫那群人中不乏攜帶槍支的人，剛才在外面追逐羅獵的時候因為擔心造成不好的影響並未掏槍，現在在他們的地盤自然無所顧忌，更何況這次是軍人先拔槍。

馬上又四人掏出手槍對準了那軍人。

羅獵擔心對方強出頭惹上麻煩，慌忙道：「這位大哥，您的厚意我領了，可這事兒跟您沒關係，我跟他們說清楚。」

軍人道：「這事兒我管定了！」

四人舉著槍將軍人包圍在中心，剛才辱罵那軍人的大漢道：「都提醒你了，想打抱不平先掂量一下自己的份量！」

羅獵留意到剛才陪同那軍人坐在一起的女郎始終沒有離開她的座椅，在她的身後還有二十多名觀眾坐在那裡，剛才還不覺得，可是觀眾大都退場之後，這些人就變得格外顯眼了。

那些人此時站了起來，他們全都攜帶著武器，從他們利索的拔槍動作來看，這些人全都是訓練有素的軍人。

二十多支槍對開山幫的四支槍，顯然占盡了優勢。

不過開山幫的人仍然不斷從外面進入了劇院，開山幫幫主趙虎臣帶著妖嬈嫵媚的陸如蘭姍姍來遲，他揮了揮手，手下人讓開了一條通道，趙虎臣緩步來到羅獵的面前，打量了一下他，沉聲道：「是你打了我的人？搶了我的東西？」

羅獵微笑點了點頭。

趙虎臣向那軍人道：「這裡的事跟你沒有關係，馬上帶著你的人離開這裡，我趙虎臣只當今天什麼事情都沒發生過。」

那軍人道：「我要是不答應呢？」

趙虎臣望著眼前一臉傲氣的年輕人，歎了口氣道：「你還年輕，戰死沙場也比不明不白地死在租界來得光榮。」

第二章

尋找長生不老藥

自從羅獵答應幫白雲飛尋找長生不老藥後，
他們並沒有機會好好談過，眼看一個月過去了，
距離羅獵出發日期只剩下不到一個月，
白雲飛認為有必要跟羅獵交流並落實出發的問題了。

軍人呵呵冷笑了一聲：「趙虎臣是吧！就算于廣龍也不敢對我這麼說話！」他口中的于廣龍是公共租界總巡捕，趙虎臣雖然在這一帶呼風喚雨，也要給于廣龍幾分面子，聞言不由得一怔。

軍人將槍口對準上方，呯地開了一槍，眾人都因這槍聲心頭一緊。

趙虎臣的手下將槍口向軍人湊近了一些，趙虎臣此時已經感到不妙，他大吼道：「都不許開槍，沒有我的命令誰都不許開槍。」

軍人笑道：「不好意思，走火了！」

羅獵卻知道他剛才的一槍絕非走火，而是故意扣動扳機，用槍聲傳遞信號，這軍人應該不是單純過來看電影的，十有八九他是在故意找趙虎臣的晦氣，剛巧又讓自己趕上了，看來自己的運氣真是不錯。

沒過多久，趙虎臣就看到自己的一名手下跌跌撞撞跑了過來，氣喘吁吁道：「虎爺……虎爺，外面來了好多軍人，他們把劇院給包圍了……」

趙虎臣此時方才意識到這軍人根本不是打抱不平，而是有備而來，趙虎臣一介草莽能夠混到今日之地位絕非偶然，他呵呵笑道：「這位兄弟不知何方神聖？」不知不覺中他關注的重點已經變成了這位軍人。

軍人高傲地望著趙虎臣：「你不配知道我的名字。」

趙虎臣氣得臉都紫了，雖然出身於草莽，他卻是極愛面子的人，得勢之後更是削尖腦袋想進入上流社會，終日附庸風雅，如今被軍人毫不客氣地鄙視，更當著自己的情人和一幫兄弟的面，這對他而言簡直是奇恥大辱，如果不是看出對方不好惹，趙虎臣必然要將這廝千刀萬剮，挫骨揚灰。

果不其然，很快公共租界巡捕房來人了，這次是總巡捕于廣龍親自帶隊前來，于廣龍其實和趙虎臣交情不薄，平日裡趙虎臣沒少偷偷給他送禮，然而今日于廣龍到來臉上卻不見一絲一毫的笑意，擺出一副公事公辦的架勢，大聲道：「幹什麼？幹什麼？趙虎臣，你想幹什麼？」

趙虎臣聽到于廣龍的呵斥就已經明白，眼前的這名軍人，不但自己惹不起，他于廣龍也惹不起，今天這個跟頭是栽定了。他變臉也是極快，呵呵笑道：「于警長，我在陪客人聊電影呢。」

于廣龍快步來到那年輕軍人面前，恭敬道：「少帥，您什麼時候來的黃浦，怎麼也沒跟我說一聲？」

年輕軍人冷冷看了于廣龍一眼道：「我來黃浦還要經過你的允許啊？」

「不敢，不敢！」

趙虎臣使了個眼色，他的手下人慌忙將武器收了起來，年輕軍人擺了擺手道：「我們走！」他的手下也放下了槍，護送年輕軍人和那女郎離開。

羅獵拎著箱子準備跟著混出去，可剛走了兩步就被趙虎臣的手下攔住，趙虎臣滿腔怒火都集中在了羅獵的身上，冷冷道：「你不能走！」

于廣龍愣了一下，不知趙虎臣跟羅獵之間又有什麼過節？

那年輕軍人道：「趙虎臣，為難我的朋友，就是不給我面子。」

趙虎臣心中暗罵，你是誰老子都不知道，我憑什麼給你面子？可縱然不給那年輕軍人面子，于廣龍的面子他卻不能不給，看到于廣龍遞來的眼色，趙虎臣知道自己今天必須低頭，他搖了搖頭，示意手下人讓開。

于廣龍跟著那年輕軍人獻媚道：「少帥，不如今晚就由我來做東，為您接風洗塵？」

「心領了，我沒時間！」

趙虎臣眼睜睜看著羅獵跟隨那群軍人離去，等到所有人離開了劇院，方才將手中的雪茄狠狠扔到了地上，然後一腳踏了上去。手下的那群人心明眼亮，誰也不敢在這時候去觸楣頭，一個個灰溜溜退了出去。

于廣龍等到眾人走遠方才歎了口氣道：「虎臣，你惹那個魔星作甚？」

趙虎臣怒罵道：「不是看在你的面子上，我剛才就該一槍崩了他，媽的，乳臭未乾的東西，居然到這裡撒野！」

于廣龍道：「他叫張凌峰，北滿督軍張同武的兒子，你覺得自己能惹得起？」

趙虎臣聽到對方的來頭，頓時如同泄了氣的皮球一樣蔫了，兩隻大眼眨巴了兩下，壓低聲音道：「就是北滿少帥？」

于廣龍點了點頭道：「張同武對我有知遇之恩，他跟幾位領事大人的關係也是極其密切。」

趙虎臣摸了摸後腦勺：「我又沒得罪過他，他……他來我這裡鬧事作甚？」

于廣龍道：「三個月前，你劇院門前有人被殺，死者是他的一個部下，我看他十有八九把這筆帳算在你頭上了。」

趙虎臣怒道：「憑什麼？」

于廣龍呵呵笑道：「憑什麼？**而今這個世界，錢就是道理，權就是道理，槍桿子也是道理，唯獨道理不是道理。**」

趙虎臣啞口無言，他知道于廣龍說的都是真話，可今天他得罪張凌峰純屬無心，而且他召集這麼多人為的是圍堵羅獵，是張凌峰強出頭跟自己作對。

于廣龍道：「少帥這個人生性高傲，他認定的事情必須要弄個明白，我看今天這事還不算完。」

趙虎臣苦笑道：「怎麼辦？您可得幫我出出主意。」

于廣龍道：「兇手，你知道兇手是誰？把人交出來，我或許能夠幫著你們從中調解一下。」

趙虎臣道：「我不知道啊，您想想，我要是想對付一個人，不會傻到在自己的劇院門口下手吧？」

「那可保不住，剛才如果不是張凌峰出頭，只怕那小子要麻煩了。」

羅獵平安無事地出了大華劇院，他是個知恩圖報的人，如果不是那位年輕的軍官為自己解圍，恐怕今天的事情會麻煩許多。

張凌峰在門前主動停下了腳步，向羅獵道：「要不要搭順風車？」

三輛轎車已經停靠在他的身前。

羅獵微笑著走了過去：「多謝，已經麻煩您夠多了，我還是乘黃包車。」

張凌峰點了點頭，又道：「你不怕他們在途中再堵截你？」

羅獵道：「躲得了一時，躲不了一世，真遇上了也沒什麼好怕。」他向張凌峰伸出手去：「在下羅獵，目前在法租界的福音堂當牧師，張先生有空經過的時候歡迎隨時來坐坐。」

張凌峰笑了起來：「我叫張凌峰！」微笑的時候倨傲的神態減弱了幾分，他和羅獵握了握手，在他的那群手下看來，這位少帥已經是難得如此平易近人。

羅獵聽到張凌峰的名字頓時想起了北滿大軍閥張同武，難怪剛才于廣龍會對他如此尊敬，尊稱他為少帥，這個張凌峰應當是張同武的兒子，少帥的稱呼的確名副其實。

羅獵迅速走入人群中，回程中並沒有遇到任何的麻煩，趙虎臣雖然勢力龐大，可是在張凌峰的手下吃虧之後，不敢這麼快展開報復行動。

回到小教堂，其餘人還都沒有回來，羅獵拎著皮箱來到辦公室，將其中的東西逐一檢查了一遍，他主要是想尋找西蒙留下的那張地圖，並沒有花費太大的功夫就在皮箱內找到了已經被搓成皺巴巴紙團的地圖。

展開之後，羅獵按照上面所標記的經緯度，在世界地圖上尋找，讓他沒想到的是，西蒙所標記的地點竟然在日本橫濱附近的海域，羅獵不由得想起白雲飛這次請他們執行的任務，將瑞親王奕勳當年遇刺的地點和西蒙所標記的地點對比，讓人感到不可思議的事情發生了，這兩個地點竟然在地圖上發生了重合。

羅獵揉了揉眉心，這實在是太讓人感到費解了，在他的記憶中，西蒙和瑞親王之間沒有任何關聯，難道這件事因白雲飛而起？羅獵很快就否認了這個可能。

皮箱內除了聖經和這幅地圖，似乎其他的東西都沒有任何意義，羅獵在仔細檢查確信再無可疑之處，只留下聖經，將其他的東西全部焚毀。

讓羅獵感到奇怪的是，西蒙的隨身行李並沒有見到十字架，這對一位神父來說似乎解釋不通，十字架對神父而言類似於佛教徒的念珠，應當是從不離身的。無論在西蒙的身上還是他遺留下來的行李內都沒有發現十字架的存在，羅獵推測西蒙應當是在賭輸之後將十字架也當了。

西蒙的那塊懷錶如今還在羅獵這裡，羅獵打開懷錶，久久凝視著艾莉絲的照片，想起曾經的青春年少。因為害怕回憶往事，羅獵在得到這塊懷錶之後並沒有去碰它，此時方才留意到懷錶早已停止了轉動。

羅獵擰動發條，可懷錶仍然毫無反應，他開始意識到這懷錶已經壞了。

外面傳來說話聲，卻是張長弓和瞎子兩人處理完西蒙的後事回來了。

羅獵問起西蒙的火化情況，瞎子道：「乾乾淨淨，我們親眼看到的，絕不會有任何的問題。」說到這裡他又神神秘秘道：「那些蟲卵，也被燒成了灰。」

羅獵點了點頭。

張長弓道：「是傳染病嗎？」

羅獵道：「應該不是。」

瞎子道：「那些寄生蟲當真如此厲害？」

羅獵道：「大千世界無奇不有。」

瞎子看到了桌上的懷錶，習慣性地伸出手去，卻被羅獵拍了一巴掌：「老毛病又犯了？」

瞎子笑道：「小氣，明兒是我生日，你也不送點禮物。」

羅獵道：「邊兒去，我怎麼記得早過去了呢？」

瞎子振振有辭道：「陽曆！」

羅獵將聖經和懷錶鎖進了抽屜裡，起身道：「你們晚上自己隨便吃點，我要出去一趟，別等我了。」

瞎子道：「不是說好了今晚一起吃飯？」

羅獵一陣風似的已經出了門。

瞎子無奈地搖了搖頭，向張長弓道：「看到沒，看到沒，這麼多年的兄弟，到頭來還不如女人，我敢打包票，他去找葉青虹了，英雄難過美人關，他也不能免俗，我實在是太失望了，太失望了！」

張長弓道：「那……你自己吃吧，我也有點事。」

瞎子愣了：「老張，你在黃浦舉目無親的，你有個屁的事？」

張長弓道：「真有點事，你自己吃吧。」

「噯……」

羅獵可不是去見葉青虹，他去了白雲飛那裡。

白雲飛雖然從穆三壽那裡繼承了他的產業和勢力，可是白雲飛並沒有選擇在穆三壽的舊宅居住，他在法租界新買了一座小樓，位於法租界的核心，綠樹環繞，鬧中取靜。

白雲飛晚上很少出門，按照他的話來說，夜路走多了早晚遇到鬼，其實他心中清楚自己活得是越來越小心了，正是因為敗走津門，他方才真正瞭解到江湖之險惡。

沒有人能夠隨隨便便成功，也沒有天上掉餡餅的好事，穆三壽選擇他當接班人，送給他權力和財富的同時，也將一份責任和壓力交到了他的手中，所有人都看到他白雲飛表面的風光，又有誰知道他如履薄冰步步驚心的感覺？

白雲飛有個秘密，他開始失眠了。

聽聞羅獵登門拜會，白雲飛讓人直接將羅獵請到了後院。

羅獵走入這座幽靜的院子，不由得想起在津門初識白雲飛，前往拜會的情景，這院子雖然比白雲飛津門的府邸小了一些，不過佈置得幾乎一模一樣，連兵器架擺放的方位都沒有改變。只是今天白雲飛並沒有舞槍，只是靜靜坐在那裡飲茶。看到羅獵進來，白雲飛笑著招了招手道：「我還以為你把咱們的約定都忘了。」

羅獵走了過去，白雲飛讓人給他倒了杯茶，而後又送上雪茄。

羅獵接了支雪茄，白雲飛掏出打火機為他點上，又道：「這雪茄是正宗的古巴貨，我給你準備了幾盒，回頭走的時候帶上。」

羅獵笑道：「謝了。」他抽了口雪茄道：「這院子看著真是熟悉。」

白雲飛點了點頭道：「買下這裡之後，我讓人按照我過去在津門的住處佈置的，我這個人一直都很念舊，受人滴水之恩就會湧泉相報，可也有個毛病……」停頓了一下又道：「對仇恨也是一樣，睚眥必報，可能我的心胸不夠寬廣。」

羅獵聽出白雲飛的潛台詞，端起剛剛泡好的茶，抿了一口道：「你委託我的事情，還有沒有其他人知道？」

白雲飛微微一怔，然後用力搖了搖頭道：「除了你之外，我沒有向任何人透露過這件事。」

羅獵道：「那就好。」

白雲飛道：「怎麼？遇到麻煩了？」

羅獵正想回答，可此時白雲飛的手下快步走了進來，附在白雲飛的耳邊低聲耳語了幾句，白雲飛點了點頭道：「請他進來就是。」

羅獵道：「穆先生原來有客人啊？」

白雲飛笑道：「我可沒約客人，開山幫的趙虎臣，我也不知道他會來。」

羅獵聽到趙虎臣的名字心中咯噔一下，果然是冤家路窄，想不到會在白雲飛的府上和趙虎臣狹路相逢，他原本想告辭離去的，可既然是遇到了趙虎臣，就不妨跟他打個招呼，看白雲飛的樣子應當並不知道自己和趙虎臣之間的糾葛，今晚倒是要給他送上一份驚喜了。

趙虎臣來找白雲飛的目的就是要對付羅獵，他並不清楚羅獵和白雲飛的關係，法租界畢竟是白雲飛的地盤，趙虎臣如果派人過來等於公開踩過界，在江湖上混的，凡事都要講究個規矩，所以趙虎臣才會登門拜訪，他準備讓白雲飛賣自己一個面子。

趙虎臣見到羅獵居然和白雲飛在一起，整個人頓時驚得目瞪口呆。

白雲飛不知道他們兩人的過節，可看到趙虎臣的表情，馬上就猜到羅獵和趙虎臣之間可能早就認識。

羅獵笑道：「是福不是禍，是禍躲不過，趙先生是來找我的吧？」

趙虎臣可真不是來找他的，怒氣沖沖望著羅獵道：「姓羅的，我就是找你！」

白雲飛皺了皺眉頭，心中暗自責怪羅獵，看來整件事羅獵都是清楚的，卻故意沒有事先提醒自己，殺了自己一個措手不及。可事情已經到了這種地步，他也只能硬著頭皮出面，笑道：「原來兩位早就認識啊。」

趙虎臣咬牙切齒道：「認識，認識得很呢。」

羅獵笑道：「開山幫的趙先生名滿黃浦，我自然是認識的。」

白雲飛向趙虎臣道：「趙先生，我給您介紹，這位是羅獵，我肝膽相照的好朋友！」肝膽相照四個字說得誇張，不過也足夠份量，一句話就表明了他和羅獵之間牢不可破的交情，讓趙虎臣明白，羅獵自己是罩定了。

趙虎臣混跡江湖這麼多年，也見慣了大風大浪，其實最早他也沒想把羅獵趕盡殺絕，只是要給這廝一個教訓，不知是羅獵的運氣太好，還是自己的人緣太差，先在大華劇院碰了顆硬釘子，原本想借著穆天落的力量來出氣，卻想不到這穆天落和羅獵居然又是過命的交情。

趙虎臣現在已經完全放棄了報仇的想法，為了一個羅獵去得罪兩個實力不凡的人，除非是他的腦子生銹了。想透了這層道理，剛才還滿臉怒容的趙虎臣頓時變得如同春風拂面，哈哈大笑道：「大水淹了龍王廟，一家人不識一家人。」他主動向羅獵伸出手去。

羅獵微笑和他握手道：「不打不相識，若有得罪之處，千萬不要見怪。」

趙虎臣明顯開始加力，雖然顯得寬宏大量，可還是想讓羅獵吃個暗虧，他的手勁奇大，在開山幫掰手腕沒有一人能勝過他。可趙虎臣一發力就意識到自己可能選錯了對象，羅獵在感受到他的惡意之後，也隨即加大了力量，趙虎臣引以為傲的手勁在羅獵面前很快就敗下陣來。

白雲飛從趙虎臣微微皺起的眉頭就知道這廝吃了暗虧，不過羅獵也沒將事情做得太絕，讓趙虎臣吃了點苦頭就鬆開了手道：「幸會！幸會！」

白雲飛趕緊邀請兩人坐下，冤家宜解不宜結，趙虎臣是公共租界最有實力的地下勢力，而羅獵對他還有很重要的利用價值，至少在目前，他並不想兩人發生衝突，更不想因為他們的矛盾而被迫站隊。

大事化小，小事化了，未嘗不是一件好事，中華數千年的歷史隨便找找都能夠尋找到解決這種矛盾的範本。白雲飛採用了最老套也最實用的方法，杯酒釋恩仇。由他來做東，就在家中擺了一桌酒席。

趙虎臣這個人頗具草莽梟雄的氣質，在他明白這個面子可能永遠都找不回來的時候，就決定和羅獵握手言和，三杯酒下肚之後，他已經化干戈為玉帛，直接稱呼羅獵為羅老弟，對羅獵顯得比白雲飛還要熱絡和熟悉。

白雲飛樂見其成，在酒桌上他的表現向來寡淡，雖然是他來做東，可別人不找他喝酒，他很少主動出動。不過有件事他到現在還沒搞明白，羅獵和趙虎臣之間的矛盾到底是因何而起。

最後還是趙虎臣主動提起了這件事，其實他並不是很清楚具體情況，羅獵將當鋪以假當真的事說了，趙虎臣也覺臉上無光，從道理上說的確是他手下做了手腳。聽說西蒙已經死了，趙虎臣歎道：「早就看出他滿臉的晦氣，逢賭必輸。」

白雲飛笑道：「過去事情就不要再提了，既然是一場誤會，說開了就好。」

趙虎臣點了點頭道：「羅老弟也是痛快人，我和你是一見如故，對了，你和張少帥是什麼關係？」

白雲飛聽到這裡又有些糊塗了？哪兒又冒出來一位少帥？

既然彼此都已經將話說開，羅獵也沒有隱瞞的必要，他向趙虎臣道：「不瞞趙先生，我和那位少帥也是第一次見，可能他是路見不平吧。」

趙虎臣哦了一聲，臉上的表情略顯失落。

趙虎臣告辭離去後，白雲飛又將羅獵留了下來，自從羅獵答應幫他去尋找長生不老藥之後，他們並沒有機會好好談過，眼看一個月已經過去了，距離羅獵的出發日只剩下不到一個月，白雲飛認為有必要跟羅獵交流並落實出發的問題了。

「經費方面你只管開口。」白雲飛在這方面十分慷慨，他的錢來得很容易只是一方面，更重要的是，如果真能找到長生不老的丹藥，花再多的錢都值得。

其實白雲飛也明白，金錢很難打動羅獵這樣的人，更何況羅獵身邊還有葉青虹，葉青虹擁有的財富絕對不次於自己。不過他已經激起了羅獵的好奇心，羅獵之所以接受了他的委託，全都是因為羅獵的好奇心起到了作用。

羅獵道：「租用船隻雇用船員，購買裝備，本來花不了太多，可是我們選擇出海的季節並不是好時候，這樣吧，你先付一萬大洋。」

白雲飛道：「沒問題，明天我就讓人給你送去。」

羅獵道：「你當真相信長生不老藥存在？」

白雲飛笑了起來，這已經不是羅獵第一次問這個問題。

白雲飛道：「我信！」他起身走了幾步道：「你先幫我找到太虛幻境，只要找到太虛幻境，務必要第一時間通知我，我會付給你十萬大洋的酬金。」

羅獵道：「我都不知道太虛幻境是什麼？」

白雲飛道：「一座島，一座無人的荒島。」

羅獵靜靜望著白雲飛，他幾乎能夠斷定白雲飛並沒有把瞭解到的全部情況告訴自己，那青瓷瓶的內畫地圖中必然隱藏著其他的線索，白雲飛必然是出於某種自私的考慮，所以才沒有和盤托出。

羅獵道：「離你這麼遠，我怎麼通知你？」

白雲飛道：「我想派一個人幫你。」

這已不是白雲飛第一次提出這樣的要求，只是此前被羅獵斬釘截鐵地拒絕，羅獵早已清楚白雲飛想派人的目的，他並不想自己的團隊中存在不和諧的因素。

羅獵微笑道：「這件事咱們不是已經探討過了？」

白雲飛道：「我這個人做任何事都喜歡擺在明面上，任何人做投資總希望有些保障。」

羅獵道：「歸根結底還是對我缺乏信任。」

白雲飛搖了搖頭道：「事情並非那麼單純，你若是信任我就不會拒絕我的安排。」他停頓了一下又道：「我之所以再次提出這件事，因為我有個你無法拒絕的條件。」

羅獵笑道：「穆先生的手段總是層出不窮。」

白雲飛道：「我找到了陸威霖。」

羅獵心中一怔，目光盯住了白雲飛的雙目。

白雲飛道：「你不要誤會，我沒有威脅你的意思，其實我完全可以將陸威霖的消息透露給任忠昌。」

羅獵道：「他在那裡？」

白雲飛道：「想要找到一個殺手，最合適的地方就是去兇殺案的現場，新近發生在泉城的日本商人遇刺案跟他有關，他目前人在金陵。」

羅獵道：「幫我聯繫他，讓他過來找我。」

白雲飛點了點頭道：「沒問題，不過你得答應我讓老安加入你們的隊伍。」

羅獵這次並沒有拒絕：「好吧！我也有個條件，我只答應讓他隨行，我們的一切行動和計畫他都不得參與。」

「成交！」

張凌峰在第二天就來到了福音堂，羅獵雖然對這位少帥提出過邀請，可他並未想到張凌峰會真的前來，張凌峰並非獨自前來，也沒帶衛兵，只是和昨天同看電影的女郎一起。

雖然張凌峰對福音堂的小有所準備，可當他來到這裡還是因這有生以來見過的最小教堂而感到意外。

麻雀雖小五臟俱全，這小教堂該有的全都有，只可惜因為羅獵這位牧師不夠敬業，讓信徒們紛紛轉移了大本營，羅獵歸來的這段日子，已經很少有人過來禱告或告解了。

張凌峰陪著那女郎在耶穌像前禱告，羅獵聽到動靜，出來看到他們不由得露出一絲微笑。

張凌峰同樣笑著走向他道：「在我的印象中，神職人員都是不苟言笑的。」

羅獵道：「我剛接到通知，因為我的瀆職行為，我已被教會解除了神職。」

張凌峰笑道：「那就是說你在無證營業。」

羅獵道：「沒那麼嚴重，這裡是教堂，不帶有任何盈利性質。」

張凌峰點了點頭，目光投向教堂一角的告解亭：「可以告解嗎？」

羅獵正想拒絕，張凌峰拍了拍他的肩道：「看在朋友的份上，幫我告解。」

羅獵道：「告解未必能獲得寬恕，少帥只是想找個人把心事說出來吧？」

張凌峰道：「你是個聰明人，我找你打聽一些事情。」

羅獵忽然意識到自己昨天或許和張凌峰是偶遇，可張凌峰幫助自己卻並非沒有任何目的，他今日來到教堂絕不是湊巧經過這裡。這位少帥的驕傲並沒有影響到他的心機和智慧。

羅獵淡然笑道：「我不知道什麼地方能夠幫到少帥。」

張凌峰向周圍看了看，羅獵明白他的意思，將他請到了自己的辦公室，羅獵為張凌峰倒了杯茶，又取出白雲飛送給他的上好雪茄。

張凌峰很識貨，接過聞了聞就點了點頭道：「古巴的上等貨，看來你這位牧師過得不錯。」

羅獵道：「還有幾個朋友。」

「葉青虹送的？」

羅獵微微一怔，從張凌峰突然變得並不友善的語氣，他開始意識到對方登門的真正原因所在。羅獵是個極其內斂的人，很少將自己的情緒變化暴露於人前，為張凌峰點燃了雪茄，然後自己也點上了一支，抽了口煙道：「少帥也認得葉小姐？」

張凌峰哈哈大笑道：「老朋友了，如果這次我沒來黃浦，都不知道她已經回國了。」說這句話的時候，他的雙目中明顯流露出嫉妒的光芒。

羅獵道：「她中午會過來，剛好大家一起吃飯。」

張凌峰道：「我知道！」

羅獵的心中又有些詫異了，看來這位少帥專門選了葉青虹還沒到的時候過來，他是專程來找自己的，而且不是為了談友情，是為了葉青虹。

羅獵想起外面正在禱告的女郎，故意岔開話題道：「外面那位小姐是少帥的朋友？」

張凌峰道：「在我心中沒有人比得上青虹！」

羅獵微笑道：「少帥這句話好像選錯了對象。」

張凌峰道：「你應當明白我的意思，有些話我還是當面說清楚的好。」他站起身來到羅獵的面前，居高臨下地望著他，一字一句道：「沒有人能跟我爭，也沒有人敢跟我爭！」

羅獵感覺有些想笑，這位少帥傲氣十足，可這番話卻又透著幼稚，細細一品其中還充滿了不自信，既然你擁有這樣的把握，又何必來我面前做這番聲明。

其實羅獵並沒有做好準備去開始一段新的感情，在他的內心深處對感情產生了莫名的畏懼，他甚至認為只要是被自己喜歡上的人總會遭遇厄運，他不是傻子，當然能夠看出葉青虹的改變，也能夠感覺到葉青虹在自己的面前不惜低下高貴的頭顱，更能夠感覺到葉青虹對自己的關心，可羅獵既不敢接受，也不敢回應，他能做的只是保持好彼此之間的距離，嘗試著將葉青虹當成自己的朋友。

甚至羅獵覺得自己對葉青虹和唐寶兒都沒有任何的不同，可面對張凌峰氣勢洶洶的威脅，羅獵卻沒有澄清誤會的欲望，羅獵的平和只是在表面，在他的內心深處是極其高傲和不羈的，面對再大的困難和壓力他寧折不彎從不認輸，張凌峰的威脅非但沒有讓他感到害怕，反而激起了羅獵的傲氣。

羅獵道：「少帥大概不明白感情的真正含義，爭鬥只是為了佔有，而不是為了感情。」

張凌峰道：「你在教訓我嘍？」

羅獵笑道：「不敢，看來我不是一個合適的告解對象。」

張凌峰也笑了起來，他將只抽了一口的雪茄摁滅在煙灰缸內，向羅獵道：「我走了，你就當我沒來過。」

羅獵道：「少帥不留下來吃飯？葉小姐很快就到了。」

張凌峰拉開房門，並沒有轉身道：「還是別見了，她要是看到我出現在這裡，一定會懷疑我的動機，你別說我來過。」

羅獵感覺這位少帥做事有些不著調兒，看他的樣子好像有些害怕葉青虹。

張凌峰前腳剛走，葉青虹和唐寶兒後腳就結伴前來，彼此並沒有照面。

羅獵沒有將張凌峰來過的事情向葉青虹透露，更沒提起張凌峰對自己的威脅，在羅獵看來這算不上什麼大事，何必給葉青虹多添困擾。唐寶兒來到小教堂，東張西望地明顯在找人。

羅獵道：「看什麼呢？」

唐寶兒道：「老張呢？」因為那場拚酒，她和張長弓也熟悉起來，唐寶兒對張長弓的酒量極其崇拜，連帶著對張長弓的獵人生涯也充滿好奇，口口聲聲要拜張長弓為師。

羅獵道：「他和瞎子去碼頭了。」

葉青虹知道距離他們出發的日期臨近，最近一段時間張長弓和瞎子幾乎每天都長在碼頭上，親自監視運送補給，安裝裝備，以保證此行的風險降低到最小。

唐寶兒雙目放光道：「老羅，我跟你商量件事。」自從張長弓被她稱為老張，連帶著羅獵也在她嘴裡淪落成了老字輩，羅獵倒沒覺得什麼，可葉青虹卻抗議了幾次，認為唐寶兒這麼叫很不順耳，在她眼中羅獵和老可挨不上。

羅獵道：「唐大小姐儘管吩咐。」

唐寶兒道：「我聽說你們要出海去辦點事，帶我去吧？」她只是知道羅獵一行準備出海，可不知道他們具體要去做什麼，優越的家庭條件決定唐寶兒看世界的角度和多數同齡人都有著很大的分別，她更像是溫室中的花朵，對外界的一切都感到好奇。其實她早就向葉青虹提出了請求，可葉青虹想都不想就把她拒絕，所以唐寶兒才會轉而向羅獵求助。

羅獵道：「去倒也沒什麼。」

葉青虹聽他這樣說慌忙向他遞眼色，帶上唐寶兒這位大小姐等於帶上了一個大麻煩，更何況他們此去很可能要面臨出生入死的凶險處境，如果唐寶兒有什麼閃失，她該如何向唐寶兒的家人交代？

唐寶兒卻因羅獵的話大喜過望。

可羅獵話鋒一轉又道：「我們要在海上待一個多月，這是一條漁船，和郵輪的條件不能相提並論，你可能出海後就無法洗澡，甚至連刷牙的水都保證不了，你還要和我們這些人同吃同睡，船上還有老鼠和蟑螂。」

唐寶兒聽到這裡已經打起了退堂鼓，一張紅撲撲的小圓臉開始發白了。

羅獵又道：「對了，你暈船嗎？」

唐寶兒連連點頭。

羅獵道：「那上船後就得少吃東西，開始的幾天你會吃多少吐出多少，不過你也不用太擔心，你吐的東西不會浪費，有老鼠幫你清理……」

唐寶兒忽然感到一陣噁心，捂著嘴巴向教堂外衝了出去。

葉青虹有些嗔怪地瞪了羅獵一眼：「你勸她打消念頭就算了，何必說得如此噁心？」

羅獵道：「急症就得下猛藥，不給她點猛藥，打消不了她的好奇心。」

門外傳來唐寶兒的一聲尖叫，一個熟悉的男聲道：「喂！你怎麼往我身上吐啊！」

這聲音來自於陸威霖，陸威霖在得到羅獵的消息之後，連夜就從金陵趕了過來，不過他來到小教堂前，就被急火火衝出來的唐寶兒撞了個滿懷，更倒楣的是，唐寶兒張口就吐，吐得陸威霖滿身都是。

陸威霖這個鬱悶啊，本來滿懷期待地跟老友相見，可沒想到連門都沒進就被吐了一身，他跟唐寶兒可不認識，如果不是看在對方是個女孩子的份上，早就拎著她的領子將她扔出去了。

羅獵和葉青虹慌忙來到門外。

唐寶兒已經嚷嚷起來了，她惡人先告狀道：「你有沒有長眼睛啊？好狗不擋道知不知道？」

陸威霖被她吐了一身，又聽她非但沒有歉意反而出口傷人，頓時火了怒道：「信不信……」

「你敢怎樣？」唐寶兒有恃無恐道。

「威霖！」羅獵大聲道。

陸威霖看到羅獵也顧不上和這小丫頭一般計較，大笑著迎了上去，羅獵本來是準備和他握手，陸威霖卻給了他一個熱情的熊抱。羅獵已經洞悉了這貨的險惡動機，儘管看穿了也已經晚了，陸威霖一見面就送上了雨露均沾的見面禮。

葉青虹看到羅獵哭笑不得的模樣，也不由得笑了起來。

唐寶兒見他們幾個人的樣子，心中已經明白了，她莫名其妙就委屈起來，抽抽噎噎道：「老羅，你欺負我，青虹，你也欺負我……」跺了跺腳居然走了，葉青虹擔心她小心眼兒，趕緊追上去勸她。

羅獵和陸威霖握了握手，招呼陸威霖進入小教堂，找了兩身衣服，他們各自換上。

陸威霖笑道：「真是倒楣啊，你小子走桃花運，我走楣運，還沒進門呢就被人吐了一身。誰啊，那是？」

羅獵將唐寶兒的身分說了，陸威霖聽完事情的來龍去脈，也不由得大笑起來，指著羅獵道：「該，你惹的禍，我弄了一身騷……」

羅獵向他做了個噤聲的手勢，可陸威霖的話已經說出來了。

葉青虹剛將唐寶兒勸了回來，正好聽到陸威霖剛才那句話，唐寶兒又火了，指著陸威霖的鼻子質問道：「臭小子，你說誰騷呢？」

陸威霖支支吾吾，他可沒這個意思，指了指羅獵道：「我們兩人說話當然是說他……」

羅獵總不能看著他們再發生衝突，點了點頭道：「我招誰惹誰了，唐大小姐，我給你介紹，這位就是我的好朋友陸威霖。」他推了陸威霖一把道：「去，給唐小姐道歉。」

陸威霖瞪大了雙眼，憑什麼啊？自己被吐了一身，又挨了頓臭罵，怎麼還要道歉了？

唐寶兒這會兒算是回過神來了，居然非常大度地擺了擺手道：「算了，都是朋友。」

陸威霖被噎著了，合著自己真錯了不成？

葉青虹笑道：「陸威霖，你堂堂男子漢，氣量該不會那麼窄吧？」

陸威霖道：「唐小姐不好意思啊，剛才沒讓您吐個痛快，以後還有機會。」

唐寶兒聽他這麼說居然笑了起來，感覺這個不苟言笑的傢伙還蠻有幽默感。

羅獵道：「我和威霖去碼頭一趟。」

葉青虹道：「不是說好了一起去吃飯嗎？」

唐寶兒拽了拽葉青虹的衣袖，她剛吐了陸威霖一身，自己也好不到哪裡，現在最需要的是去洗個澡換身衣服。

葉青虹明白了她的意思，向羅獵道：「那，我陪寶兒先回去，晚上再約。」

羅獵道：「這樣吧，晚上我們幾個都去你的莊園住，咱們那邊再聚。」

能夠看到羅獵從低潮中走出，身為好友的陸威霖由衷感到高興，雖然他知道羅獵善於隱藏自己，可至少表面上羅獵已經有了笑容。張長弓和瞎子兩人都因為陸威霖的到來而開心，他們幾人都有過一起出生入死的經歷，陸威霖雖然不苟言笑，可他絕非冷血無情之人，對待朋友夠仗義有擔當。

當天中午，他們就在碼頭的魚館隨便吃了些。

陸威霖從窗口眺望著碼頭上還在刷漆的那艘大船道：「準備出海？」

羅獵點了點頭道：「十天之後準時出發。」

陸威霖的臉上流露出一個為難的表情：「我暈船。」

張長弓道：「我不會游泳。」

瞎子道：「暈船慢慢能夠習慣，不會游泳可以學。」

張長弓道：「我認為不會游泳最好的辦法就是老老實實待在船上。」

陸威霖道：「陸地上最安全，不過捨命陪君子，既然羅獵決定了，我就陪著走一趟。」

羅獵喝了口酒道：「有件事我想你們應該有必要知道，任忠昌的兒子任天駿可能收到了一些消息，他已經初步鎖定了幾個和他父親遇刺相關的嫌疑人。」

張長弓倒沒有什麼，畢竟他對此事一無所知，也不可能被人鎖定為嫌疑人之列，瞎子和陸威霖兩人卻都是當天晚上在現場的人，而且陸威霖就是槍殺任忠昌的真凶。

瞎子道：「那個任天駿是不是很厲害？」

羅獵道：「這裡是黃浦，在這裡咱們的安全應該不會有問題。」

陸威霖道：「預防這種事情最好的辦法就是先下手為強。」他的虎目中迸射出一絲殺機，如果任天駿當真將他們幾個鎖定，最好的應對辦法就是將任天駿先行除掉。

羅獵搖了搖頭道：「我們沒必要在這件事上繼續糾纏下去。」

瞎子道：「不錯，冤冤相報何時了，你殺我，我殺你，周而復始至死方休。」

羅獵道：「先把手頭的這件事做好再說，我一直沒問你們的意見，你們誰想加入，誰想退出？」

瞎子道：「我們有選擇嗎？」

張長弓道：「我現在天天都在學游泳，可仍然浮不起來。」

陸威霖歎了口氣道：「趁著沒上船之前，我得好好享受一下美味佳餚，不然以後就慘了。」

三人都沒有正面回答，卻用他們自己的方式表達了要和羅獵共進退的決心。

羅獵之所以選擇搬去葉青虹的莊園住，就是為了避免不必要的麻煩，小教堂已經無法作為隱瞞他身分的地方了，白雲飛、趙虎臣、張凌峰都盯上了這裡，更何況他新近來了不少的朋友。

葉青虹的莊園不但地方夠大，而且足夠隱蔽，在他們出海之前，必須要好好地計畫一下。

對這些同生死共患難的夥伴，羅獵並沒有什麼需要隱瞞的地方，他將白雲飛的委託向眾人詳細說明。在場人之中只有陸威霖是剛剛知道這件事，陸威霖起身看了看地圖道：「我們要去的地方已經是日本海域了。」

瞎子道：「那又怎麼了？只許他們日本人來咱們這裡耀武揚威，不許咱們去他們家門口轉悠轉悠？」

陸威霖笑道：「我不是這個意思。」

瞎子道：「最好有寶貝，咱們去一網打盡，他姥姥的，小日本搶了咱們多少寶貝，有道是禮尚往來，咱們也該從他們那裡弄點好東西回來。」

葉青虹道：「他們能有什麼好東西？」

張長弓道：「不錯，本來就是咱們的東西，咱們去找回來，這叫物歸原主。」

羅獵道：「白雲飛準備派人參與行動。」

葉青虹道：「你不是已經拒絕了嗎？」

羅獵搖了搖頭道：「我考慮了一下，還是答應了。」

瞎子愕然道：「不會吧？你明知道他要派個內奸過來，還答應？」

第三章

冒險家

這一年多以來羅獵經歷了無數凶險，
對危險開始變得麻木，反倒生出了一種新奇感。
他的目光落在葉青虹身上，不得不承認葉青虹改變了他，
讓他的人生軌跡發生了改變，
讓自己從一個宣講聖經投身慈善的牧師變成一個冒險家。

陸威霖因為初來乍到並不清楚其中的內情，所以不便發表意見，張長弓對羅獵卻是始終如一的信任，他相信羅獵一定有自己的理由。

葉青虹道：「如果是因為他出錢的緣故完全可以拒絕，我們並不需要他的資金。」她的確有拒絕的底氣。

羅獵道：「不是錢的問題，白雲飛在這次的事情上肯定有所隱瞞。」

眾人同時明白了羅獵的意思，白雲飛在利用他們，而羅獵同樣想利用白雲飛，如果堅持不讓白雲飛的人加入他們的隊伍，白雲飛必然不會將他的資料全都提供出來，而羅獵決定讓步，雖然在他們的內部安插了白雲飛的眼線，可是通過這個眼線，他們也能夠從白雲飛那裡得到更多的資料。

葉青虹道：「我相信你！」

一個團隊的首領必須擁有著絕對的威信，剛好他們幾人對羅獵就是這樣，信任並非一朝一夕能夠建立起來的，而是歷經了那麼多的同生共死，羅獵用自身的智慧和實力，以及超人的勇氣和擔當取得了這些夥伴的信任。

羅獵看到眾人都默認了自己的抉擇，欣慰笑道：「大家看這張地圖，我打算取道舟山出海。」

陸威霖道：「好像有些捨近求遠。」

羅獵道：「想去拜會一下觀音菩薩，保佑咱們這次的行動平平安安。」

瞎子道：「好事，好事，我準備去求求姻緣。」

羅獵將自己的詳細計畫向幾人說明，包括途中準備停留的地方，按照羅獵的計畫，這次他們並不會進入日本本土，太虛幻境最可能存在的地方就是當年瑞親王奕勳遇刺之地。

葉青虹對父親之死清清楚楚，父親被刺殺於橫濱周邊的海域，但是父親遇刺之後並未馬上死去，當時船隻並未選擇前往日本就近搶救，而是選擇了遠離橫濱的方向，葉青虹認為當時參與謀害父親的人很多，甚至包括當時船上的水手。

時過境遷，如今當初策劃刺殺的幾人全都先後得到了應有的下場，葉青虹也算是大仇得報，內心中對於這段仇怨已經釋然，如果不是羅獵接受了白雲飛的委託，葉青虹幾乎都不去想這些發生過的事情，她的潛意識正試圖將這些事情封鎖在記憶深處。

而當她回頭再看這件陳年舊怨，葉青虹的內心已經波瀾不驚，興許是大仇得報的緣故。有了這樣的心態才能平靜地看待問題，羅獵正是看出了這一點，才同意葉青虹加入這次的行動。

葉青虹道：「這片海域雖然距離橫濱不遠，可是因為特殊地理位置的緣故風高浪急，再加上海面下佈滿暗礁，這暗礁大片分佈在方圓兩百海浬以內的區域，一般來說客船的航線都會繞過這一區域，就算是漁船也很少到這裡打漁。」

羅獵點了點頭道：「不錯，可根據我的調查，在三十年前，這裡還曾經是漁場，後來因為日方的一艘軍艦在此地觸礁沉沒，然後就有船隻頻繁在這一帶出事，後來圍繞這片海域的古怪傳說越來越多，這裡也成了漁民眼中的禁區。」

陸威霖道：「聽起來這裡還真像是有些秘密。」在他看來越是人跡罕至的地方越可能隱藏著秘密。

瞎子道：「此類的禁區到處都是，你們聽說過百慕達嗎？」

羅獵淡淡一笑，這一年多以來他經歷了無數凶險，可能是經歷得多了，對危險開始變得麻木，失去了以往那種由心而發的畏懼，反倒生出了一種新奇感。他的目光不由得落在葉青虹的身上，不得不承認葉青虹改變了他，讓他的人生軌跡發生了改變，讓自己從一個宣講聖經投身慈善的牧師變成了一個冒險家。

幾人商定，一周以後動身。

秋天的湖邊有些清冷，夜色中的小湖清晰倒映著空中的皓月，夜風拂過湖面，頓時攪碎了原本的寧靜，猶如有人在湖面上灑下一片碎銀，葉青虹站在湖邊，沐浴在月光下，靜靜觀賞著夜色中的紅楓，夜風撫動她的秀髮，絲緞般飄動，她聞到了熟悉的煙草味道，抬起頭，看到羅獵就在小湖的另外一邊。

兩人都發現了對方，羅獵點了點頭，然後沿著湖畔慢慢走向葉青虹。

葉青虹也向羅獵走去，她的步伐優雅而矜持。兩人在距離一米左右的地方同時停下腳步，羅獵笑道：「看來還是我走得比較遠一些。」

葉青虹意味深長道：「本想站在原地等你，可想了想還是兩人朝著一處走得好，只要方向不錯，總有碰面的機會。」

羅獵點了點頭，在和葉青虹碰面之前他已經熄掉了煙，可縈繞在身體周圍的煙草氣息一時間還無法散盡。

葉青虹道：「戒煙並不是件困難的事情。」

羅獵道：「習慣了。」

「習慣和成癮是兩回事，終有一天這習慣會讓你上癮。」

羅獵笑了起來，瞇起雙目望著天空中的月亮，聲音低沉道：「我選舟山作為中轉點，是為了觀察一下白雲飛派來的人，我懷疑他可能不止安插一個人在咱們的船上。」

葉青虹點了點頭，雖然他們儘量避免白雲飛的影響，可是對船上的船員他們並不可能做到每個人都去詳細瞭解，即便是瞭解，也無法保證這些船員會永遠忠誠於他們，金錢和權力能夠改變很多事，以白雲飛如今的財富和權力他可以通過各種途徑達到自己的目的。

葉青虹道：「至少我們彼此信任。」她的雙眸充滿期待地望著羅獵，卻發現羅獵的目光仍然望著空中的月亮，她無法判斷羅獵是在迴避還是並不認同自己的這句話，可她相信只要兩人朝著同一個目標去，總有相逢的機會。

羅獵忽然道：「如果我讓你留下你會不會答應？」

葉青虹道：「你怕我出事啊？」

羅獵沒有回答。

葉青虹卻開心的笑了起來，她意識到羅獵在關心自己，她搖了搖頭道：「我不會有事，這個世界上不止你一個人那麼幸運。」

見到老安，羅獵頓時想起自己此前就曾經和他見過面，說起來還是在津門的時候，當時自己前往白雲飛的府邸登門拜會，那時負責接待自己的人就是老安。

老安顯得木訥而拘謹，在羅獵面前也保持著相當的禮貌，恭敬道：「羅先生，侯爺讓我過來聽候您的差遣。」

羅獵當然知道他可不是白雲飛派過來服侍自己的，更不會聽候自己的差遣，這是白雲飛埋在自己內部的一顆釘子，他會隨時監測自己的行動，會將自己的發現第一時間向白雲飛彙報，不過老安手中應當還掌控著一些自己不知道的資料。

羅獵微笑道：「安先生客氣了，您老經驗豐富，慮事周全，此次出海還望多多關照。」

老安道：「我就是來打個雜，侯爺說了，出海之後凡事都要聽羅先生的安排。」他表現得越是謙恭，羅獵對他越是警惕，此人從津門追隨白雲飛到黃浦，其忠誠毋庸置疑，至於他有什麼本事，還需要慢慢觀察瞭解，不過白雲飛既然能夠對他委以重任，就不會派個無能之輩。

羅獵道：「安先生，我把計畫跟您說一下，您看看有何不足的地方。」

老安道：「羅先生叫我老安就是，我就是侯爺身邊聽差的，侯爺讓我全部服從羅先生的命令，以我的見識也幫不上什麼忙。」

羅獵暗歎此人老奸巨猾，想要從他口中得到一些資訊很難，不過羅獵也有足夠的耐心。

老安的全部行李就是一只破破爛爛的箱子和一把破舊的黃油布雨傘。登船的時候，張長弓特地留意了他的腳步，悄悄向瞎子道：「箱子裡面的東西夠沉，那雨傘應當是他的武器。」

瞎子道：「你怎麼知道的？」

張長弓道：「他落腳在甲板上的時候，甲板下陷不少，和他的體重不符。」張長弓多年行獵的經驗讓他的觀察力格外敏銳。

瞎子道：「想解決麻煩，等到了海裡將他扔下去餵鯊魚。」已經走遠的老安卻突然轉過頭來，瞎子不由得一怔，以為自己剛才的那句話被他聽到了，不過自己的聲音夠小，按理不應該啊。老安停下腳步，恭恭敬敬向兩人鞠了個躬道：「兩位爺多多關照。」

老安進入屬於他的艙房，瞎子方才舒了口氣，張長弓道：「此人耳力敏銳，你剛才的那句話應當被他聽到了。」

瞎子道：「聽到又怎樣？如果惹我不高興，真會這麼做！」

陸威霖在上面呼喊他們兩個，喊他們一起在船隻出海之前做最後的一遍檢查，葉青虹已經在艙房內躲避太陽，羅獵正優哉遊哉地躺在甲板的躺椅上享受上午的陽光，臉上蓋著一本書，他似乎已經睡著了，幾人都知道他有失眠的毛病，看到他難得睡了過去，都不忍心打擾他。

三人檢查了一遍之後確信沒有任何異樣，張長弓行使了船長的權力，讓水手開船出發。

水手解開纜繩，他們的船隻緩緩駛離碼頭的時候，卻聽到下方傳來急促的鳴笛聲，卻是一輛汽車急速駛向碼頭，汽車剛一停穩，頭髮有些散亂的唐寶兒就風風火火地衝了出來，向那艘正在駛離的大船揮舞著雙手叫道：「等等我……等等我……」

陸威霖和瞎子最先發現了岸上的唐寶兒，兩人向張長弓道：「怎麼辦？」

張長弓還沒有回答，一旁被吵醒的羅獵伸了個懶腰坐了起來，他瞇著雙眼一臉倦容道：「加速開船！」

「老張……你言而無信……」

一群人都滿臉迷惑地望著張長弓，張長弓的臉紅得就像個紫茄。

瞎子道：「說？什麼情況？」

張長弓道：「那天喝酒，她說要跟我們一起去，我說她要是連乾三大杯我就答應，結果……」

羅獵笑道：「她喝完了？」

張長弓道：「喝到第二杯就醉倒了。」

眾人同聲大笑起來。

張長弓表情卻顯得越發尷尬，心中其實有回程的想法，甚至覺得有些內疚。

唐寶兒追不上那大船，終於放棄了希望，蹲在碼頭上委屈地大哭起來。

葉青虹雖然在船艙內，可是也清晰聽到了唐寶兒的哭聲，她對自己的這位好姐妹非常瞭解，從小驕縱慣了的性子，敢愛敢恨，對任何人任何事都保持著超人一等的新鮮感，只可惜這種新鮮感並不能持久，葉青虹相信她的憤怒和委屈很快就會被冷風一掃而空。

其實碼頭上並非唐寶兒一人，在距離碼頭不遠的二層小樓上，白雲飛站在陰影中靜靜眺望著遠去的漁船，他的視線久久停留在獵風那兩個字上……

乘風破浪會有時，直掛雲帆濟滄海。只有身臨其境之時才能夠體會到這番話的真正意義。出海對羅獵而言並不是一段美好的回憶，他想起自己從中西學堂畢業，第一次乘坐輪船前往北美的情景，那次的旅途充滿了疲憊和恐怖，他永遠都忘不掉，同行的同學有三人因生了急病，其實只不過是普普通通的水土不服，最後被船上的庸醫診斷可能患上了瘟疫，為了避免疫情傳播，那三位同學被活生生扔入海中的情景。

閉上眼睛就能夠聽到他們聲嘶力竭的慘叫，那是控訴也是吶喊。不久羅獵也生了病，因為擔心被人發現，又擔心自己可能真是傳染病，他偷偷在船上無人的地方藏了起來，因為他那時還不會游泳，他不想害別人，也不想被扔到海裡去餵魚，只想找到一個無人的角落安安靜靜地死去。

羅獵藏身在了貨倉，整整十天，就依靠著自己隨身帶著的少許清水和食物度日，雖然他盡可能的節省，可是也很快就將那點東西吃完了，他在饑寒交迫中度過了十天，到最後終於忍不住出去想找點食物，剛一出去就被船員發現。

幸運的是，這十天裡他的病情竟然神奇地痊癒了，也許自己失眠的根源最早源於此，鷗鳥的鳴叫將羅獵從追憶中驚醒，一隻白色的鷗鳥從他前方蔚藍色的海面上飛過，猶如一道銀色的亮線劃開了天地相融的那抹深藍。

陸威霖就在羅獵的左側站著，他將一支香煙拋向羅獵，羅獵一探手就將香煙接住，轉過身去，利用身體擋著海風，將香煙點燃。又將已經點燃的香煙遞給了陸威霖，陸威霖接過去將自己的煙點著了，身體靠在護欄上，將頭後仰，用力抽了口煙，然後從鼻孔中噴出兩道煙霧，可剛一噴出就被海風吹散了。

陸威霖道：「總感覺咱們像是在逃難。」

羅獵笑道：「我覺得是在散心。」

陸威霖道：「最後散心都會變成鬧心。」

羅獵舒展了一下雙臂。

陸威霖道：「這件事無論成功與否，等事情做完之後，白雲飛肯定會出賣咱們。」

羅獵道：「你這麼認為？」

陸威霖道：「我不信你看不穿這件事，白雲飛的手段你應當是清楚的，現在之所以沒有出手對付咱們，是因為對他有用處，等到他認為我們沒了價值。」

羅獵道：「這不是很正常的事情嗎？」

陸威霖道：「未雨綢繆總是好的。」

羅獵微笑道：「我倒覺得與其未雨綢繆，不如趁著天氣正好，享受一下這溫暖的陽光，等到真正下雨的時候，你又開始惦念這樣風和日麗的好時光了。」

陸威霖有些詫異地望著羅獵，他感覺羅獵似乎有些變了，雖然話中仍然充滿了道理，可是感覺帶著那麼一股子消極的味道，難道是顏天心的事情對他的打擊太大，到現在羅獵仍然沒能夠從傷痛中恢復過來？陸威霖想勸他兩句，可話到唇邊又不知應不應該說。

瞎子來到老安的面前：「老安！」

老安恭敬道：「安先生！」

瞎子道：「你也姓安？」

老安道：「本姓周。」

安翟笑道：「我還以為你跟我是本家呢。」

老安道：「高攀不起！」他的樣子透著恭敬，可說話的語氣卻透著冷漠，雖然低著頭，可目光連看都不看安翟，只顧納著鞋底。

安翟仍然嬉皮笑臉地走了過去，在老安的身邊蹲下：「想不到你居然還會納鞋底，嘖嘖，這鞋底納得，簡直比女人還厲害。」

老安手上的活兒絲毫沒有受到干擾，淡然道：「安先生，過獎。」

瞎子道：「說起來，我爹死得早，我都沒穿上他給我納的鞋底。」這貨純屬沒話找話，可羅獵已經將盯防老安的任務交給了他，他必須要認真貫徹執行。

老安道：「讓你娘給你納。」

瞎子道：「娘死了，我孤兒一個又討不到老婆，一直都想納一雙千層底，我說周叔啊，你教教我成嗎？我這輩子最大的願望就是想親手納一雙千層底。」

老安何嘗不知道這廝的動機，目光仍然不看瞎子：「這種粗活兒豈是您的身分應該幹的？」

瞎子道：「在我看來，勞動人民最光榮，不勞而獲的人是最可恥的，叔，您就教教我，別讓我有生之年留這麼大的遺憾。」

老安終於被這廝纏得不耐煩了，硬梆梆吐出兩個字：「沒空！」然後毅然惜別這甲板上溫暖的陽光，返回自己昏暗的小艙房內。

事實證明，羅獵選人眼光之準確，從黃埔前往舟山這不遠的航程中，老安多半時間都沒有出現在外面，就算他去個廁所的空，也會遇到一直恭候他，做出一副誠心求教面孔的瞎子。老安只能趁著夜深人靜偷偷溜出去，卻仍然遇到一雙眼睛在晚上比白天更加賊亮的瞎子，老安知道這只是開始，從他登上這條船開始，就已經被重點關注了。

還好黃浦和舟山相距不遠，包括張長弓在內的很多人都不明白，為何羅獵要選擇在這裡休息？相對於此次航程來說，抵達這裡只是一個開始，在張長弓看來，一鼓作氣，再而衰，三而竭，這趟航程一氣呵成最好，別的不說，船員剛出發，精力最佳，根本不需要調整，這次的調整只會讓他們鼓足的士氣變得懈怠。

不過沒有人質疑羅獵的決定，甚至包括老安，看得出他表現得謹慎且小心，似乎當真要貫徹白雲飛一切服從羅獵安排的命令。

舟山多漁港，不過現在已經是初冬季節，漁民大都進入了休漁期。每年的這個時候島上也是格外熱鬧，辛苦了一年的漁民也開始享受這難得的閒暇時光。因為是國內首屈一指的漁場，碼頭眾多，漁船林立，有利益的地方必然會引起各方勢力的覬覦。除了本地政府以外，這裡各方地下勢力猖獗，賭場、煙館、風月場所眾多。各方勢力為了爭搶地盤，爾虞我詐，相互殘殺，將原本安寧祥和的漁場搞得烏煙瘴氣。

船隻停靠漁港之後，羅獵讓瞎子和陸威霖留守，他和葉青虹、張長弓一起下船，說是要再購買一些補給物資。

他們去的地方是朱家樓，一家當地有名的酒樓。

張長弓看到朱家樓的招牌不由得苦笑道：「若是讓瞎子知道我們來吃飯，他必然要叨嘮了。」

羅獵哈哈大笑道：「就是怕他嘴快，又沒讓他一個人留下，還有威霖陪著他呢。」

說話的時候，看到一名帶著瓜皮帽的中年人迎了上來，他向三人作揖道：「三位貴客，請問是否從黃浦而來？」

羅獵微笑道：「不錯！」

那中年人又道：「這位一定是葉小姐了。」

葉青虹點了點頭道：「翁掌櫃到了嗎？」

那中年人笑道：「已經在金風閣等著了。」他做了個邀請的手勢，羅獵示意他在前方引路，三人隨著那中年人上了二樓。

金風閣是朱家樓最大的雅間，葉青虹口中的翁老闆叫翁國賢，是當地的一位掮客，所謂掮客就是幫著聯絡各種各樣的生意，從中漁利的那種人，換成現代的話，這種人就是仲介。

因為舟山特殊的地理位置，像翁國賢這樣的人很多，不過如果要從中選出幹得最出色的一個，只能是他。

翁國賢今年四十歲，有著海邊人常見的黧黑肌膚，身材瘦削，眼袋很大。穿的長衫雖沒有補丁，可也漿洗得半新不舊，鼻樑上架著一副黑色圓框眼鏡，見到葉青虹他顯得非常激動，大步向前道：「葉小姐，翁某未能遠迎，還望不要見怪。」

葉青虹微笑道：「翁先生別來無恙？」

「托小姐的福，這兩年還算湊合。」

說起來翁國賢和葉青虹的淵源要追溯到兩年前，當時翁國賢去黃浦辦事，沒想到遇到小偷扒竊，翁國賢為人精明，因為及時發現，所以並未讓小偷得逞。可卻因此而觸怒了盜竊集團，翁國賢被那群地痞圍毆，剛巧被開車路過此地的葉青虹遇到，是葉青虹為他解了圍，將已經被打得半死的他送往醫院，並幫他將財物找回。在翁國賢眼中，葉青虹就是他的大恩人。如果不是葉青虹出手相助，他可能早就被扔入浦江餵了魚。

翁國賢已經準備好了豐盛的酒菜，葉青虹將羅獵和張長弓介紹給他認識。

翁國賢對葉青虹的朋友表現得相當客氣，四人坐下，三杯之後，翁國賢起身向葉青虹敬酒，葉青虹道：「我酒量可不成，不如就讓羅獵代我飲了。」其實張長弓的酒量比羅獵厲害，可葉青虹的酒只能是羅獵給代了。

翁國賢也是老於世故之人，一聽就知道葉青虹和羅獵的關係非同一般，微笑著敬了葉青虹兩杯酒，葉青虹都交給羅獵代飲了。

翁國賢道：「小姐交代給我的事情，我已經全部辦好了，船隻、補給、船員全都準備就緒，隨時都可以從港口出發。」

張長弓此時方才知道原來葉青虹和羅獵背著所有人下了一盤妙棋，在無法確定內部船員是否可信的前提下，他們神不知鬼不覺地在舟山另外準備了一艘船，在黃浦準備了那麼久，只不過是用來迷惑白雲飛的障眼法。

羅獵舉起酒杯向張長弓道：「張大哥，我敬您一杯，別怪我沒有事先告知大哥。」

張長弓笑道：「如此隱秘的事情自然是越少人知道越好，如果告訴了我，我也難以保證在人前不露出絲毫的痕跡。」他知道羅獵對兄弟們的感情，沒有提前說明這件事絕不是為了藏私，更不是因為對他們不信任，而是因為羅獵想要擺脫的對手是白雲飛，白雲飛何其精明，只要事先察覺到任何的風吹草動，必然會提前做足準備。

翁國賢將船隻具體停靠的地點和如何交接的具體事情向他們說了一遍，他也沒有停留太久的時間，把事情辦完即刻離開。

羅獵三人並未急著離去，他們繼續留下來商量何時出航。經過短暫的商議，三人決定今晚就登船離開，畢竟時間拖得越久，暴露的可能就越大，正所謂夜長夢多。

張長弓想到了一個頗為棘手的問題，因為始終沒有聽到羅獵和葉青虹提及，終於忍不住道：「老安怎麼辦？也要將他扔在這裡嗎？」

羅獵搖了搖頭。

張長弓愕然道：「難道要帶他一起走？」

羅獵點了點頭道：「不錯！」

張長弓這下徹底糊塗了，羅獵和葉青虹花費了那麼大的代價和周折其用意就是為了擺脫白雲飛，眼看就要成功，他們卻要將白雲飛安插在其中的最大一顆釘子帶走，這不等於前功盡棄？

羅獵道：「白雲飛並沒有將所有的資料提供給我，老安這個人很重要，我們想要找到太虛幻境，就必須把他帶上船。」

張長弓道：「你不怕他從中搗鬼？」

羅獵微笑道：「只要他上了咱們的船，就由不得他自己了，更何況這段航程不會平靜，他如果抱有太多的私心雜念，絕對活不到最後。」他對掌控局勢擁有著強大的信心，老安雖然是白雲飛安插在他們之中的最大一顆釘子，可這顆釘子畢竟擺在明處，羅獵真正擔心的是看不見的釘子，明槍易躲暗箭難防，他必須在真正航程開始之前，將所有潛在的風險盡可能規避掉。

在黃浦堅持不讓白雲飛介入，其實只是他的第一道幌子，以白雲飛的精明和他在黃浦的勢力，想要從根本上杜絕他的勢力滲入根本沒有任何的可能。所以羅獵和葉青虹經過商量之後，才採用了這個金蟬脫殼的方法。

三人確定時間，並明確分工之後，張長弓即刻離開。

羅獵和葉青虹並不準備返回那艘船，距離再度啟航只剩下不到半天的時間，他們決定先行前往。

兩人離開了朱家樓，向南部碼頭而行。自從出海之後天氣一直不錯，風和日麗，天高雲淡。他們的心情格外輕鬆，或許是因為這天氣，或許是因為他們的第一步計畫得以順利實施。

通往碼頭的這條道路要經過一個魚市場，雖然已經是下午時分，可仍然車水馬龍好不熱鬧。

經過魚市場入口的時候，海鮮的鹹腥味道越發濃烈，葉青虹抽出手帕捂住口鼻，羅獵主動用身體護住她，避免來來往往運送海鮮的挑夫碰到了她。

羅獵低聲向葉青虹道：「不要回頭，有人跟蹤。」

葉青虹心中一怔，她並沒有留意到這一狀況，等到對面的馬車過去，羅獵牽著葉青虹的手快速通過了魚市場的入口，為了避免暴露他們的真正去向，羅獵改變了路線，他們來到了魚市場後方的小碼頭。

葉青虹雖然沒有回頭，可是也能夠從後面的嘈雜腳步聲判斷出有不少人在跟蹤他們，確切地說不是跟蹤，而是肆無忌憚地追擊了。

羅獵停下腳步，轉身回望，卻見後方有十多名漢子快步追趕著他們。

那群人意識到他們被發現之後，並沒有選擇散去，先是停下了腳步，為首的光頭漢子左右看了看，然後帶著那群人大搖大擺地走了過來，葉青虹挽住羅獵的手臂，小聲道：「我帶槍了。」

羅獵微微一笑，輕聲道：「殺雞焉用宰牛刀。」他首先要搞清這群人的身分，究竟是因為什麼事情才找上了他們。

那光頭漢子一臉壞笑走了上來，目光貪婪地望向葉青虹道：「這妞兒長不錯，大爺想跟你交個朋友。」

葉青虹沒有說話，有羅獵在她身邊，她擁有足夠的安全感，只需做好被保護的角色就好，她堅信羅獵不會讓自己受到絲毫的委屈。

羅獵道：「做人留一線日後好相見，大家萍水相逢，素不相識，談不上什麼恩怨，不如選擇井水不犯河水的好。」

光頭漢子冷冷望著羅獵，伸手戳向他的心口道：「知不知道這是什麼地方？想英雄救美？你還是先擔心自己的小命吧？」

羅獵仍然氣定神閑地望著對方道：「你收了別人多少好處？」

光頭漢子一怔：「什麼？」感覺羅獵的一雙目光又如利箭般刺透了自己的雙目，他想要躲閃對方的目光，可是卻又感覺到一種磁石般的吸引力，對方的目光如同鋼絲一樣一直深入到自己的心底並將之束縛。

對付這樣的角色，羅獵不需要動手，如果對方只是一些見色起意的當地無賴，事態並不嚴重，可如果對方當真是受了某人的委託而來，就證明他們此次的出航從一開始就被人給盯上了，這絕不是什麼好事。

光頭漢子的眉峰微動，他試圖在抗拒羅獵的心靈控制，然而以他的修為想要對抗羅獵根本沒有任何的可能。

羅獵突然厲聲喝道：「跪下！」

光頭漢子內心劇震，竟被羅獵的這聲大吼嚇得面無人色，更覺得羅獵的聲音中包含著不容抗拒的力量，雙膝一軟竟當著一眾手下的面噗通跪了下去，顫聲道：「開……開山幫……」

這個回答並沒有讓羅獵感到意外，開山幫的趙虎臣在自己的手上吃了虧，在黃浦雖然礙於白雲飛的面子暫不追究，並不代表著他咽下了那口氣。羅獵並不擔心開山幫，畢竟開山幫不清楚他此次出海的真正目的，可從這些找麻煩的本地流氓可以看出，他們的行蹤遠遠稱不上隱秘，或許從他們離開黃浦的那一刻就已經被人盯上了。

趙虎臣既然能夠知道他們的下落，就不排除其他人也能夠跟蹤而至的可能。

光頭漢子身後的那幫人看到帶頭的還沒出手就已經跪下了，一個個都被弄得有些發懵。

羅獵向那光頭漢子道：「起來吧！」

那光頭漢子老老實實站了起來，羅獵走近他，耳語了幾句，那光頭漢子連連點頭，轉身向手下道：「走！」

葉青虹望著那群人遠去，一場危機被羅獵就這樣輕描淡寫地化解，知道羅獵催眠了那光頭漢子，唇角露出淺淺笑意道：「你派他去做了什麼？」

羅獵道：「冤有頭債有主，我讓他去找背後的指使者。」

葉青虹道：「要不要跟過去看看？」

羅獵搖了搖頭：「還是儘早離開為妙。」現在的形勢遠比他們預想中來得複雜，自然是越早離開越好。如果因為小小的糾紛而暴露了他們來舟山最主要的目的，此前的周密佈局等於前功盡棄。

張長弓回去之後就將老安請了出來，只說是羅獵有事找他們，老安跟隨張長弓來到南部碼頭，開始的時候還擁有足夠的耐性，可當他看到碼頭鱗次櫛比排列的船隻之後，終於還是忍不住問道：「我們來這裡做什麼？」

張長弓指了指其中的一艘船。

老安定睛望去，卻見那艘船上也用黑漆寫著「獵風」二字，內心不由得咯噔一下，頃刻之間他已經完全明白了，愕然道：「要換船？」

張長弓點了點頭。

即便是老安這般心機深沉之人也根本無法預料到會有這樣的變化，他從心底感到佩服，羅獵這個年輕人實在是太厲害了，難怪侯爺會對他如此看重，來此之前，他和白雲飛已經分析過種種可能，卻仍然沒有算到羅獵會採取這樣乾脆徹底的手段。老安雖然內心波瀾萬丈，可臉上卻仍然沒有半點表情，木然道：「我還有行李在船上，很重要。」他特地強調了很重要這三個字。

張長弓微笑道：「安伯不用擔心。」他向身後努了努嘴。

老安轉身望去，卻見瞎子和陸威霖一起大步而來，瞎子的手中正拎著他的行李。

老安再不說話，從瞎子手中接過行李，率先向那艘獵風號走去，到了這種地步，由不得他反對。

四人登船之後，船隻即刻啟航，這艘船方方面面的狀況絕不次於此前的獵風號，所有的船員都是由翁國賢在當地秘密招聘而來，經驗豐富且忠實可靠，確保和黃浦那邊沒有任何的關係。

老安在安置好之後，主動找到了羅獵。羅獵在船尾眺望著遠方漸漸縮小的島嶼以及遠方開始西墜的夕陽。

老安望著羅獵的背影，臉上不見了昔日的恭敬，目光中流露出幾分怨念，不過他不用擔心被羅獵看到，畢竟羅獵背朝著他，而且短時間內沒有回頭的意思。

老安道：「羅先生，那些水手，您信不過？」

羅獵抽了一口煙，海風吹散煙霧，將煙的氣息帶到了老安的面前，老安感到連自己的呼吸彷彿都被他控制了，目光變得越發怨毒。

羅獵道：「小心駛得萬年船，我雖然不信他們，可是我相信你。」

老安的唇角露出一絲嘲諷，這年輕人分明在說謊，他真正不相信的就是自己。老安心中還是有些不解的，羅獵為何沒有拋下自己？他們幾個明明可以輕易就將自己拋下一走了之，然而最終還是選擇帶上了自己，難道他們害怕白雲飛？

這個可能很快就被老安否定，從羅獵的行事作派，從他們每個人的目光中都能夠感覺到，這群人是無畏的，他們不會像自己一樣對白雲飛敬若神明，他們之所以選擇帶上自己的理由也只有一個，那就是自己對他們還有用處。

老安暗自佩服羅獵深沉如海的心機，以自己的閱歷都不得不服從他的安排，按照他的計畫行事，難怪白雲飛多次提醒自己務必不可輕視羅獵。

老安點了點頭，聲音一如既往的平靜，木訥的面龐找不到欣慰也找不到沮喪：「謝謝羅先生。」

羅獵道：「開山幫的人一直跟蹤到了這裡。」老安認為羅獵所說的只不過是一個敷衍自己的藉口，卻不清楚羅獵所說的是事實。

羅獵也沒有取信於他的必要，甚至沒有轉身看老安一眼的想法。老安從他的背影中看出了他對自己的鄙視，或許這只是一種錯覺，可老安卻仍然感覺自己被深深傷害到了，咳嗽了一聲道：「如果沒別的事，我回去了。」

羅獵道：「回去休息吧，有需要的話我會叫你。」

老安從這句話中感覺到羅獵態度上明顯的變化，變得不再像此前那樣尊重自己？變得居高臨下，他希望這只是自己的錯覺而已。

陸威霖在老安離去之後來到了羅獵的身邊，雙手扶住憑欄，低聲道：「聽說你和葉青虹遇到了些麻煩？」

羅獵點了點頭：「算不上什麼大麻煩。」他將在黃浦和開山幫結下的樑子簡單說了一遍。

陸威霖皺了皺眉頭道：「看來咱們的這趟航程算不上什麼秘密。」

羅獵笑了起來：「天下間沒有不透風的牆，咱們只能儘量保守秘密。」

陸威霖抿了抿嘴唇，忽然伸出手去拍了拍羅獵的肩膀：「給你添麻煩了。」

羅獵知道他因何要這樣說，微笑道：「準備怎樣報答？」

陸威霖也笑了起來：「如果我是女人就以身相許，不過你也不需要，想對你以身相許的女人實在是太多了。」

羅獵的內心卻因他這句調侃而刺痛，他的手不由自主抖動了一下，煙灰隨風落入海中，即便是這細微的動作都沒有瞞過陸威霖的眼睛，陸威霖知道他定然想起了顏天心，本想安慰他幾句，可話到唇邊又意識到並無這個必要，有些傷口必須一個人靜靜去彌合。

陸威霖藉口有事轉身離去，只剩下羅獵一個人獨自站在那裡。

羅獵掏出了懷錶，打開懷錶看到裡面艾莉絲的相片，時間並不遙遠，可記憶卻已經封鎖太久，推開記憶的門，卻發現裡面的一切清晰如昨，他想起和艾莉絲之間朦朧而青澀的感情，他們甚至都沒有走到相互傾吐愛慕的地步，可有一點羅獵能夠確認，艾莉絲的死是他迅速走向成熟的主要原因。

直到現在他都無法確定自己對艾莉絲究竟是情侶之間的愛情還是兩小無猜的兄妹感情，如果上蒼能夠再多給他們一些時間，或許他會將一切弄清楚，不過無論是哪種感情，都是一樣的真摯且深厚。

懷錶的指標永遠定格在那裡，望著指標，羅獵的腦海中忽然閃過一絲靈光，他想到了一句話，**這世上看似不相干的事物，只要耐心去找總能找到兩者之間的聯繫**。

懷錶和聖經這兩樣被西蒙看得比自身性命更加重要的物品，其中是否也存在著同樣的規律？

羅獵回到了屬於自己的艙房，找到了西蒙的那本聖經，懷錶的時間定格在九點三十五分四十一秒，按照時針分針和秒針所指的位置，他將聖經分別翻到第九、三十五，四十一頁，在三頁上分別找到第九、三十五、四十一個單詞標注出來，他將九個單詞分別列出，通過一系列的嘗試和排列，驚奇地發現這九個單詞可以排列成為，The hells sea is in the east of Yokohama，翻譯之後大概的意思是**地獄海在橫濱東**。

羅獵相信這絕不是巧合，他們此次前往日本附近海域為的是尋找太虛幻境，而西蒙遠渡重洋過來尋找自己卻是為了他腦海中無法證實的幻覺。應該說從現在開始羅獵已經開始相信西蒙的話並非是憑空捏造。

取出那張夾在聖經中的地圖，西蒙的手繪圖所標注的是幻境島，羅獵無法確定幻境島和太虛幻境到底是不是同一個地方，不過他的內心對此次的航程開始感到越發好奇了，甚至感覺到有一雙無形的手正牽引著自己向那未知而神秘的海域不斷靠近。

艙門被輕輕敲響，卻是葉青虹過來叫他吃飯。

羅獵收好聖經，出了艙門和葉青虹一起去了餐廳，張長弓、瞎子、陸威霖都已經在那裡等著了，就連老安也被他們請到了那裡，倒不是他們想請老安一起喝酒，而是羅獵讓瞎子務必要盯住老安，避免他搞什麼花樣，瞎子對此非常上心，所以將老安一起叫了過來，老安雖然不想來，可架不住瞎子的嘮叨，他心明眼亮，自然知道這幫人打的是什麼主意，事情既然已經到了這個地步，他也就沒必要抗拒到底，硬碰硬也需要建立在自己有足夠底氣的前提下，在目前，羅獵顯然已經掌握了話語權，自己唯有夾起尾巴低頭做人。

有酒喝，有肉吃，老安覺得還算不錯。

有酒喝，有肉吃，有朋友可以相互依靠，羅獵他們幾個感到放鬆了許多。

可葉青虹仍然能夠感覺到羅獵深藏在心底的那份憂鬱，端起酒杯主動向羅獵敬酒道：「我敬你。」

羅獵道：「敬我什麼？」

瞎子一旁笑道：「是啊，羅獵可不想你敬他，你應當……」愛字尚未說出口就遭遇到葉青虹淩厲如刀的眼神，雖然葉青虹心底並不是當真生氣，可她藏得很不錯。

陸威霖看到這一幕，悄悄將目光轉向遠方，腦海中不由得浮現出在藍磨坊第一次看到葉青虹演出的情景，他仍然記得那晚葉青虹帶給自己的驚豔和激動，不過現在那種感覺似乎變得平淡了不少，或許是時間的緣故，或許是因為明白葉青虹心中所愛的那個是羅獵，他已經接受了現實，或許……陸威霖的腦海中同時又出現了一個窈窕的身姿。

張長弓舉起酒杯跟他碰了碰，又向瞎子道：「咱們三個喝，跟咱們好像沒什麼關係。」

瞎子搖頭晃腦道：「不錯，不錯，事不關己高高掛起，乾杯，安伯，一起唄！」

葉青虹將杯中酒一飲而盡，然後起身離開了餐廳，眾人都是一怔，瞎子歎了口氣道：「女人心海底針，羅獵，你還不快追？」

第四章

世人皆睡我獨醒

羅獵的失眠已經不再是秘密，他不得不將這種頑症理解為
自己要比這世上的人過得清醒，世人皆睡我獨醒，
這豈不就意味著自己活一天就等於別人兩天，
自己活一輩子就等於別人活兩輩子。

羅獵仍然穩當當坐在那裡，他並不認為葉青虹會生氣，之所以離開是因為瞎子剛才的那句調侃傷及了她的自尊，即便是葉青虹當真生氣，自己追出去也解決不了問題。可羅獵又清楚葉青虹應當是傷心了，源於自己的木訥，或許應當稱之為冷漠。

陸威霖和張長弓對望了一眼，然後同時將目光投向瞎子，瞎子愕然道：「幹嘛都看著我？」

沒人回答他的問題，瞎子歎了口氣道：「得！我嘴賤，我去追！」

葉青虹獨自站在船頭，任憑黃昏的風將她的頭髮吹亂，夕陽雖然是金黃色的，可並沒有感覺到任何的暖意，冰冷的海風毫無情面地向她撲來，寒冷的感覺一直鑽入了她的心底，葉青虹有種想哭的衝動，為了羅獵她改變了太多，不惜放低自尊，不惜犧牲一切，可是在她改變的同時羅獵也在改變，**這世上最難融化的並非是一座冰山，而是一座游走的冰山**，她想要用自己的體溫去融化這座冰山，可是卻始終無法觸及。

葉青虹不怪羅獵，要怪也只能怪她自己的選擇。她想哭卻哭不出來，興許是這凜冽的寒風在她的淚水尚未流出之前已經將之封凍。

瞎子還未來到葉青虹的身邊，就已經被冷風刺激得接連打了兩個噴嚏，揉了揉鼻子，在遠處站定，他從不認為葉青虹會把自己當成朋友，自然也沒信心說服對方，咳嗽了一聲道：「船頭風大，別著涼了，大家都在等著你……」停頓了一下又道：「羅獵也在等著你。」

葉青虹咬了咬櫻唇道：「你很少說實話。」

瞎子道：「習慣了，不過大家都關心你。」

「不需要！」葉青虹冷冰冰地回應道，她不需要任何人的關心，羅獵除外，可她最需要的那個偏偏毫無表示。

瞎子有些為難地撓了撓頭，準備放棄的時候，突然想起了什麼，他歎了口氣道：「其實我也很煩，喜歡一個人，可那個人偏偏對你毫無表示……」

葉青虹聞言一怔，轉過身來，表情顯得有些古怪。

瞎子看到她的表情這才意識到葉青虹很可能誤會了自己的意思，慌忙擺手道：「你別誤會，我不是喜歡你，我怎麼可能喜歡你……」

葉青虹柳眉倒豎，鳳目圓睜，瞎子的這番話簡直是對她的莫大侮辱。

瞎子越解釋越亂：「葉小姐，我……我怎麼敢高攀您，我……我，這麼說吧，我喜歡的是周曉蝶……」

葉青虹美眸中的光芒黯淡了下去，她居然覺得瞎子也沒那麼討厭，過去她一直以為瞎子是膽小而怯懦的，可現在發現瞎子也有勇氣，至少他敢在人前承認他對周曉蝶的感情。

瞎子終於意識到自己絕不是一個合格的開導者，歎了口氣道：「葉小姐別生氣，剛才我真不是存心開你玩笑。」

葉青虹道：「我沒生氣。」

瞎子將信將疑道：「沒生氣？可你剛才……」剛才葉青虹轉身就走，可是所有人都看到的事情，瞎子相信自己不會看錯，尤其是在黃昏來臨之後，少有人的視力能夠超過自己。

葉青虹道：「沒生你的氣，安翟，我想一個人靜靜，你讓我一個人靜靜好不好？」

瞎子點了點頭，從葉青虹的表情上他並沒有找到任何的憤怒，這才放下心來，叮囑葉青虹道：「外面風大，早點回來，千萬不要著涼。」

葉青虹已經轉過身去，如果真的著涼他會在乎嗎？她忽然產生了一個奇怪的想法。正準備將自己的想法付諸實施，就感覺到肩頭一沉，卻是一件帶著煙草味道的黑色呢子大衣披在了她的肩頭。

這熟悉的煙草味道讓她頓時猜到了來者的身分，葉青虹有種即刻將大衣丟到一旁的打算，可想法畢竟只是一個想法。

羅獵道：「我還是想不出你敬我的理由。」

葉青虹扭過頭去，一臉幽怨地望著他，羅獵沒有一絲一毫的愧疚，坦然而平靜地望著她，嘴上還叼著一支煙。

葉青虹伸出手去有些粗暴地將他唇上的香煙拽了下來，然後用力扔到了大海裡，煙頭的火星在海風的吹送下劃出一道紅色的弧線，還未來得及觸及深沉的海面就被海浪拍得無影無蹤，葉青虹這才意識到天已經黑了。

羅獵道：「生氣了？」

葉青虹道：「我只是生自己的氣。」

羅獵道：「**人活在世上最喜歡較勁的那個人都是自己**，能過去自己這道坎兒的人實在是不多。」

葉青虹反問道：「你過得去嗎？」

羅獵吸了吸鼻子，又想去拿煙，卻被葉青虹惡狠狠的眼光鎮住，猶豫了一下，終於還是放棄了去拿煙的想法，抬起雙眼看了看遠方已經暗下來的天幕，海天之間的輪廓不再清晰。他打了個哈欠道：「天黑了，有些犯睏。」

葉青虹道：「你能睡著才怪！」她知道羅獵飽受失眠症的困擾，犯睏這理由實在夠荒唐。

羅獵道：「因為失眠所以犯睏。」

葉青虹道：「我也失眠。」說完她自己忍不住笑了，可她馬上又止住了笑，實在不明白自己為何會笑，也想不出自己有值得開心的理由。望著羅獵瘦削的面龐，葉青虹又忍不住有些心疼了，或許她還是太任性了，在他們分別的這段時間，羅獵經歷了太多的打擊和挫折，他表面雖然堅強，可是內心深處早已傷痕累累，自己不該再奢求他什麼。自己應該多些理解，多些耐心，陪著他走出創痛和陰影。

羅獵道：「既然都睡不著，不如咱們找個暖和的地方秉燭夜談。」

葉青虹的臉有些發熱，雖然她明知道羅獵絕不會有非分之想，可他的這番話仍然讓她感到羞澀，葉青虹意識到自己對他變得越來越沒有抗拒力，即便是羅獵對自己提出任何過分的要求，想必自己也不忍心去拒絕。她搖了搖頭道：「你不睏，我還睏呢，再說……我可不想別人說閒話。」說完這句話，她匆匆走了，因為看到張長弓幾人都從餐廳內出來，葉青虹甚至忘記歸還羅獵的大衣。

瞎子牛皮糖一樣黏著老安，陸威霖離開船艙之後遠遠向羅獵看了一眼，看到葉青虹離去，這才緩步走向羅獵。

羅獵在葉青虹走後馬上將煙盒掏了出來，卻發現裡面已經空了，有些無奈地搖了搖頭，向陸威霖道：「有煙嗎？」

陸威霖道：「戒了！」

羅獵皺起了眉頭，在自律性方面陸威霖一向很強。

陸威霖道：「其實戒了也沒什麼不好。」

羅獵總覺得他話裡暗藏弦外之意，微笑道：「最難戒掉的是習慣。」

陸威霖道：「堅持下去，戒也會成為一種習慣。」他的目光投向遠方，葉青虹的身影已經完全消失在夜色之中，低聲道：「她對你已經非常遷就了。」所有人都能夠看出葉青虹對羅獵的遷就，性情高傲如她，而今可以在眾人的面前向羅獵低下高貴的頭顱，足見羅獵在她心底的位置。

羅獵沒什麼反應，只是低頭在煙盒上聞了聞，煙盒內殘存煙草的味道讓他感覺安定了許多。

陸威霖道：「當局者迷。」

羅獵笑了起來，他知道陸威霖對葉青虹的感情，陸威霖的這番話更像是在為葉青虹打抱不平。

陸威霖道：「有些事過去了就是過去了，生活還得繼續。」

羅獵岔開話題道：「你怎麼樣？難道就打算這樣孤零零過一輩子。」

陸威霖用力搖了搖頭道：「我沒覺得自己孤獨。」然後他將目光停留在羅獵的臉上，羅獵很快就明白了他的意思，陸威霖是在告訴自己，他的孤獨停留在表面，而自己的孤獨卻深植於內心。

陸威霖道：「我表裡如一。」說話的時候腦海中突然想到了百惠，很久沒有她的消息了。

羅獵歎了口氣道：「我虛偽，我承認我太虛偽，不過這裡實在是太冷了，我要回去，抽一支煙，舒舒服服睡個好覺。」他逃也似的向自己的艙房走去。陸威霖的聲音在背後響起：「你睡得著嗎？」

羅獵的失眠已經不再是秘密，他不得不將這種困擾自己的頑症理解為自己要比這世上大多數的人過得清醒，世人皆睡我獨醒，這豈不就意味著自己活一天就等於別人兩天，自己活一輩子就等於別人活兩輩子。可如果睡去意味著暫時忘卻，那麼自己所承受的痛苦和快樂也是雙倍的，不幸的是，他年輕的生命中關於痛苦的記憶卻佔有絕對的優勢。

離開舟山的這一夜無比寧靜，夜幕降臨之後，海風突然就停了，海面少有的平靜，船隻在這樣的海面中行進幾乎讓人感覺不到顛簸。羅獵抬起手腕看了看時間，已經是淩晨三點，這個時間所有人都應當入睡了。

他離開了艙房，再度回到甲板上，滿月如盤，月光宛如水銀一般無聲瀉地，甲板因為月光的包裹呈現出一種金屬般的色澤。羅獵看到了一隻孤獨的鷗鳥，白色的鷗鳥宛如雕像一般凝固在憑欄的柱頭上，一動不動，享受著月光的沐浴，即便是羅獵的出現也沒有對牠造成任何的影響，在牠看來這裡是屬於牠的領域。

羅獵望著那隻孤獨的鷗鳥，從牠的目光中看到了寧靜和安祥，他無意打擾鷗鳥的寧靜，轉身向船尾，朝著遠離鷗鳥的方向走去。

月光籠罩著黑色的海洋，輕柔的夜風吹起溫柔的海浪，起伏的海浪通過光影的反射將海面上鋪滿了一片片銀色的鱗片，遠遠望去，光影閃爍，忽明忽滅，此起彼伏，瑰麗而迷幻，如同光影織成的地毯。

和人類脆弱的生命相比，這世上存在著太多的永恆，宇宙、星辰、大海、光影……羅獵不知不覺陷入了沉思。

鷗鳥的雙翅突然張開，然後加快頻率拍打了兩下，倏然向夜空中升騰而去，高速飛行的身體在夜空中化為一道白光。羅獵的目光追尋著那道白光，一直投向遠方的天際，忽然睜大了雙眼，因為他看到在海天之間似乎有一個黑點。

羅獵無法確定，他抬頭尋找到了瞭望塔上的水手，那水手雖然負責瞭望，可是並未發現這邊的動靜，羅獵提醒他觀察自己剛剛發現的異常。

那水手舉起望遠鏡向遠處張望，只看了一會兒就確定遠處有船，而且不止一艘，一共兩艘船。

在這樣的季節漁船很少出海，最常遇到的可能是貨船，不過也不排除遭遇海盜的可能。

水手馬上將這一發現通報給了船長，出於安全考慮，他們的船隻開始加速。在船長下令加速之後不久，尾隨他們的那兩艘船也開始加速。這一狀況表明，那兩艘船的目標顯然就是他們。

羅獵並未驚動其他人，和船長商量之後，他們決定按照既定的路線繼續向前行進，畢竟後面的船隻和他們還存在著相當長的一段距離，天亮之前對方應該追不上他們。過早地驚動己方人員並沒有太多的意義，還不如讓他們安安穩穩睡個好覺，保持充分的精力，以準備有可能到來的戰鬥。

船隻速度的加快還是讓一部分人察覺到了，陸威霖就是其中之一，他本來就容易暈船，船行速度的加快讓船隻顛簸加劇，陸威霖衝出了艙房，雙手抓住憑欄，向海中嘔吐。

直到胃裡的東西全都吐空，嘔出了酸水，陸威霖才感覺好了一些，不過眩暈仍在。

有人向他遞來了一方手帕，陸威霖睜開雙眼，才發現羅獵來到了自己的身邊，他接過手帕擦了擦嘴，咧開嘴露出一個苦笑：「天旋地轉。」

羅獵道：「還能瞄準嗎？」

陸威霖道：「得看目標多大。」他還不知道有船尾隨的消息。

羅獵道：「儘快恢復吧，最遲明天上午可能會發生一場惡戰。」

陸威霖愣了一下，這才意識到形勢的嚴峻。扶著憑欄向周圍望去，看到黑色的海洋，波濤掀起的白沫，馬上又感覺到一陣頭暈目眩，他趕緊閉上了眼睛。

羅獵道：「有兩艘船在我們的後方跟著。」

陸威霖閉著雙目道：「大概有多遠？」

羅獵道：「目測三海浬左右，不過他們的行進速度和我們差不多。」

陸威霖點了點頭，這就存在兩種可能，一種是對方船隻的行進速度和他們相同，另一種可能就是對方故意在保存實力，並未展開全速追擊。感覺稍稍好了一些之後，陸威霖道：「哪個環節出了問題？」羅獵和葉青虹此前已經做出了細緻安排，更換船隻水手的事情就連他們也都不知情，難道還是走漏了風聲？

羅獵想起了在港口所遇的那群受開山幫委託前來找麻煩的當地惡霸，難道是他們？

陸威霖提醒羅獵道：「別忘了老安。」

兩人說話的時候，遠處兩個身影走了過來，當真是說曹操曹操就到，其中一人就是老安，另外一個自然是如影相隨的瞎子。瞎子一雙小眼睛在暗夜中灼灼發光，天色越黑他看得就越清楚。

瞎子嚷嚷道：「怎麼了？這麼大的動靜？」雖然羅獵提醒眾人不必現在就喚醒他們，可船隻突然加速，現在已經全速行進，引起顛簸在所難免，很少有人能夠在這樣的狀況下毫無覺察。

羅獵將情況告訴了他們，瞎子取出望遠鏡觀察了一下追擊他們的船隻，別人就算利用望遠鏡也只能看到跟蹤船隻的輪廓，而瞎子卻能夠看清細節，他調整了一下望遠鏡，視野中的兩艘船開始變得清晰，瞎子看到了船隻桅杆上飄揚的旗，黑色的旗幟上方繡著一條張牙舞爪的青龍，瞎子將自己所看到的一切告訴了其他同伴。

一直沒有說話的老安道：「海龍幫，他們是海盜！」

眾人將目光同時投向了老安，其實羅獵在此次出海之前也搜集了不少資料，他知道在這一帶的海域過去常有海盜出沒，海龍幫就是其中實力頗為強大的一支，他們活動最為猖獗的時候是在清末民初，在民國政府成立之後，這條航線先後發生了幾起特大劫案，因而引起了多方注意，民國和日本方面聯手在這一帶展開了清剿行動，為了躲避鋒芒，過去盤踞在這一海域的幾股海盜勢力不得不選擇暫避鋒芒，他們將大本營向南遷移。

可以說最近三年內這條航線都沒有發生過海盜劫持的事件，羅獵也因此將遭遇海盜的可能幾乎忽略不計，可再小的可能一旦被他們遭遇就會變成百分之百的機率。

瞎子盯著老安道：「你的人？」

老安冷哼一聲道：「我找海盜做什麼？我看咱們還是早做準備，海龍幫做事以三光聞名，殺光、燒光、搶光！而且……」他停頓了一下又道：「據我所知，他們一旦出動最少都要有三艘船，他們不但人多勢眾而且武器精良。」

張長弓洪亮的聲音響起：「莫要長他人志氣滅自己威風！」

老安道：「你們愛信不信。」

葉青虹最後一個從艙房內出來，其實她早已醒來，只是並沒有第一時間來到外面。

葉青虹來到羅獵的身邊悄悄將他的大衣還給了他，羅獵接過大衣披上。葉青虹道：「遇到海盜了？」

羅獵點了點頭，葉青虹要了望遠鏡向船尾走去。

瞎子幾人都來到羅獵的身邊，瞎子道：「怎麼辦？」

陸威霖道：「船長說，最好的辦法就是全速前進，爭取能夠甩掉他們。」

張長弓認同陸威霖的辦法，不過他還記得剛才老安說過的話，低聲道：「如果他們還有其他的援軍怎麼辦？」

羅獵舉目向前方望去，發現老安的身影已經消失不見，瞎子雖然跟他們說話，可始終都在留意老安的動向，指了指艙房，老安剛才已經回去了。

羅獵來到老安所在的艙房外，敲了敲門，沒多久就聽到裡面傳來老安的聲音：「門沒鎖！」

羅獵推門走了進去，看到老安一個人坐在小桌前，借著昏黃燈光看著一張航海圖。羅獵走入房內，老安也沒有抬頭看他一眼，依然專注地望著航海圖。

羅獵掏出煙盒，從中抽出一支煙遞了過去。

老安冷冰冰道：「不用。」

他不抽煙，羅獵也不好意思抽，在老安對面的凳子上坐下，微笑道：「安伯！」

老安道：「羅先生客氣了，我就是個下人，您這麼稱呼，我可受不起。」

羅獵開門見山道：「我來找您是想聽聽您的看法。」

老安反問道：「羅先生相信我嗎？」

羅獵道：「大家同坐一條船，理當同舟共濟。」

老安道：「羅先生還是沒回答我的問題。」

羅獵道：「安伯是明白人，現在討論這種問題並無意義。」

老安點了點頭：「不錯！」他將手上的航海圖平鋪在了桌面上：「按照海龍幫常用的手法，這兩艘船隻是負責跟蹤並切斷後路，通常商船在發現被海盜追蹤之後，往往會疲於奔命，多半會採用高速行進的辦法試圖甩開追蹤船隻。」

羅獵點了點頭，他們正是要採用這種方法。

老安道：「海龍幫之所以能夠稱霸一時，不僅僅是因為他們武器精良，人員凶悍，更主要的原因是他們的船隻行進速度奇快。我雖然對我們所乘的這艘船並不瞭解，可是我知道如果後方的兩艘船全速追趕，我們一定逃不掉。」

羅獵道：「那他們為何沒有發起全速追擊？」

老安道：「沒到時候，根據有記載海龍幫的搶劫資料不難得出一個結論，他們從不在夜晚發動攻擊，搶劫大都發生在黎明之時。」

羅獵看了看時間，現在已經是凌晨四點，再有不到三個小時估計就會天亮，也就是說那些海盜就會發動最後的攻擊。

老安用手指點著航海圖：「我們目前在這個地方，天亮時分，我們最多來到這裡，這一帶全都是空曠的海域，便於他們展開圍攻。」

羅獵道：「你是說還會有其他的船隻加入？」

老安點了點頭，表情極其篤定道：「一定會有。」據他所知，海龍幫出海搶劫都在三艘船之上，這兩艘船，呈包抄之勢，分明是要把他們驅趕到既定海域。

羅獵觀察了一下航海圖，低聲道：「如果我們改變方向呢？」

老安道：「就算回頭，這兩艘船也足夠將我們毀滅掉，他們的船上應當配有火炮。」

羅獵心中暗叫不妙，他雖然對海上有可能遭遇海盜做出預估，可是在他此前的估計中遭遇海盜的可能性微乎其微，這種凶險遠小於海上遭遇風暴，更加沒想到的是他們目前只是離開舟山不久，根據此前獲得的資料，稱霸一時的海龍幫為了躲避清剿，大舉向南海轉移。

羅獵指向航海圖道：「咱們向這裡呢？」

老安道：「那裡是海石林，又被成為鬼石林，礁石林立，暗礁遍佈，就算是有經驗的漁民也不敢輕易闖入。」

羅獵道：「我看距離不遠，如果我們向這片海域進發，應當可以在天亮前進入其中。」

老安明白他的意思，這片礁石林對他們危險，對海盜也是一樣，羅獵是想利用這片特殊的危險地形擺脫海盜的追擊。低聲道：「不過就目前來說，也算得上是一個辦法。」

羅獵點了點頭，即刻將幾名同伴和船長召集到一起徵求他們的意見。

那船長聽聞羅獵要勇闖海石林，頓時嚇得面無人色，腦袋搖得跟撥浪鼓似的：「沒可能的，那裡到處都是暗礁，我過去從未進入過海石林，也未曾聽說過有人進入那裡能夠安然無恙地離開。」

羅獵道：「海龍幫的船隻速度要超過我們，如果在海面上展開追逐，我們根本沒有擺脫他們的可能，而且他們的船上配備了火炮。」

船長道：「咱們也有武器……」在他看來就算和對方硬拚，活命的機會也要比闖入那片礁石林更大一些。這位船長乃是翁國賢精心挑選之人，按照他的說法，此人經驗豐富且絕對值得信任，他也並非是有意推諉，而是每個人心中對於風險都有自己的評判。

陸威霖道：「就憑咱們的兩挺馬克沁？幹得過對方的大炮？」

船長抿了抿嘴唇道：「可是那片海石林實在是太危險了，我連詳細的海圖都沒有，如果咱們就這樣闖進去，免不了觸礁的下場，到時候我們豈不是更加麻煩？」說完之後又補充道：「咱們距離海石林只不過一個小時的航程，到那裡還沒有天亮。」就算是光天化日闖入海石林都無法保證避開海面下的暗礁，更不用說在夜裡了。

老安忽然道：「如果你們信得過我，我來掌舵！」

眾人都是一怔，他們都知道老安是白雲飛派來的親信，可無人知道老安還懂得駕船。

即便是對羅獵而言，這都是一次極大的冒險，讓老安駕船等於將所有人的性命都交到了他手上，如果老安心存歹意，只怕他們就要出師未捷身先死了。

羅獵點了點頭道：「沒問題！」既然同坐一條船，在這種狀況下就只能同舟共濟，相信老安也是因為沒有了更好的選擇。

張長弓道：「我和船長幫你。」

老安唇角露出一絲冷笑，他當然知道張長弓的本意不是幫助自己，而是要監視自己，點了點頭道：「隨便你！」

羅獵讓瞎子爬上桅杆負責瞭望，他並未對陸威霖委以重任，陸威霖因為暈船身體狀況很差，腳步虛浮，看樣子站都站不穩，只怕連槍都拿不住了。

羅獵和葉青虹來到船尾，兩人用望遠鏡觀察了一下後方的兩條船，這會兒功夫那兩條船明顯接近了他們。老安沒有說錯，海龍幫的船隻速度要超過他們，如果在海面上展開追逐，他們無法順利擺脫。

船隻開始轉向，後方的兩條船很快就發現了他們的變化，兩艘船分開一段距離，不斷加快了速度。

葉青虹放下望遠鏡，小聲道：「你當真相信他？」

雖沒有提老安，可羅獵知道葉青虹說的就是他，沉聲道：「有選擇嗎？」

葉青虹道：「或許他和海盜勾結。」

羅獵瞇起雙目，葉青虹所說的卻有可能，不過他在內心中已經對幾種可能做過評估，老安和海盜勾結的可能性很小，反倒是他們的這艘船上很可能存在海盜的內應。

老安只是負責指揮，實際的駕船操作還是由船長來親自完成，這艘船的速度已經達到了最大。

陸威霖回到艙內並沒有太久就從裡面奔了出來，船隻高速奔行，不巧這會兒又起了風，船隻越發顛簸起來，原本就暈船的陸威霖更加難受了，他跌跌撞撞衝到了甲板上，扶著憑欄開始嘔吐，可惜肚子裡已經沒有什麼東西好吐了。

乾嘔了幾口，用力吸了口氣，腦海中忽然閃過一道黑色的身影，他以為自己是因為暈船而產生的幻像，可他的直覺卻又告訴自己那不是幻像，陸威霖並沒有回頭，又趴在欄杆上，作勢嘔吐。

就在此時兩道黑影從他的身後衝了出來，兩人都是船上的水手，目標極其明確，就是趁著陸威霖暈船的時候發動突襲，意圖將他直接掀入海中。

兩人即將抓住陸威霖雙臂之時，一支烏洞洞的槍口從陸威霖的左腋下露了出來，呯的一聲槍響，子彈正中一人的大腿，那人慘叫一聲摔倒在了地上。

另外一人揚起手中匕首向陸威霖的後心插去，陸威霖從覺察到身後動靜之後就開始積蓄力量，他側向躺倒在了地上，如果在平時他大可選擇更加瀟灑從容的動作來應對這樣的局面，可暈船已經耗盡了他身體的大半精力，他的選擇就是躺倒在地上，只有這樣身體才能夠最大程度地接觸到甲板。

陸威霖左手托住右手的手腕，瞄準刺向自己的那道寒光，接連扣動扳機，第一槍將匕首射飛，第二槍命中了偷襲者的額頭。

對方魁梧的身體宛如小山一般轟然倒塌，重重砸落在甲板之上。

最先受傷的水手忍著大腿的鑽心疼痛想去掏出腰間的手槍，卻聽到陸威霖虛弱的聲音道：「老實點，子彈不長眼……」

聽到槍聲的羅獵和葉青虹第一時間趕了過來，羅獵擔心陸威霖的安全受到威脅，抬手就射出一柄飛刀，飛刀正中那水手的右手，透過他的手掌深深釘入甲板之上，水手接連遭受重創，痛得慘叫起來。

葉青虹衝上去抬腳踹在那水手的胸口，將他踢倒在甲板上，抽出手槍瞄準了他的面門。

羅獵本想去扶起陸威霖，陸威霖搖了搖頭，抬起右手擦了擦嘴道：「我沒事，這兩個王八蛋居然想偷襲我。」

羅獵觀察了一下左右，此時又有數人聽到動靜圍攏過來，上方瞭望台上傳來瞎子大吼聲：「都給我退下去，誰敢亂動，老子一槍崩了他！」瞎子端起一把步槍瞄準了下方人群，目前形勢不明，很難說這群水手中有無海盜的同夥。

張長弓也從駕駛艙內趕了出來，怒道：「都回去，守住各自的崗位，全都給我回去！」

幾人聯手之下迅速控制住了場面，剛剛聚攏而來的水手默默散開，羅獵抬頭向瞭望台的方向看了一眼，然後向瞎子豎起了拇指。

瞎子笑道：「不用客氣！」

陸威霖卻道：「他那槍法，我真擔心他會把子彈射在我的身上……」

羅獵向張長弓使了個眼色，張長弓明白他的意思，又轉身向駕駛艙走去，相比這裡突發的狀況來說，駕駛艙才是重中之重，如果駕駛艙也發生異變，只怕情況就會變得難以收拾了。

葉青虹冷冷望著那水手，她確信死去的水手和這名受傷的水手全都是他們雇來的成員，由此不難得出結論，海盜的出現還是因為他們的內部出了問題，雖然她相信翁國賢，可凡事都有意外，翁國賢在安排船隻雇傭水手的過程中還是疏忽了，讓別有用心的歹徒混上了這條船。看來從他們出海開始就已經被海盜盯上，海盜對他們的航線應當瞭若指掌。

葉青虹用槍口抵住了那水手的額頭：「說，誰派你來的？」

那水手道：「你們逃不掉的，這裡是海龍幫的地盤！」

羅獵緩步走了過來：「你只需搞清一個事實，你的命在我們手裡，我可以放你一條生路，不過你需要將船上的其他同夥交代出來。」

那水手哈哈笑道：「當我是小孩子？你們都要死……全都要死……」

羅獵盯住他的雙目，沉聲道：「你們不是為了謀財？說！到底是受了誰的委託？」在他和葉青虹商定要在舟山換船之後，他就特地叮囑葉青虹，一定要低調進行，千萬不可以暴露財富，以免引來海盜覬覦，可以說這艘船上並沒有什麼值得搶劫的財富，他們出海不久就遭遇了海盜，表面上看是一件偶然性的事件，可是稍一琢磨這件事就很不尋常。

海盜興師動眾打劫他們這樣一艘被偽裝成漁船的船隻，根本於理不合。若非為了謀財，就是為了害命。

那水手搖了搖頭道：「我不知道，我只知道殺了你們會得到一筆可觀的報酬……」他的話更印證了羅獵的猜測。

瞭望台上瞎子大聲提醒道：「我看到礁石了，應當就是你們說的海石林！」

羅獵讓瞎子將他自己牢牢綁好，不久以後他們就會進入礁石遍佈的海石林，船隻在這樣的環境中行進顛簸在所難免，身處瞭望台之上很可能會被甩出船去。

船長下令水手將帆落下，避免因風的影響而令船隻的控制發生偏差。

船長來到那名已經死去的水手面前，盯住他灰色的面孔看了看道：「他追隨我兩年了。」

羅獵道：「還有一個。」他指了指一旁被反剪雙手捆綁起來的水手。

那船長道：「我對此事並不知情。」

羅獵道：「度過這場危機再說。」他對船長的話將信將疑。

葉青虹檢查完武器回來，她向羅獵低聲耳語了幾句，羅獵聽她說完內心也變得沉重起來，他們儲存武器的艙房遭到了破壞，炸藥被水浸泡，兩挺機槍也遭到了破壞已經無法使用，不過僥倖的是多半常規武器還沒有被毀。

陸威霖坐在甲板上慢慢擦著槍，在遭遇危機之後，可能是注意力得到了轉移，他暈船的症狀居然開始減輕，陸威霖在做著準備。

老安已經親自掌舵，透過前方的視窗，看到海面上浮現出一大片宛如城堡般的礁石林，漆黑的夜色中，海水向礁石組成的城堡猛撲而去，海浪拍擊在堅硬的礁石上變得粉碎，白色的水沫兒漫天飛舞，海浪拍擊之時發出野獸般的低沉吼叫，這聲音又在礁石林中不停迴盪。

張長弓雖然見慣了危險，可是眼前的場面卻是第一次經歷，自小生長於山林中的他對海洋有種莫名的恐懼，他寧願戰死沙場也不願淹死在漆黑冰冷的海洋深處。

老安的表情沒有任何變化，他嫻熟地操縱著船舵，控制著船身從兩塊宛如城堡大門般的礁石之間緩緩駛入。

海浪在礁石之中來回激蕩，船身隨著海浪左擺右晃，所有人都聽到了船身和礁石摩擦的聲音，他們全都屏住呼吸，生怕呼吸聲會影響到船隻的行進，會讓這艘船和礁石撞擊在一起。

葉青虹緊張地抓住了羅獵的大手，羅獵反轉了一下手掌將她的纖手握在掌心，礁石近在咫尺，抬頭望去，夜色中的礁石宛如一個巨人，頂天立地傲立於他們的面前，讓人從心底產生了一種渺小的感覺。

陸威霖子彈上膛，端起狙擊步槍，透過瞄準鏡鎖定了後方的兩艘海盜船，那兩艘船明顯在減慢速度，陸威霖道：「看來，他們不敢追來。」

一直在瞭望台上負責觀察敵情的瞎子道：「他們停下來了，停下來了……」

他的聲音被船體和礁石的摩擦聲打斷。

葉青虹緊緊抓住羅獵的手，緊張到掌心冒汗，驚聲道：「這船承受得住嗎？」她的話剛剛說完，船就順利從兩塊巨大的礁石之前通過，還沒等他們鬆一口氣，就看到前方橫亙著一塊宛如石樑的礁石，他們的船正朝著那塊礁石撞去。

不僅是葉青虹發出驚呼，連陸威霖也嚇得閉上了眼睛。

船頭迅速左轉，在撞上石樑之前整個船體橫了過來，然後又迅速向右轉向，傾斜的船身堪堪繞過那道石樑。

駕駛艙內，船長和張長弓都已經是目瞪口呆，在他們將船舵交到老安手中的同時也將船上所有人的性命交到了他的手裡。老安仍然一身灰色長衫，只不過將袖子高高擼起，他的手臂雖然瘦削，可是條索狀的肌肉分明，看上去猶如一條條的鋼索虯結在他的手臂上。老安迅速轉動著船舵，即便是見慣風浪的船長也看得眼花繚亂，他從未見過一個人可以將船舵操作得如此純熟。

張長弓心中暗暗僥倖，幸虧羅獵決定將老安帶上船，很難想像如果沒有他在，他們能夠闖入這片海石林，就算能夠闖入，也必將面臨船隻觸礁粉身碎骨的下場。

老安操縱船隻在礁石林中迂迴行進，眾人的內心都在遭受著前所未有的心理折磨，雖然風浪不大，可是周遭犬牙交錯的礁石讓他們膽戰心驚，有種盲人瞎馬半夜臨池的感覺，稍有不慎就恐怕會落入萬劫不復的深淵。

老安憑藉其出眾的駕船技術操縱著這艘船在二十分鐘的礁石穿行之後進入了海石林正中相對寬闊的海面，他下令落錨，這裡的水算不上深，可是又足以承載他們的船隻。

瞎子從瞭望台上滑了下來，臉色蒼白地跑到船舷，扶著欄杆大口大口吐了起來，他過去從未有過暈船的經歷，可剛才的航程實在是太過凶險，再加上他身處瞭望台之上，遭受的折磨比別人更大。

老安將船交給了船長，和張長弓一起來到外面。

羅獵迎了過去，剛才老安的表現已刷新了所有人對他的認知，無論他們對老安持有怎樣的看法，有一點他們不得不承認，沒有老安他們根本到達不了這裡。

老安道：「停在這裡只是權宜之計，他們應當不會放棄，海龍幫每艘大船上都會配備多艘小艇，如果不出意料，他們很快就會發動攻擊。」

羅獵抬起手腕看了看時間，已經是凌晨五點半，距離天亮還有一個多小時的時間。按照老安此前所說，海龍幫通常都是在白天發動攻擊，也就是說他們還有一段時間可以準備。羅獵道：「安伯，根據您的估計，他們什麼時候會展開攻擊？」所有人都能看出羅獵對老安比此前更加客氣。

老安道：「隨時！」

瞎子這會兒緩過勁來，切了一聲道：「你剛不是說他們從來都不在晚上發動攻勢？」

老安道：「此一時彼一時，如果天亮了，對咱們有利，現在天色未亮便於隱藏。」

羅獵點了點頭道：「好！」他開始觀察周圍的地形。

老安道：「如果在這裡開戰，咱們的這艘船很可能會受到重創，到時候就算打跑了海盜，咱們也無法離開。」

羅獵道：「您的意思是……」

老安道：「咱們有一艘舢板，可以在他們到來之前埋伏在那邊的礁石上，在他們經過的時候給予痛擊。」他指了指船尾後方約一百米左右的亂石區域，一塊塊礁石宛如樹林版聳立在海面之上。想起剛才他們就是從那片礁石林中穿行而過，幾個人仍然心有餘悸。

陸威霖第一個請纓道：「我去！」他槍法出眾，不過是在陸地上，如果能夠在海盜到來之前爬上礁石，佔據高地，居高臨下可狙殺遠處的海盜。

張長弓道：「我也過去。」

羅獵道：「張大哥還是留守吧。」他知道張長弓的水性，一旦戰事展開，任何事情都可能發生。

張長弓知道羅獵的好意，還想堅持，羅獵道：「我和葉小姐過去，你和瞎子留守。」

老安道：「我送你們過去。」

小舢板緩緩放入海面，羅獵、葉青虹、陸威霖、老安進入舢板之中，老安划槳逆浪而行，羅獵看到他嫻熟的手法，心中暗讚。難怪白雲飛會安排他過來，別說是他們幾個，就算整艘船上也找不出第二個操槳如此純熟之人。

葉青虹道：「安伯對這一帶很熟悉啊。」她對老安仍然充滿了懷疑，他因何會對海石林一帶如此熟悉？

老安道：「熟得很，我祖上三代都是漁民，我小時候就到這裡來過，海石林的每塊石頭我都清楚，何時漲潮，何時落潮，都刻在我的腦子裡。」他的這番話等於為眾人解釋他因何會如此清楚這一帶的狀況。

陸威霖道：「你對海龍幫也很熟悉，該不會跟他們也有牽連吧？」

老安臉色一凜，雙目森然。

陸威霖並不怕他，目光和他對視，老安道：「海龍幫投靠了任天駿，這次他們可能是為了復仇而來！」

陸威霖內心一沉，他和羅獵對望了一眼，如果老安這番話屬實，那麼海龍幫這次前來是受了任天駿的委託，為的是復仇。

羅獵淡然道：「無論怎樣，這場仗都必須要打。」他指了指一旁高聳的礁石道：「威霖，這裡蠻適合你。」

陸威霖在老安將舢板停穩之後，抓住礁石的縫隙向上攀爬，離開了搖搖晃晃的船隻，他的精氣神頓時回歸了身體，幾人望著陸威霖越爬越高，很快就成功登頂，在他登頂之後，陸威霖轉身向眾人做了個ＯＫ的手勢，然後尋找最佳的位置，投入到戰鬥準備之中。

羅獵和葉青虹也分別尋找了一個合適的位置，葉青虹所藏身的礁石高度和陸威霖相仿，羅獵並沒有來到高處，而是在礁石叢中潛伏，按照他們的計畫，由陸威霖和葉青虹負責遠程攻擊，羅獵和老安兩人則相互配合負責在近距離狙殺敵人。

張長弓和瞎子兩人雖然留守，可他們面臨的壓力也不小，畢竟這艘船上剛剛就出現了兩名內奸，在船上的船員之中，還不知道有沒有其他的內奸存在，他們不但要提防外敵，還要防止內部有人搞破壞。

船長將其餘的水手全都集中到了甲板上，除了死傷的那兩個，還有五名船員，分配槍支之後，所有人都在甲板的相應位置埋伏，他們最重要的任務就是保證船隻的安全，這是他們此次航程的保障。

第五章

偷襲者

張長弓的身體露出水面，深吸一口氣，他憋氣功夫一流，
直到現在都憋著那口氣，那名偷襲者卻沒那麼幸運，
因為驚懼，又因為被張長弓死死抱住的緣故，
竟然嗆入了幾口海水，在水底就暈了過去。

老安將大船駛入了海石林，最大程度避免了遭受對方炮擊的可能，兩艘追擊他們的海盜船比他們的船隻更大，海盜不敢冒險進入這片礁石叢生的海石林。

果不其然，海龍幫的海盜放下了小艇。

陸威霖透過瞄準鏡看到，兩艘海盜船上一共放下了八艘小艇，每艘小艇上載有五人，共計四十人在夜幕的掩護下向海石林挺進。陸威霖趴在礁石的頂部，雖然身下冰冷一片，可是他的內心卻因為這場即將到來的血戰而興奮而發熱，他喜歡這樣的感覺，只有槍聲響起的剎那，他才會感覺到自已的生命擁有價值，陸威霖的嘴唇抿成了一道宛如刀刻的細線，呼！他的嘴唇發出一聲類似槍響的聲音，然後他露出一個微笑，海盜們還未進入他的射程，不過他已經準備好了，完全準備好了。

葉青虹也看到了海盜，比起被一路追著跑，反倒是現在守株待免的狀態更讓人心安，低頭望去，看到羅獵正在礁石之間來回跳躍，他在尋找最佳隱蔽點的同時也在熟悉著周圍的環境，因為暗礁遍佈的緣故，周圍的海水環境非常複雜。

老安已經將小舢板藏好，尋找到合適的藏身之處靜待海盜的到來。

八艘小船向海石林緩慢行進，這些海盜不敢駕駛大船貿然進入海石林，又不甘心無功而返，所以他們放下小艇，憑藉小艇細窄靈活的優勢在礁石之間穿梭。

小艇雖然靈活，可是受到波濤的影響相應大了不少，八艘小船在海面上隨著波濤忽上忽下。

陸威霖確信第一艘船已經進入了射程，他向對面的葉青虹做了個手勢，葉青虹抬起右手做了個微微下壓的動作，意思是再等等，過早的驚動這些海盜反而不好，最好等到這些人全都進入他們的射程之內再發起進攻。

海盜方面顯然也對這次的偷襲做好了準備，在進入海石林之前他們的隊伍分成了兩部分，八艘船明顯拉開了距離，前面的三艘船率先進入了海石林。

陸威霖又向葉青虹看了一眼，葉青虹仍然表示再等等。

在三艘小船全都進入海石林之後，他們並未發現埋伏，落在最後的那艘小艇利用手電筒明滅給出信號，後方的同伴在得到信號之後開始加快速度，依次進入海石林。

臨近黎明，天仍然未亮，海面突然平靜起來，在海面上升騰起淡淡的水霧，這霧氣毫無徵兆地出現，很快就彌散在整個海石林中。

陸威霖向葉青虹望去，不能再等了，如果繼續等下去，霧只會越來越濃，晨霧甚至會將目標籠罩，對他們的狙擊行動而言絕不是什麼好事。葉青虹顯然也意料到了這一點，她做了個射擊的手勢，然後端起步槍瞄準了最前方小艇的水手。

葉青虹還未扣動扳機，一聲清脆的槍響就打破了寧靜，陸威霖的這一槍瞄準了第八艘小艇上的目標，那艘小艇還未完全進入海石林，陸威霖通過瞄準鏡鎖定了操槳者的頭部，果斷射擊，雖然相隔遙遠，他仍然看到對方腦漿迸濺的情景。

彈殼跳躍出去，跌落在礁石之上，然後蹦蹦跳跳沿著礁石的斜坡滾落下去，彈殼滾落的同時，葉青虹那邊也開始了射擊。

居高臨下的射擊馬上就讓下方的敵人陷入慌亂之中，身在小船之中，這些海盜完全淪為了被動挨打的靶子。

陸威霖百發百中，槍槍都不落空，葉青虹的槍法雖然和他無法相提並論，可命中率也是極高。下方海盜在意識到頭頂礁石柱上藏有敵人之後，他們也開始舉槍反擊，可是無論火力如何迅猛都無法有效命中目標。

羅獵從藏身處悄然啟動，一揚手，一顆手雷就丟了出去，手雷準確無誤地丟到其中一艘小艇之上，那小艇之上的五名海盜原本還在忙著反擊，發現一物落入船艙，幾人低頭望去，還未看清是什麼東西，手雷就在船艙內爆炸開來，蓬的一聲巨響火光四射，小艇被炸得四分五裂，幾名海盜也被炸得血肉橫飛。

老安端起漁槍，從後方瞄準了一名操槳手，扣動扳機，漁槍咻的一聲射了出去，正中那操槳手的後心。

他們雖然只有四人，這次潛入的海盜有四十人之多，可是因為他們佔據了地利之勢，再加上他們每個都是戰鬥力驚人，在戰鬥打響之後就完全控制了局面。

海盜們宛如沒頭蒼蠅一樣四處逃竄，倉皇之中，一艘船不幸撞在了礁石上，船身被撞出一個大洞，倖存的三名海盜落入海中，他們水性不弱，拚命向同伴的小艇游去。

此時倖存的海盜卻顧不上等待他們，紛紛調轉船頭向海石林外亡命逃去。

遠方的天空現出一片魚肚白，黎明即將到來，海面上籠罩的白霧越來越濃，陸威霖和葉青虹兩人已經被晨霧遮住了視線，他們不得不暫時放棄了狙擊。

突如其來的晨霧也對海盜們造成了困擾，海石林原本就礁石林立宛如迷宮，他們在遭遇襲擊死傷慘重之後，更如沒頭蒼蠅一樣亂衝亂撞，多半人甚至已經分不清出口在什麼地方。

老安宛如鬼魅般潛入水中，在離開大船之前，他就已經穿上了水靠，憑藉水靠能夠隔離冰冷刺骨的海水，幾名海盜一邊呼救一邊在冰冷刺骨的海水中掙扎，老安緩緩伸出手去，猛然加速，捂住一名海盜的口鼻，手中匕首從海盜的頸部劃過，那海盜掙扎了兩下就失去了氣力。

小船在霧中行進，突然發現前方是黑色的礁石，幸虧行船的速度不快，他們得以轉向，可剛剛轉過方向，就有一顆東西落入船艙之中，爆炸聲再度響起。

海龍幫的這次出擊可謂是損失慘重，他們沒有找到對方的船隻，甚至連埋伏的對象都沒有看到，就被打得落花流水，八艘船四十人進入海石林，最後逃生的只不過六人，其餘人盡數被殲。

瞎子和張長弓看不清戰況，不過接連響起的槍聲和爆炸聲也讓他們血脈賁張，張長弓恨不能自己也出現在戰場之上，不過他們並未忘記自己的主要責任，他們必須要守護這艘船，這裡絕不容許出現差錯。

瞎子悄悄觀察周圍船員的狀況，並沒有發現異常，低聲向張長弓道：「應當沒有其他的內奸了。」

張長弓提醒瞎子道：「不能掉以輕心，羅獵他們回來之前，必須緊盯這幫人……」

船尾突然傳來一聲鷗鳥的鳴叫，張長弓和瞎子都是一愣，瞎子轉過身去，他雖然擁有一雙夜眼，可是卻沒有透過霧氣的本領，晨霧越來越濃，甚至連十米之外的景物都看不清楚。

瞎子瞪大了一雙小眼睛想要看個究竟的時候，卻看到霧氣之中突然出現了一道黑影，瞎子大驚失色，慌忙舉槍瞄準，心中卻暗叫來不及了。

張長弓眼疾手快，抬起駁殼槍就是一梭子，對方還未來得及開槍就被張長弓射中面門。

瞎子噗通一下趴在了地上，張長弓舉槍又是連射兩槍。

「趴下！」張長弓大吼道。

瞎子抬頭望去，卻見空中一人從濃霧中飛躍而下，雙手高舉砍刀朝著張長弓的頭頂劈落，他慌忙舉起手槍對準那人的腹部就射，同時大吼道：「老張，快躲！」

張長弓向前一個翻滾，他剛剛離開剛才站立的地方，那名從天而降的突襲者就重重摔落在甲板之上。

十多名黑衣人借著濃霧的掩護，悄然攀援到大船之上，他們將目標對準了船上的水手，一場近身搏戰於濃霧之中展開。

羅獵幾人都聽到了從船上傳來的槍聲，馬上意識到出了事，在他們專心對付從海石林入口進入的八艘小艇上的海盜之時，一定是還有其他的海盜悄悄通過另外的途徑靠近了大船。

海石林原本就不是一個完全封閉的空間，理論上從任何的方位都可以進入。老安是他們中最迷惑的一個，他對海石林的內部環境非常清楚，除了他們剛才進入的水道，稍微大點的船隻不可能順利進入海石林，除非海龍幫方面動用了更多的小艇，只是他們剛才並沒有發現還有其他小艇的存在？難道是在戰鬥打響之後，對方才發動了第二波進攻？老安無法確定，他唯一能夠確定的是，現在攻擊船隻的海盜必然和他一樣對此地的環境極其熟悉。

張長弓和瞎子並肩作戰，因為濃霧的緣故，兩人根本無法準確鎖定目標，開槍更主要是向羅獵幾人示警，讓他們知道這邊船隻遭到了攻擊。

張長弓和瞎子摸索著向船長室退去，他們必須防止船隻被海盜控制，在剷除了兩名突襲的海盜之後，他們順利進入了船長室，船長和另外一名水手也在船長室，聽到張長弓的聲音，船長慌忙打開了房門。

在兩人進入之後，又馬上將艙門反鎖，船長顫聲道：「來了好多人……好多海盜……」

張長弓道：「不用怕，羅獵他們聽到槍聲很快就會回來，我們先守住這裡，等他們回來，咱們再圖反擊。」他的話剛說完，外面就有密集的子彈向船艙內射來，幾人慌忙趴在地上，張長弓示意大家向四周分散開，各自尋找隱蔽的地方。

一輪彈雨過後，艙門被從外面踢開，一名壯漢端槍出現在門外。瞎子瞄準了那壯漢的右腿就是一槍，壯漢中槍之後重重趴倒在了地上，瞎子對準他的大腦殼就勢補上了一槍。

張長弓和船長從隱蔽處閃身出來，對準艙門的方向接連開槍，為瞎子掩護，外面試圖闖入的三名海盜被他們合力殲滅。

危機暫時過去，瞎子衝上去將破爛的艙門掩上，他剛剛將艙門關上，船身就傳來一聲劇烈的震動，爆炸從船隻的底艙傳來。船長立足不穩慌忙扶住牆壁，這才免於跌倒在地上，他的臉色已經變了，顫聲道：「爆炸了……炸了……」

張長弓內心一沉，如果船隻被炸，不但面臨著下沉的可能，而且他們將失去這艘船，在茫茫大海之上如果失去了船隻，等待他們的結局可想而知。他沉聲道：「我出去看看。」

瞎子點了點頭：「我跟你一起去。」

兄弟兩人離開了船長室，船長也端著槍隨同他們一起出來，對他而言這艘船也和他的性命差不多，船在人在，船亡人亡，更何況如果船沉了，面臨死亡的絕不僅僅是他自己。

船隻中部艙房濃煙滾滾，爆炸應當發生在那裡，不過船隻損毀程度並不嚴重，船體目前應當沒有進水。因為船體燃燒的緣故，濃煙夾雜著晨霧讓他們的視線更受影響。

他們向燃燒處靠近，周圍並沒有發現敵人，張長弓負責掩護，瞎子和船長兩人拎起水桶前去撲火，避免火勢對船隻造成更大的損傷。

張長弓擦亮雙眼，竭力觀察周圍的動靜，在這樣的環境下聽力更能夠起到作用，他並沒有聽到腳步聲，剛才零星的交火聲已經平息，又有水手過來加入了救火的行列，看來潛入船上的海盜或許已經被全殲。

張長弓稍感放鬆的時候，濃霧之中一道黑影倏然向他飛掠而來，那人卻是抓住纜繩從空中飛蕩而下，張長弓意識到的時候已經晚了，被對方雙腳狠狠踹在了胸口之上，張長弓雖然身材魁梧，可是對方從高處啟動，利用飛蕩之勢，雙腳的力量非同小可。

張長弓被踹得倒飛出去，直接越過船隻的憑欄，墜入冰冷的海水之中。

瞎子幾人在張長弓遇襲之後第一時間反應了過來，同時舉起手槍向那名襲擊者施射，襲擊者不敢戀戰，雙手鬆開纜繩也跳入了海水之中。

張長弓過去不通水性，為了這次出海特地向瞎子和羅獵學習了游泳，別看他是個出色的獵人，攀岩爬山不在話下，可在游泳方面卻是天生弱項，學了那麼久，經歷羅獵和瞎子兩位高手的指點，可進境仍然微乎其微，到現在也不過是剛剛學會憋氣。就算是一條小河他都無法橫渡，更何況如今是在海上。

不過雖然僅僅掌握了憋氣，張長弓在這方面的水準卻是很強，墜入大海之前他首先就想到了憋氣，第一時間封住了口鼻，張長弓遊獵出身，武功出眾，在氣息上本就優於常人，在同樣的狀況下他要比普通人憋氣憋得更久一些。再加上他為人沉穩鎮定，處變不驚。

他首先想到的並不是被淹死，而是不巧落在礁石上被活活摔死，畢竟他們所在的地方暗礁遍佈，搞不好就會落在礁石上，他還算幸運，並沒有遭遇這種噩運，直接落入了海中。

就算在落水之後，張長弓仍然保持著足夠的清醒，他知道現在是落潮時分，周遭海水很淺，只要自己足夠放鬆就應當可以從水底浮起來。入水之後，他的身體因慣性而不斷下沉，張長弓並沒有觸及底部，他憑藉著腦海中的記憶，提醒自己務必要放鬆，按照瞎子教給自己的辦法緩緩上浮。

上浮的過程中身邊忽然感到一陣水流的衝擊，張長弓因這突然出現的狀況而亂了節奏，他的雙手向四周抓去，原本只是一種溺水者本能的反應，卻沒有料到居然真的抓住一個柔軟的物體。

對張長弓而言這就是他獲救的唯一希望，正如溺水的人抓住了救命稻草，他也不能免俗地緊緊將那物體抓住。

張長弓所抓住的卻是一個人，此人乃是剛才將他踹出船的偷襲者，這名偷襲者在得手之後，馬上又被瞎子幾人發現，為了躲避瞎子他們迅猛的火力也不得不自行跳入海中。

偷襲者和張長弓先後落水，他們所落水的地方相距不遠，偷襲者入水之時，張長弓正在緩慢上浮，正應了冤家路窄那句話，海這麼大兩人一樣能夠相逢，張長弓抱住對方可不是為了復仇，是求生的意志讓他這樣做。

對方也沒料到會這麼巧，用力想要從張長弓的懷抱中掙脫，可是張長弓本來力氣就大，再加上對他而言這名落水的偷襲者就是他最後的生機所在，張長弓無論如何也不會輕易放手。

偷襲者無法掙脫開張長弓的懷抱，水性雖然絕佳，可是雙臂被抱住又無法施展，唯有隨著張長弓一起向深處墜落，如果換成普通人，必然驚慌失措，可張長弓卻恢復了冷靜，他仍然懂得憋氣，到現在為止居然沒有嗆入一口海水。

船上瞎子急忙脫掉了衣服越過護欄跳了下去，其實船上有水靠，可瞎子已經來不及去換，張長弓游泳是他所教，所以張長弓的水準他也清楚得很，知道憑著張長弓那點可憐的水性，只有淹死在水裡的份兒。

老安划著舢板帶著羅獵三人此時也回到了大船旁，冷不防看到空中一個身影在船頭跳進了海裡，激起得浪花飛濺得到處都是，羅獵看得真切，驚呼道：「瞎子！」

他馬上就意識到了什麼，顧不上向其他人解釋，脫去外衣跳入海水之中。

羅獵一個猛子扎入海水深處，此時天色漸亮，海水清澈見底，並沒有花費太大的功夫就看到瞎子努力下潛的身影，再往下就看到兩個不斷下沉糾纏在一起的身影，羅獵從體型上看出其中一人是張長弓，這才明白瞎子為何不顧一切跳入海中的理由。

瞎子也看到了羅獵，向他做了個手勢，兩兄弟分別從兩側向糾纏的兩人靠近，他們準備合力將水中的兩人拖上去，因為擔心張長弓和那名偷襲者會因求生而抓住他們，兩人分別游向張長弓和那名偷襲者的背後。

羅獵正準備靠近的時候，卻感到頭頂水波蕩動，抬頭上去，只見一個身影拖著一條長繩索向水下潛來，卻是老安帶著繩子過來，羅獵和瞎子都不禁感歎畢竟是老安經驗豐富，利用繩索將兩人縛住，拖拽上去，就避免被他們抓住拖入水深處的可能。

三人在水下合作，將張長弓和那名偷襲者一起捆住，倒不是他們想要把兩人一起救上去，眼前的狀況容不得他們選擇，一切等將人救出之後再說。

陸威霖在舢板上幫忙拖拽繩索，葉青虹負責控制小船，他們並沒有花費太大的功夫就將張長弓和偷襲者一起拖了上去。

張長弓的身體露出水面，這才深深吸了一口氣，他憋氣的功夫果然一流，直到現在都憋著那口氣，被他緊緊抱住的那名偷襲者卻沒那麼幸運，因為驚懼，又因為被張長弓死死抱住的緣故，竟然嗆入了幾口海水，在水底就暈了過去。

張長弓此時方才發現他抱著的是一個女人，一個面色蒼白，相貌秀麗的年輕女郎。

大船上放下繩梯，他們幾人先後爬了上去。

瞎子一踏上甲板就接過船長遞來的烈酒，咕嘟咕嘟灌了幾口，這才緩過氣來，嘴唇已經被凍得烏青發紫，顫聲道：「太冷了……」他將酒瓶遞給羅獵，羅獵搖了搖頭，他內息深厚，倒沒有感覺到特別寒冷。

瞎子又將酒瓶遞給了老安：「安伯，來幾口。」

老安的臉色也凍得青紫，不過表情一如既往的木訥，點了點頭，從瞎子手中接過酒瓶，一口氣將剩下的大半瓶酒全都灌到了肚子裡，瞎子因他的酒量而瞠目結舌。

那邊張長弓也是一瓶烈酒下肚，除了憋氣久一點，他的身體沒有任何妨礙。

那女匪仍然處在昏迷中，瞎子看到那女匪想起剛才被他們追打的狼狽，再看到船上的一片狼藉，心中惡念頓生，衝上去抓住那女匪的衣領，照著她的臉上狠狠給了兩記耳光。

陸威霖皺了皺眉頭，按照他的想法一槍崩了這女匪就是，何必折辱她。

沒想到瞎子的兩巴掌竟然將那女匪打醒，她劇烈咳嗽起來，然後趴在甲板上接連吐出幾口鹹澀的海水，瞎子從陸威霖那裡要過手槍，指著那女匪的頭頂道：「賤人，說，誰派你來的？」

那女匪恢復神智之後，馬上明白了自己的處境，冷冷掃視了眾人一眼，目光中居然沒有流露出任何的恐懼，最後將目光定格在張長弓的身上，雙目幾欲噴出火來，她仇恨張長弓不是沒有理由，如果不是這個大個子在水中將自己抱住，她應當早已脫困，何至於落入現在這種四面楚歌的困境。更讓她惱火的是，這大個子還悠哉遊哉地喝著酒，彷彿眼前發生的事情跟他毫無關係一樣。

葉青虹歎了口氣，向那女匪道：「你是海龍幫的對不對？」

女匪一言不發。

葉青虹柔聲道：「就算你不說我也知道，我們都是女人，看你的樣子也就是二十出頭吧，這麼年輕何必這麼固執。」

足。

女匪忽然尖叫道：「要殺就殺，哪有那麼多的廢話？」她表現得倒是血性十

葉青虹又歎了口氣道：「在你心中是不是這世上只有你們海盜會做壞事？」美眸向羅獵看了一眼，柔聲道：「妹子，你別看他們一個個儀表堂堂，可什麼卑鄙無恥的事情都做得出來，尤其是……」目光投向瞎子，壓低聲音道：「那個胖子，你若是堅持不說，我就把你交給他，會有什麼下場，你自己知道。」

瞎子聽到這裡暗暗想笑，葉青虹這分明是要把這女匪往溝裡帶的節奏，不過既然如此，自己也不妨配合一下，這貨馬上表現出一副色授魂與的模樣，吞了口口水道：「弟妹，你大哥我可是光棍一條。」他用肩膀扛了羅獵一下：「兄弟，你不要只顧著自己風流快活，忘了我們幾個的死活，老張、老陸，咱們把這小娘們弄船艙裡先快活快活。」

陸威霖扭過臉去，他快憋不住笑了。

張長弓張大了嘴巴，他居然當了真，愕然道：「不好吧……」

瞎子呸了一聲道：「什麼不好？活該你打光棍一輩子，老安，他不來你來！」

老安明知是假的，可居然很配合地嗯了一聲。

女匪被他們這一嚇，整個人簡直就要崩潰，在她看來自己就算是死也好過被這幫人凌辱，她尖叫道：「你也是女人，你怎麼可以……」這番話自然是衝著葉青虹喊叫的。

葉青虹道：「現在我問你一句，你就老老實實回答一句，我可以幫忙殺了你。」

瞎子道：「別殺，殺了太可惜了。」

那女匪道：「知道我是海龍幫的人，你們還敢這樣對我？我是海明珠！只要你們放了我，我就既往不咎，放你們一條生路。」

葉青虹問出那女匪的真名，不過看她傲嬌的樣子心中有些納悶，不知她的這份傲嬌究竟從何而來。

老安的臉色卻是一變，陰惻惻道：「你是海明珠？海連天是你爹對不對？」事到如今，海明珠也豁出去了，她用力點了點頭道：「你知道我爹的名號，就應當知道招惹我的後果。」原來她的父親就是海龍幫的幫主海連天。

葉青虹和羅獵對望了一眼，他們心中同時現出一絲光明，如果海明珠的身分屬實，那麼她就會成為他們手中的一張王牌，利用這張王牌要脅那幫海盜退讓應當不難。

此時老安一個箭步衝了上去，一把抓住海明珠的長髮，照著她的面頰狠狠就是兩個耳光，老安的舉動讓眾人都是一怔。即便是身在海明珠旁邊的葉青虹都沒能來得及阻止，老安抬腳狠狠踹在海明珠的小腹之上，咬牙切齒道：「賤人！想不到啊，想不到，你也有今天！」

海明珠被老安打懵了，老安的那一腳踹得她腹如刀絞，在甲板上連續兩個翻滾。老安隨即又抽出尖刀，陰測測道：「我先挖了你的眼睛，再割了你的舌頭，讓海連天知道什麼叫真正的痛苦。」

老安還未靠近海明珠，已經被一個魁梧的身軀擋住了去路，卻是張長弓出現在海明珠的身前，老安厲喝道：「滾開！」

張長弓道：「安伯，我雖然不知道過去發生了什麼，可是您老還需冷靜，她對我們還有用處。」

老安怒喝道：「信不信我連你一起殺掉？」他雙目赤紅，怒髮衝冠，凜冽的殺氣向周圍蔓延開來。

身後傳來子彈上膛的聲音，陸威霖用槍口瞄準了老安的後腦，冷靜道：「我不喜歡在人的背後開槍。」不喜歡並不代表著不會，如果老安膽敢對他任何的一個朋友不利，陸威霖絕對會毫不猶豫地扣動扳機。

葉青虹和瞎子也將手落在了武器上。

羅獵歎了口氣道：「安伯，您老這麼大年紀千萬不要氣壞了身體，有什麼事都要等到咱們離開之後再說。」

老安抿了抿嘴唇，他的手緩緩垂落下去，衝動解決不了問題，他沒有任何把握對付周圍的這些人，他清楚，羅獵他們絕不會輕易放棄這張得來不易的牌，冷靜下來之後，他也意識到現在並非復仇的絕佳時機，手中的尖刀噹啷一聲落在了甲板上，老安轉過身頭也不回地走向自己的船艙。

海明珠唇角沁血，她被老安表現出的瘋狂嚇呆了，腹部的疼痛讓她一時間無力從甲板上爬起。

葉青虹頗為同情地看了她一眼，然後向張長弓道：「張大哥，你抓來的人，你負責看守，先把她綁起來，關好了。」

船隻損毀的情況比他們預想中更加嚴重，船長帶著水手全面檢查了一遍船隻，發現想要修復這艘船，讓它恢復正常的航行狀態至少需要兩天的時間，也就意味著，他們在兩天內無法離開海石林，想起外面虎視眈眈隨時都可能再度進擊的海盜，每個人的內心中都蒙上了一層愁雲。

瞎子和陸威霖兩人全都去幫忙維修船隻，葉青虹來到船頭，此時朝陽初升，金光從礁石的縫隙中投射到海面上，晨霧以肉眼可見的速度迅速消散著，周遭的景物開始重新恢復了清朗。

羅獵利用望遠鏡觀察著周圍的狀況，目前並未有海盜潛入，在船隻周圍的海面上有十多具漂浮的屍體，那都是在昨晚射殺的海盜，他們這邊也損失不少，不但船隻被毀，而且有三名水手遇難。

葉青虹在羅獵身邊站定，小聲道：「海明珠是海連天的女兒，我們能否離開的希望，全都在她的身上。」

羅獵道：「安伯似乎和海連天有仇。」

葉青虹點了點頭，其實明眼人都能夠看出，老安不但和海連天有仇，而且他們之間的仇恨不共戴天，她皺了皺眉頭道：「海明珠是我們不能放棄的牌，想要離開這裡，又必須依靠老安。」解鈴還須繫鈴人，駕駛大船將他們順利帶入這裡的是老安，想要駕船離開這裡，也只有老安能夠做得到。

在葉青虹的建議下，羅獵去找了老安，其實就算葉青虹不說，他也打算找老安好好談談。老安是他們這群人中最不確定的一個環節，如果只是單純受白雲飛委託而來反倒是一件好事，出了剛才的事情，讓羅獵意識到，為了復仇，老安甚至不惜違背白雲飛的命令，一個失去理智的人是極難控制的，而老安如果失控，他們的整個行程就會失控甚至於完全泡湯。

老安並沒在艙內，羅獵向周圍張望的時候，聽到頭頂傳來一個低沉的聲音道：「你在找我嗎？」

羅獵抬頭望去，發現老安一個人站在瞭望台上，從空中俯視著自己，羅獵點了點頭，他沿著繩梯爬了上去，瞭望台足夠容納兩個人站立。

老安手中拿著一瓶酒，這瓶酒又已經被他喝了大半，他的目光凝望著海石林入口的方向，那裡沒有任何的船影。

羅獵摸出了煙盒，從中抽出了一支遞給老安，試圖通過這種方式緩和僵硬的氣氛。

老安搖了搖頭。

羅獵只好自己點上了一支，抽了口煙道：「如果殺了海明珠，我們就失去了離開的機會。」

老安道：「明白！」他何嘗不明白羅獵幾人的用意，只要有海明珠這張王牌在手，外面的海盜就會投鼠忌器，不敢輕易發動對他們的進攻。

羅獵真正擔心的是老安被仇恨蒙蔽了雙眼，一旦如此，他將不計任何代價去復仇。

老安道：「海連天殺了我家人……這些年我一直都在找他，可是他勢力龐大，我根本沒機會靠近他。」

羅獵點了點頭，從老安的表現不難推斷出他悲慘的經歷，在家人的事情上老安不會說謊，否則向來冷靜的他不會有剛才如此衝動失態的表現。

老安道：「我要報仇。」

羅獵道：「白先生知道嗎？」

提起白雲飛，老安的臉上掠過一絲羞愧，白雲飛當然不會知道這裡發生的事情，正如他自己都沒有預料到會在這裡遇到海明珠，他低聲道：「如果不是侯爺，我活不到今天。」他還有半句話沒有說出來，他就算愧對白雲飛，也一定不會錯過此次復仇的機會。

羅獵道：「海連天未必來了。」

老安道：「他們很快就會發現海明珠失蹤，不久就會派人過來談判。」

羅獵道：「殺了海明珠，你以為咱們能夠活著離開海石林嗎？」

老安沉默下去，其實答案不言自明，他忽然道：「來了！」

從海石林的入口處一艘小艇緩緩駛入，一人立於小艇之上，高高揮舞著白旗，對方顯然不是過來投降的，他們是過來談判的。

前來談判的是海龍幫的三當家邵威，他今年三十七歲，深得海龍幫幫主海連天的器重，為表誠意，此番前來他只帶了兩人，進入海石林之後他揚聲道：「在下海龍幫邵威，此番乃是為了談判而來！」他中氣十足，聲音在海面上遠遠送了出去，又在海石林內林立的礁石之中迴盪。

羅獵沿著纜繩滑落到甲板上，他原本建議老安隨同自己一起去談判，可是老安不知出於何種想法，居然放棄了親自談判的念頭。

羅獵不知老安到底是想通了這件事，還是又生出了其他的復仇計畫，總之他現在不出現也不算是壞事。

葉青虹和陸威霖幾人都已經聽到了邵威的呼喊聲。

此時小艇已經來到近前，邵威站立於船頭，為了表示他的誠意，他張開雙臂，表示自己並未攜帶武器，抬頭向船上大聲道：「各位好漢，我乃海龍幫邵威，有事登船商議，不知幾位是否答應？」

陸威霖透過瞄準鏡觀察著下方小艇上的幾人，最終用槍口鎖定了邵威的頭部，低聲道：「讓他上來嗎？」

羅獵道：「此人也算是有些膽色。」他示意同伴將繩梯放下，除了陸威霖、瞎子之外，其他人全都暫時迴避。

邵威沿著繩梯攀爬而上，他身手不錯，攀援速度奇快，宛如靈猿，羅獵看在眼裡心中暗歎，海龍幫能夠稱霸一方海域並非沒有原因的。

很快邵威就來到了甲板之上，瞎子走過去，首先對他進行了搜身，邵威雖然單刀赴會，可臉上卻不見任何的畏懼，他呵呵笑道：「諸位不用擔心，我既然敢來就不會搞花樣。」

瞎子嗤之以鼻道：「你們搞的花樣還少嗎？」仔細搜完邵威的全身，確信他身上並未藏有任何的武器，方才讓邵威轉過身來。

邵威一雙眼睛盯住羅獵，他也是久經風浪之人，一眼就看出羅獵是其中的領袖，邵威向羅獵抱拳道：「在下邵威，請問這位先生高姓大名？」

瞎子呸了一聲道：「少來這套，不知道我們的來歷你們巴巴地過來打劫？」

羅獵用目光制止了瞎子，現在逞口舌之利並無任何的意義，他淡然道：「我姓羅，邵先生是準備問清楚了姓名日後算帳咯？」

邵威哈哈大笑道：「羅先生真是風趣。」他的雙目趁機向四處張望。

羅獵知道他在找什麼，微笑道：「邵先生想談什麼？」

在目前的狀況下已經沒有拐彎抹角的必要，邵威開門見山道：「我們是不是有人落在了貴方的手中？」

羅獵道：「你是說海明珠，你們幫主的女兒？」

邵威臉色一變，他原本還希望海明珠並未暴露真正的身分，可現在看來羅獵已經知悉了一切，這就讓他的談判從一開始就居於被動，不過他很快就鎮定了下來，微笑道：「她現在人在哪裡？」

羅獵道：「我實在想不通，你們海龍幫那麼多人，為何要讓一個女人過來冒險，究竟是她對自己太過自信，還是有人故意借著這個機會想要除掉她？」

邵威笑道：「羅先生，無論您信或不信，今天的事情都是一場誤會，我方收到了錯誤的情報。」

這個理由實在太過牽強，又怎能騙過羅獵，羅獵微笑道：「我也希望是一場誤會，可一場誤會造成了那麼多的死傷，這件事只怕不好收場吧？」

邵威仍然笑瞇瞇道：「知錯能改善莫大焉，既然知道是誤會，就不能任由誤會發展下去，我有個建議。」說到這裡他故意停頓了一下。

羅獵道：「說來聽聽。」雖然和邵威只是第一次見面，可短暫的交鋒之後就意識到此人絕對是個狡詐多變的人物，難怪海龍幫會派他過來談判。

邵威道：「你們放了我家小姐，我馬上讓手下人撤去包圍，任由你們平安離開。」

羅獵微笑道：「誰能保證？」

邵威道：「大家都是江湖中人，自然一言九鼎，我海龍幫在江湖上也有些名望，絕不會做被江湖同道哂笑不齒的事情。」

羅獵道：「我給你一個建議。」

邵威向前走了一步做出洗耳恭聽的姿態。

羅獵道：「你既然說是誤會，那麼權且當是誤會，可我船員的死傷不能因誤會兩個字就算了，船隻的損失也不能就這麼算了。」

邵威道：「這好辦，我可以代表幫主答應你，對貴方的損失作出補償，羅先生只管開價。」

羅獵笑道：「看來海龍幫果真是財大氣粗，邵先生在幫中的地位也是舉足輕重，可以代為行使幫主的權力。」

邵威道：「羅先生不滿意？」

羅獵道：「不滿意，海明珠在我們的手上，我們還有離開的機會，若是現在就把她交給你們，我們的船只怕走不出海石林。」

邵威也意識到羅獵沒那麼好對付，不過羅獵所說的也都是事實，如果羅獵一方當真將海明珠這麼容易就交還給他們，他們絕不會遵守承諾，放任羅獵他們離開，邵威道：「羅先生有什麼要求只管說。」

羅獵道：「你們現在就給我撤出去，走得越遠越好，還有，留一艘船給我們，等我們到達了安全地，會將船隻和貴幫主的寶貝女兒一併交還給你們。」

邵威道：「我憑什麼相信你。」

羅獵笑道：「你有選擇嗎？」他揮了揮手，張長弓老鷹抓小雞一樣帶著海明珠走了出來，海明珠雙手被反綁在身後，嘴巴也被布團塞住，看到邵威拚命搖頭，想要求救，只可惜發不出任何的聲音。

羅獵是故意讓海明珠現身，證明她仍然活著，邵威看到海明珠臉上的表情變得越發凝重。張長弓將海明珠帶出來讓邵威看了一眼，然後又押著她離開。

羅獵有恃無恐地望著邵威道：「邵先生還想跟我談嗎？」

邵威抿了抿嘴唇道：「此事我做不得主，需要回去商量一下再說。」

羅獵道：「貴幫幫主也來了？如果他當真顧惜女兒性命，就當親自前來。」

邵威道：「羅先生務必要保證我家小姐安全，這也是為了你們好。」他的言外之意是如果羅獵一方膽敢傷害海明珠，勢必會遭到他們瘋狂的報復。

羅獵聽出他的言外之意，反問道：「邵先生在威脅我嗎？」

邵威向他抱了抱拳，轉身迅速離開了大船。

邵威離去之後，幾人再度聚在一起商量對策。在陸威霖看來，邵威此次前來應當是為了探聽虛實，最主要是確定海明珠是否在他們的手上又是否活著，如今海明珠被俘已經得到了證實，邵威回去一定是為了商討對策。

瞎子認為，邵威分明無法做主，看來海龍幫方面一定是另有人當家作主，此人不知是何種身分？

葉青虹道：「或許是海龍幫的幫主海連天。」

羅獵搖了搖頭道：「可能性不是太大，如果是海連天，他必然不惜代價救出女兒。」他轉向瞎子道：「如果你是海連天，你怎麼辦？」

瞎子想都不想就道：「那還用說，肯定讓你們走，先保證女兒安全再說。」

羅獵道：「父女情深，海連天想必也不會例外。」

葉青虹道：「你的意思是……海連天這次很可能沒來。」

羅獵沉吟片刻方道：「我說不準，或許海連天也算準了咱們不敢輕易撕毀這張王牌。」他不無擔憂地抬頭望去，老安靜靜站在瞭望台上，目光眺望著遠方，等待著敵人的再次到來，一定還會有人過來，只要海明珠在他們的手裡，就一定有人過來。

海連天並沒有參與這次的行動，事實上這次的海上追殺是由二當家定海神龍徐克定指揮的，徐克定是海龍幫的二當家，也是海龍幫的軍師，當初中日聯合剿匪，是他向海連天建議率眾前往南海暫避風頭，可他們在南海過得並不如意，畢竟南海是別人的地盤，原本相互爭鬥的幾支海盜隊伍，因為他們的進入而變得團結起來，一致對外，在幾場遭遇戰中，海龍幫損失慘重，他們很快就意識到這片海域不屬於自己，如果繼續堅持下去，就會全軍覆沒。

生死存亡之時，又是徐克定前往贛北斡旋，和少帥任天駿暗地裡達成協議，有了任天駿的默許，他們方才能夠離開南海，前往浙贛附近的海域活動，這世上永遠沒有免費的午餐，任天駿不會平白無故做善事，沒多久就派給了他們一個任務，接到這任務之後，沒有人把這個任務當成一回事，否則海連天不會讓自己的寶貝女兒前來，更不會選擇坐鎮岸上，靜候佳音。

儘管如此，海連天還是將自己最為得力的兩員幹將派來，徐克定和邵威一文一武，有他們兩人保護海明珠應當不會出任何差錯，然而海連天終究還是低估了對手的實力，同時他也低估了寶貝女兒的任性。在海龍幫進入海石林受阻之後，海明珠居然自作主張率人潛入，雖然給羅獵一方造成了不少的損失和困擾，可最後還是幫了倒忙，非但沒有取勝，反而連自己也被活捉，導致了海龍幫如今被動的局面。

第六章

海龍幫幫主的掌上明珠

海明珠反踢，張長弓抬腿格擋，海明珠這一腳如同踢在鐵板，痛得她慘叫，眼淚都流出來，她是海龍幫幫主的掌上明珠，從小驕縱慣了，什麼時候受過這樣的氣，哇的一聲大哭起來。

徐克定聽邵威說完，臉色陰沉，這次海明珠前來其實他是反對的，可架不住這妮子糾纏，原本以為是一次唾手可得的勝利，卻想不到啃在了一塊硬骨頭上，這塊硬骨頭咯得他唇破血流，徐克定雖然計謀出眾也不得不面對眼前進退兩難的局面。他現在終於明白因何少帥任天駿會把這件事交給他們，怪只怪他們在接受任務之前缺乏對目標必要的瞭解。

邵威望著來回踱步久未說話的徐克定終於失去了耐心，低聲道：「二哥，如果明珠出了事情，大哥肯定不會原諒我們。」他雖然稱之為二哥，可兩人並非結拜兄弟。

徐克定的內心沒來由收緊了一下，沒有人比他更清楚海連天對女兒的感情，此番前來他也是再三向海連天做出保證，一定會讓海明珠毫髮無損地回去，可終究還是出了岔子。雖然答應海明珠隨同前來的是海連天，可最終責任必然要算在他們的頭上。

「放是不放？」邵威再次問道。

徐克定道：「他們不敢妄動，明珠短時間內不會有任何的危險。」海明珠是一張珍貴的王牌，正是因為擁有了這張王牌，對方才有資格跟他們討價還價。

邵威點了點頭，他其實也抱著同樣的想法，如果答應羅獵的條件，任由他們離去，更加無法掌控住局面，現在雖然海明珠在他們的手裡，可畢竟還是被困在海石林內，一時間羅獵等人也無法脫身。

邵威剛才還留意到另外一件事，他低聲道：「明珠也不是毫無建樹，他們的船嚴重受損，我看短時間內根本無法離開。」

徐克定望著邵威意味深長道：「你有什麼主意？」

邵威道：「我想親自帶人去救。」

「如何去救？」

邵威道：「破釜沉舟！」

羅獵在甲板的陰影處悄悄準備著，葉青虹悄悄出現在他的身後，看了一會兒小聲道：「你要單獨行動？」

羅獵笑了起來，他將水靠收好，站起身來，舒展了一下雙臂道：「你以為他們會老老實實將船送上？任由我們離開嗎？」

葉青虹搖了搖頭，雖然海明珠在他們的手裡，可並不意味著他們掌控了全域，現在已經是下午兩點，距離邵威離開過去了整整五個小時，海盜那邊並沒有任何的動靜，雙方明顯都在等待，事態悄然發展到對峙的狀態。

羅獵道：「他們雖然投鼠忌器，可是也看出了我們的弱點所在。」

葉青虹點了點頭，王牌也是底牌，如果他們撕毀了海明珠這張牌就失去了和對方討價還價的資格，勢必遭遇海龍幫瘋狂的報復，海龍幫方面也一定意識到了這一點，所以他們不急於行動。

不急於行動並不代表著不會行動，或許海龍幫正在盤算如何營救海明珠。

羅獵道：「他們不會痛痛快快答應咱們的條件，我看用不了太久時間就會前來救人。」

葉青虹道：「海石林周圍水清見底，他們不會貿然偷襲。」停頓了一下又道：「就算是前來偷襲也只能是等到晚上。」

羅獵道：「所以咱們要先下手為強。」

先下手為強，後下手遭殃，自古以來顛撲不滅的道理，羅獵堅信海龍幫不會就此服輸，他們一定在等待著偷襲的機會，只要能夠將海明珠救走，他們就有機會反敗為勝。

葉青虹猜到羅獵要孤身潛入敵營，她馬上表示要和羅獵一同前往。

羅獵點了點頭，葉青虹原本就是他計畫中的一員，自從甘邊歸來，他的身心遭遇重創，雖然已經調整了相當長的一段時間，可是仍然遠沒有恢復到最佳的狀態，更何況面對海龍幫的兩艘大船，數百名海盜，單打獨鬥能夠取勝的機會微乎其微，必須要有人幫忙。

和海龍幫相比，己方人手嚴重不足，船員在此前的襲擊中傷亡過半，張長弓水性不成，更何況這艘船必須要有人留守，槍法出眾的陸威霖和夜視能力出眾的瞎子適合留守大本營。

按照羅獵的想法，他和葉青虹還有老安一起前往破壞海龍幫的大船，抬頭望去，卻見瞭望台上老安舉著望遠鏡觀察著遠方的動靜。

葉青虹聽說他想讓老安加入，不無顧慮道：「你信得過他？」

羅獵道：「留他在這裡更加麻煩。」

葉青虹知道羅獵的意思，老安對海連天恨之入骨，仇恨甚至讓他可以將白雲飛交給他的任務拋在一邊，如果將老安留在船上，反倒會成為最不安定的因素，目前最好的辦法就是讓老安離開這條船，遠離海明珠。

老安聽完羅獵的計畫之後並沒有反對，也沒有表示同意，他對羅獵的用意看得清清楚楚，淡然道：「羅先生不放心我留下。」

羅獵道：「冤有頭債有主，你和海連天有仇，何不去找他？」

老安卻陰測測笑了一聲道：「報復一個人未必要殺死他。」

一旁的葉青虹馬上聽懂了他的意思，不錯，殺死一個人絕不是復仇的最好辦法，讓他活著並一直痛苦下去，讓他生不如死，內心中有些不寒而慄，老安絕對是一個狠角色，他已經生出要殺死海明珠的念頭。

不過老安話鋒一轉道：「我要當著他的面殺死他女兒，誰都不能阻止我。」

艙房外響起開鎖聲，海明珠躲在黑暗中充滿警惕地望著外面，光線勾勒出一個高大的身影，張長弓拎著食盒走了進來，他將食盒放在地上，向海明珠道：「吃飯。」

海明珠看到來人並不是老安，這才暗自鬆了口氣，抗議道：「你綁著我，我怎麼吃飯？」

張長弓將遮住艙房小窗的窗簾拉開，然後來到海明珠的身後準備幫她解開反綁在身後的繩索，手指尚未觸及繩索，海明珠高高抬起右腳向後方踢去，這一腳正踢中張長弓的面門，然後她轉過身去，以迅雷不及掩耳之勢一拳狠狠擊打在張長弓的下頷上。原來她在張長弓進入這裡之前，已經成功磨斷了繩索，她需要的只是一個機會。

海明珠雖然做足了準備，她的出擊雖然完全出乎張長弓的意料之外，可是她有一點並沒有估計到，張長弓高大魁梧的身軀擁有著非一般的抗擊打能力，雖然海明珠的攻擊無一落空，卻沒有給張長弓造成太大的傷害，更沒有像她期望中那樣當場倒地。

海明珠看到張長弓仍然站在原地，嚇得放棄了繼續攻擊，轉身就逃，可剛逃出一步，她的頭皮就是一緊，卻是張長弓一把抓住了她的髮辮，牽一髮而動全身，更何況整條辮子都被人握住。

海明珠尖叫道：「放開我！」她反手抓住張長弓的手腕，感覺那手腕如同鐵鑄一般，任她如何掙扎都無法撼動分毫。

張長弓歎了口氣道：「你不要逼我。」

海明珠故技重施再次反踢，張長弓抬腿格擋，海明珠這一腳如同踢在了鐵板之上，痛得她慘叫一聲，眼淚都流了出來，她是海龍幫幫主的掌上明珠，從小驕縱慣了，什麼時候受過這樣的氣，一時間委屈湧上心頭，哇的一聲大哭起來。

張長弓聽她大哭，反倒沒了主意，低聲道：「你只需答應不逃走，我就放開你。」

海明珠含淚道：「你一個大男人居然欺負女孩子。」

張長弓可不當她是普通的女孩子，提醒海明珠道：「如果你就這樣走出去，瞭望台上的人會毫不猶豫地開槍。」

海明珠相信張長弓不是危言聳聽，到現在她的身上還隱隱作痛，一想到那兇神惡煞的老安，不由得心底發毛，和老安相比張長弓明顯溫和了許多。

張長弓放開了她的髮辮，指了指地上的食盒道：「吃飯吧，待會兒我過來收拾。」

海明珠咬了咬嘴唇，期期艾艾望著張長弓道：「你們會不會殺我？」

張長弓並沒有回答她的問題，大步向門外走去，海明珠衝著他叫道：「混蛋，都是你害我的！」

張長弓並不否認海明珠是因為自己才落到了這種地步，不過他也是無心，以他的水性突然落在了水中，只要是能夠抓住的東西都會死死抓住，要說海明珠怪不得自己，明明是她先把自己踹下船。

張長弓將艙門鎖了，卻發現瞎子瞇縫著小眼靠在欄杆上望著自己，張長弓沒好氣道：「看什麼看？你看得清嗎？」他知道瞎子的視力在白天就是個渣。

瞎子向他豎起了大拇指：「憐香惜玉！」

張長弓瞪了他一眼，揚起拳頭作勢要揍他，瞎子笑著逃走。

張長弓搖了搖頭，此時艙房內傳來敲門聲：「張長弓，你這個王八蛋！」

陽光正好，可仍然無法溫暖冬日的海水，這樣的天氣並不適合潛行，海水太過透徹，正午的海面平靜無波，連海底的游魚都看得清清楚楚。羅獵選擇向海盜船迂迴靠近，他們三人並沒有從最初進入海石林的入口處離開這片海域，而是從西南游出。

海上的天氣瞬息萬變，剛才還是晴空萬里風平浪靜，一轉眼就已經烏雲密佈，遠方的烏雲猶如千軍萬馬一般向他們所在的天空湧來，沒多久，整個天空就黯淡下來，海的顏色也開始變得深沉。

三人在一塊巨大礁石的陰影處浮出水面，葉青虹眺望遠方的海面，發現除了昨天尾隨跟蹤他們的兩艘船之外，在海石林的西南方也有一艘大船，三艘相互呼應，海石林這邊的動靜不會逃過他們的監視，當然是大動靜，像他們三人這種在海面下的潛入是難以發現的。

羅獵此時也明白為何昨晚海明珠能夠順利率人登上他們的船隻，他們的注意力都在跟蹤的兩艘船上，並沒有意識到還有第三艘船已經先行抵達了海石林。

老安看了一會兒，低聲道：「三艘船都已經落錨，你打算怎樣破壞？」

羅獵道：「只需引爆其中的一艘。」

老安望著羅獵，不得不佩服他的膽色，他抬頭看了看天空，雲層越來越濃重，細小如蛇的閃電在雲層之間躍動，目光垂落下去，又觀察了一下海面，低聲道：「要下雨了，還會起風……風會很大。」

羅獵和葉青虹都望向老安，都知道這是一匹識途老馬，他在海上的經驗極其豐富，對海石林一帶的狀況瞭若指掌。

老安已經率先朝著前方的海盜船游去，務必要在這場風雨到來之前抵達那裡，不然無論他們三人的水性有多強，都會被越來越強的海浪推開。

雖然老安並沒有提醒，羅獵和葉青虹卻都感到了暴風驟雨來臨之前的緊迫，他們也不敢停歇，緊隨老安身後向那艘名為明珠號的海盜船游去。

明珠號，顧名思義，這艘船是屬於海明珠的，海明珠是船長，現在他們的船長被俘，正處於群龍無首的狀態，這也是羅獵他們決定選擇這艘船的原因。

陸威霖搖晃了一下有些發酸的脖子，抬頭看了看陰沉沉的天空，轉向一旁的張長弓道：「要下雨嗎？」

張長弓點了點頭，他已經明顯能夠感覺到船身晃動的幅度在加劇，關切道：「你又暈船了？」

陸威霖搖了搖頭：「好多了，大概是開始適應了。」他也意識到波濤起伏的幅度在加大，海石林內尚且如此，外面廣闊的海面狀況想必會更加惡劣，有些擔心道：「羅獵他們只怕麻煩了。」

張長弓道：「他們幾個水性好得很。」

陸威霖朝關押海明珠的船艙看了一眼道：「盯緊海明珠，咱們能否脫身可全都寄託在她身上。」

此時瞎子走了過來，他滿手油污，剛才一直都在幫忙修船，張長弓問起修理的情況，瞎子道：「最快也要明天中午。」隨著天色變得暗淡，他的雙目又開始變得銳利，朝遠方看了看道：「要起風浪了，不知羅獵他們情況怎樣。」

海石林外已經掀起了風浪，羅獵他們的確遇到了麻煩，他們是逆浪而行，雖然距離明珠號已經很近，可是這不足二百米的距離卻耗費了他們很大的氣力。海盜應當並沒有料到會有人冒險潛泳而至，他們觀察的重點都集中在有無船隻離開海石林。再加上天氣風雲突變，這讓他們更忽略了無聲無息向他們靠近的三人。

「起風了！」邵威和徐克定並肩站在黑鯊號的甲板上，按照他們的計畫，突襲營救初步定在今晚夜深之時，徐克定抬頭看了看天色，抬頭的瞬間一顆黃豆大小的雨滴落在了他的臉上。

邵威道：「那些人到底是什麼來路？」出征之前他本以為只是一次普通的任

務，甚至覺得為了一次毫無難度的任務就出動三條大船有些興師動眾。

徐克定皺了皺眉頭：「不清楚，我只知道他們和少帥有過節。」

徐克定口中的少帥就是任天駿，邵威心底對這位少帥是不屑的，海龍幫很多人都和他一樣，對地方軍閥有種發自內心的厭惡，如果不是生活所迫誰願意為盜？而他們的痛苦和不幸就是這幫割據的軍閥所造成，邵威認為幫主之所以答應同任天駿合作，徐克定起到了相當的作用。他認為徐克定很可能沒說實話，在這次的任務上隱瞞了很多事，不但欺騙了自己，甚至還欺騙了幫主海連天，如果海連天知道此行的風險如此之大，他一定不會讓寶貝女兒跟來。

邵威道：「船上的人雖不多，可個個是高手，那個為首的羅獵更是厲害。」

徐克定道：「你怕了？」

邵威道：「咱們會不會讓少帥擺了一道？」

徐克定內心一緊，他明白邵威的意思，邵威的這句話不僅僅指向了任天駿，同樣指向了自己，畢竟是自己一手撮合了海連天和任天駿的合作。他當然明白現在狀況非常棘手，如果海明珠出了事，不但他們在責難逃，海連天還會遷怒任天駿，說不定和邵威也抱有同樣想法，認為在這件事上任天駿故意擺了他們一道。

徐克定搖了搖頭道：「不可能……」停頓了一下又道：「我想連他也沒有料

到那群人會如此厲害。」

邵威道：「二哥接受此次任務之前，就沒有瞭解過他們的一些資料？」

徐克定雙手抓住護欄，雨明顯大了不少，可他們還沒有回到艙內躲雨的意思，短暫的遲疑後，徐克定終於道：「督軍遇刺的事情很可能和那些人有關。」

邵威望著徐克定，目光中充滿了不滿和憤怒，過了一會兒方才道：「我們海龍幫竟然介入了一場和我們毫無關係的恩怨？大哥知不知道？」任何人都不甘心成為別人利用的工具。

徐克定搖搖頭道：「少帥沒明說，我也是聽來的消息，目前還無法證實。」

邵威道：「少帥年齡不大，借刀殺人的手段倒是高明。」

徐克定歎了口氣，事到如今，他們已是騎虎難下，眼前最重要的事就是要救出海明珠，他低聲道：「羅獵那群人並不可信，我們必須要做好充分準備。」

邵威抬頭看了看天色道：「我會提前行動，如果行動失敗……」他的表現並不是那麼有信心，此前強攻海石林遭遇重大傷亡，已經嚴重打擊了他們的信心。

徐克定道：「總得嘗試一下。」

只有身在波濤洶湧的大海中，才能夠感覺到那自然的強大威壓，羅獵三人終於靠近了明珠號，明珠號的船體在越來越大的風浪中左搖右擺，卻始終無法掙脫鐵錨的束縛。

大雨滂沱，從天而降，這讓他們的一舉一動變得艱難，不過從另外一個意義上也幫助隱藏了他們的行蹤。羅獵和顏天心利用特製的鐵鉤沿著木質船體向上攀爬，老安負責掩護，他用繩索將自己和船錨的鐵索附在一起，這是為了避免被越來越高的海浪推開，老安儘量向遠處游去，仰望這上方的動靜，為先行爬上船頭的羅獵和葉青虹做出掩護。

羅獵爬行速度奇快，即使在船體不斷搖晃的狀況下仍然能夠精確地控制自己的身體和動作，並沒有花費太多的時間，他就已經抓住了船舷，首先觀察了一下甲板上的狀況，因為這場突如其來的暴風驟雨，海盜們大都去船艙避雨，甲板上只有兩名身穿雨衣的海盜在來回巡視。

等到兩人走遠，羅獵迅速爬到甲板上，又伸手將葉青虹拉了上來，兩人藏身在黑暗中，等了一會兒，那兩名負責巡視的海盜頂著風雨再次來到他們的面前，兩人同時衝了上去，葉青虹捂住其中一人的嘴巴乾脆俐落地用短刀抹了他的脖子。羅獵則雙臂用力將另外那名海盜的脖子扭斷。

兩人迅速從海盜身上將雨衣扒了下來，背上他們的槍械，拿起手燈將屍體拋入大海之中，葉青虹用得來的手燈向海面上照射，手臂揮舞轉了個圈，老安得到信號之後，拉著繩索，快速來到鐵鍊旁，羅獵將一條繩索紮好，扔到了下面，老安拽住繩索迅速爬到了甲板上。

三人會合到了一處，老安解開繩索重新背在身上，藏身於黑暗的角落中。羅獵和葉青虹則大搖大擺地在甲板上巡邏，趁機瞭解這艘船的狀況，這艘明珠號原本共有四十多名海盜，昨晚的突襲行動非但讓海明珠被俘，而且隨同她一起潛入的近二十名海盜非死即傷，可謂是損失慘重。

現在船上還有二十餘名海盜，這些人大都在艙內避雨，因為船隻已經落錨，所以駕駛艙內的三人也沒什麼事可做，羅獵和葉青虹經過時，他們正在喝酒。

葉青虹敲了敲駕駛艙的艙門，裡面傳來一個罵咧咧的聲音道：「娘的，就知道偷懶，還沒到換崗的時候呢。」

一名大鬍子海盜搖搖晃晃走了過來，剛剛拉開艙門，就被一柄尖刀抵住了咽喉，那海盜嚇得連話都不敢說，酒頓時醒了。

另外兩人還不知道發生了什麼事情，葉青虹用刀逼著那大鬍子海盜讓開。此時正在喝酒的兩人方才意識到不對，他們慌忙去掏槍，不等他們將手槍掏出，羅獵和老安就從門外衝了進來，羅獵出手極快，兩柄飛刀宛如疾電般射出，分別釘在兩名海盜的咽喉之上，那兩人連吭都未吭，就一命嗚呼。

老安雖然舉起了漁槍，可是並沒有出手的機會，他的手指剛剛落在扳機上，羅獵已經將敵人解決，老安的唇角不由得浮現出苦笑，自己畢竟老了，出手比起年輕人慢了許多。

葉青虹手中的尖刀用力下壓了一些，刀鋒頓時刺破了大鬍子喉頭的皮膚，一縷鮮血沿著他的咽喉流了出下去，那大鬍子嚇得魂飛魄散，顫聲道：「女俠饒命……」

葉青虹還是第一次聽到別人這樣稱呼自己，又看到這大鬍子看似凶悍，沒料到膽子居然這麼小，不由得有些想笑。

老安走過來冷冷道：「說！這船上還有多少人？」

大鬍子老老實實答道：「除了我們仨以外還有十九人……傷……傷患都送去了黑鯊號救治。」

老安道：「沒騙我？」

「不敢……」

話沒說完，老安揚起右手在他頸側重重給了一掌，將大鬍子打暈了過去，然後用繩索將他捆起，又在他嘴裡塞了塊破布。

羅獵道：「還有十九人。」

葉青虹淡然道：「烏合之眾！」

對這場突如其來的風雨動心思的絕不止他們三個，徐克定和邵威也決定趁著這場風雨的掩護再次進入海石林，比起此前的陣仗小了許多，他們只派出了三艘船，十五人，但是這十五人全都是他們隊伍中的精銳，更是由邵威親自率領。

三艘小船頂著風雨，在波濤和礁石的夾縫中行進，順利進入了海石林。

海石林聳立的礁石將外面的大風大浪阻擋了不少，一進入海石林的內部海域，就感覺風浪小了很多，儘管如此邵威仍然不敢命令小船繼續前進，他們將三艘小船停靠在避風處，留下五人守住小船，其餘十人在邵威的引領下，下船向目標靠近。

這場風雨為潛入創造了絕佳的條件，風雨雖然不小，可現在正處於退潮的時候，海石林內的海水很淺，最淺的地方甚至剛剛淹沒足踝，邵威指揮眾人借著礁石林的掩護潛行。

剛開始他們還擔心在礁石上可能會有埋伏，不過這種狀況並未發生，一行人順利抵達了海石林的內部，已經可以看到五十米外擱淺的船隻。

邵威做了個手掌下壓的動作，示意手下暫時停止行進，距離天黑已經沒多久的時間了，雖然天色昏暗，風雨飄搖，可是如果繼續走近，仍然可能暴露，他們需要再多一些耐心，等到天黑之後，更加便於隱藏身形，也會引來漲潮的時刻。

艙門被一腳踢開，葉青虹和老安舉槍瞄準了裡面正在聚賭的海盜們。

那群海盜在門被踹開之後方才驚覺，他們慌忙去掏槍，可是已經來不及了，葉青虹和老安同時扣動扳機，擊斃了兩名海盜，老安喝道：「把手舉起來！」

一眾海盜看到同伴被當場擊斃，誰也不敢冒險，按照老安的話將雙手舉起。

羅獵讓他們將武器扔到地上，三人押著這群海盜讓他們進入底艙，老安用鎖將底艙的艙門鎖死。

葉青虹負責守住底艙，羅獵和老安一起回到駕駛艙，那大鬍子此時已醒，老安將破布從他嘴裡拽了出來，用槍口抵住他的額頭道：「海連天在哪艘船上？」

大鬍子顫聲道：「大……大當家……沒來……這次是二……二當家徐……」

老安道：「徐克文？」

大鬍子忙不迭的點頭，老安聽到這個消息，心中五味雜陳，他本以為海連天很可能親自前來，如果這樣，自己多年的大仇終於可以血債血償，卻想不到海連天沒有過來，內心中的失落難以形容。

羅獵卻暗叫不妙，老安被仇恨蒙住了雙眼，海連天不在，他首要的復仇目標就是海明珠，很可能會對海明珠產生殺念。

羅獵並非要憐香惜玉，而是他們現在的處境不妙，在沒有逃離困境之前，老安盲目復仇只會引來對方的瘋狂報復。羅獵提醒老安道：「咱們是不是先離開這裡再說？」

老安點了點頭道：「不錯，自然要先離開這裡，只要海明珠在我的手裡，就不愁海連天那個混帳不來。」

他向大鬍子道：「你是船長？」

大鬍子用力搖頭：「小姐才是……」海明珠雖然是船長，可是在駕船方面全都依靠大鬍子。

老安冷笑道：「也罷！」他向羅獵道：「海連天既然不在，我們也沒有戀戰的必要，咱們現在就去接人。」

羅獵頓時明白了他的意思，老安是要駕船進入海石林，將張長弓他們全都從損壞的那艘船轉移過來，其實羅獵的初衷也是如此，如果不是料定海龍幫方面不會老老實實交換人質，他也不會冒險出來奪船，一切進行得還算順利。

羅獵道：「安伯有把握將這艘船駛入海石林？」

老安道：「這樣的大船想要進入海石林唯有從咱們原來的入口，可從那邊進入就難免會暴露。」

羅獵道：「您的意思是……」

老安道：「只需將船移動到海石林附近，他們可以經由小艇轉移到這艘船上。」

羅獵道：「我回去通知他們。」

老安道：「不急，等我將船隻靠近海石林，你再下船不遲。」

夜幕在風雨中降臨，海石林內的水位上漲了許多，因為擱淺而歪斜的船身又因為水位的升高緩緩自立起來，船隻重新漂浮於海面上，可是風雨仍未有停歇變小的跡象，隨著波濤擺動的幅度很大。

瞎子披著雨衣來到陸威霖的身邊，大聲道：「你去休息吧，我替你一會兒。」

陸威霖搖了搖頭，向遠處望去，隨著夜幕降臨，他已經看不清遠處的景物，即便是近處的礁石也被風雨模糊了輪廓，乍看上去如同一個個聳立的巨人。

瞎子打了個哈欠道：「這鬼天氣，應當不會有人過來。」

陸威霖卻不這麼認為，既然羅獵能夠想到去突襲對方，海龍幫方面興許有人也和他們產生了同樣的念頭。

瞎子忽然道：「有人！」

陸威霖內心一怔，他睜大雙眼，卻沒有看到任何可疑的影像。

瞎子的眼睛天生和常人構造不同，在光線明亮的白天，他就像個高度近視，看任何東西都模模糊糊，甚至不得不借助墨鏡遮擋強光才能維持正常視力，可到了晚上，他的目力就發生了脫胎換骨般的變化，他能夠看清暗夜中細微的變化。

瞎子看到數個黑影正在海水中浮游，雖然夜幕降臨，海水也是漆黑如墨，可那些海中的身影還是和周圍有著明顯的分界，當然也只有瞎子能夠看清，普通人是無法及時發現的。

陸威霖順著瞎子所指的方向望去，終於看到海中模糊的一個黑點，那是一名海盜剛好出來換氣，陸威霖端起步槍並沒有急於射擊，他耐心等待著，當那顆頭顱再次出來換氣的時候，果斷扣動了扳機。

呯的一聲槍響，在風雨飄搖的夜裡並沒有顯得太過明顯，可在那些潛入的海盜看來卻是觸目驚心，被射殺的海盜就在邵威的身邊。

瞎子提醒陸威霖道：「不要開燈！」

張長弓聽到動靜也趕了過來，揚聲道：「下面的人聽著，如果膽敢繼續靠近，我現在就將海明珠的腦袋割下來還給你們。」他聲音洪亮，穿透風雨遠遠送了出去。

邵威等人剛剛潛游到中途，聽到張長弓的這番話已經知道己方的行蹤完全暴露，邵威暗自歎了口氣，向部下發出命令，撤退！唯有撤退，原本他們想在對方毫無察覺的情況下救出海明珠，可現在還未靠近船隻就已經暴露，這就代表著潛入計畫全盤失敗。

如果堅持前行，潛入就會變成一場正面交鋒，在這種狀況下他們根本沒有任何的勝算可言，更何況海明珠還在人家的手上。

陸威霖並沒有乘勝追擊，擴大勝果，他雖然是一個殺手可並不嗜殺，他發現自己也在不知不覺中改變了，這種改變來自於周圍人的潛移默化，他開始認為如無必要儘量不必殺死對方，真正高明的方法是不費一槍一彈就解決問題。

瞎子一旁道：「開槍，把這幫龜孫子全都幹掉！」

陸威霖透過瞄準鏡觀察著海面，手指雖然搭在扳機上可始終都沒有開槍。

瞎子道：「對敵人仁慈就是對自己殘忍。」

陸威霖忍不住笑了起來。

瞎子呸了一聲道：「笑個屁啊，有你後悔的時候。」

陸威霖並不想在此時將雙方的矛盾激化，畢竟他們人手不足，羅獵那邊的情況還不知怎樣，對他們留守船隻的人來說，最重要的就是拖住這幫海盜，時間拖得越久越好，他們的首要任務是離開這裡，而不是和這群海盜決一死戰。

海明珠在艙內也聽到了外面的動靜，當她聽到張長弓要把自己的腦袋割下來的時候，心中又是害怕又是惱怒，只覺得有生以來所遇到最可恨之人莫過於張長弓，本想脫口大罵，可話到唇邊又咽了回去，腦海中浮現出老安陰森可怖的面孔，她真正害怕的人是老安，這群人中殺氣最烈的就是老安，如果說有一個人會毫不猶豫地殺死自己，老安首當其衝。

雨沒有減小的跡象，可風卻明顯小了，老安操縱搶來的明珠號，從海石林的西南方向靠近，另外的兩艘海盜船位於海石林的對側，中間隔著礁石林立的海石林，現在又是大雨傾盆，在這樣的夜裡，視線會受到很大的影響，除非靠到近前否則很難會被發現。

羅獵和葉青虹兩人從明珠號放下小船，兩人合力划動小船返回。

按照事先的約定葉青虹用手電筒打出信號，一直注意觀察海面動靜的瞎子率先發現了，驚喜道：「他們回來了！」

徐克定看到邵威等人這麼快就回來，心中已經明白他們此次定然是無功而返，讓邵威更加鬱悶的是他們連一槍都未來得及開，就已經暴露，還損失了一名得力的手下。

邵威歎了口氣道：「我失算了！」

徐克定心中明白失算的不僅僅是邵威，看來他們的行動計畫早已在對方的預料之中，所以即便是在天氣如此惡劣的狀況下對方也沒有放棄對他們的警惕，海石林已經成了他們海龍幫的滑鐵盧，事實上他們在人數十多倍於對方的前提下落盡下風。

徐克定拍了拍邵威的肩頭表示安慰，低聲道：「總會有辦法。」

「什麼辦法？」邵威反問道。

徐克定其實哪有什麼辦法。

邵威追問道：「難道咱們當真要送給他們一艘船？」

徐克定想了想道：「等天涼了再說……」停頓了一下又道：「我看短時間內他們不敢輕舉妄動。」

這一夜對海龍幫的這些人來說極其難熬，雖然他們也認為海明珠短時間內應當沒有危險，可是一想到此事讓幫主海連天知道的後果，誰也無法安心入睡。這場風雨折騰了一整夜，天亮的時候，神奇的一幕出現了，風停雨歇，天空一碧如洗，海水在陽光下呈現出明媚且通透的藍，在徐克定和邵威的一番商議之後，他們決定先答應對方的要求，讓邵威再次前去談判，在交換人質的時候動手。

就在邵威準備出發的時候，負責刺探情報的手下過來稟報，對方的船仍然停在海石林，不過他們的明珠號卻不見了，聽聞這個消息徐克定和邵威內心同時一沉，他們馬上意識到了什麼，邵威即刻率人進入海石林，這次他們並沒有遇到任何的阻礙，當他們登上甲板，方才發現甲板上早已空無一人，仔細搜索之後方才發現了被鎖在底艙內的二十名明珠號的海盜。

邵威感覺到臉上彷彿被人重重打了一拳，他氣急敗壞地叫道：「快！馬上回去，他們逃了，他們逃了！」

海龍幫眼中的逃在羅獵等人卻意味著一次成功的大撤退，羅獵和葉青虹、老安三人借著風雨的掩護，突襲了明珠號，並成功控制了這艘海盜船，由老安將明珠號駛到海石林的後方，利用兩艘船上的救生艇完成了一次大撤退，在邵威發現此事之前的四個小時，他們已經完成了所有人員和物品的轉移，並駕駛著搶來的明珠號沿著既定的路線向目標海域前進。

日出之時，幾乎所有人都來到了甲板上享受新鮮的空氣明媚的陽光，可通常最早醒來的羅獵卻沒有出現，瞎子向眾人低聲道：「他還在睡呢。」

知道羅獵底細的幾人都覺得有些奇怪，對一個失眠的人來說，這樣的狀況並不常見，對羅獵而言睡眠尤其寶貴。

葉青虹道：「咱們去船尾說話。」雖然昨天她還有些傷心失落，可並沒有因為情緒的起伏而影響到對羅獵的關心，去船尾說話，一是不想影響到羅獵，二是避免海風將他們的話送到其他船員的耳朵裡，雖然經過這場戰鬥，也證明瞭所剩船員的忠誠，可凡事還是謹慎為妙。

瞎子並沒有參與他們談話，因為他還有一個重要任務，那就是盯住老安，對於羅獵安排的任務，他向來貫徹得堅定而徹底。老安也沒興趣，雖然已經有過和這群人同生共死的經歷，可他們絕不可能成為朋友，最多目前還不是敵人。

老安的目光下意識地望向右前方的艙門，在那道艙門的後面囚禁著海連天的寶貝女兒海明珠。有這張牌在手，就不愁海連天不跟著過來。

老安冷冷道：「你不必時時刻刻跟著我，我現在也不會殺她。」

瞎子笑了起來，手指向上推了推從鼻樑上滑下的墨鏡：「海明珠是死是活跟我沒關係，我只是仰慕您老的風采，想跟您多聊兩句。」

老安把臉扭到一旁，望著一望無際的海面，遠方海天一色，除了海水就是天空，他們早已遠離了海石林的範圍，看不到一塊礁石，也見不到一艘船隻。對於這個絮絮叨叨婆婆媽媽的小子，自己最好還是保持緘默，老安當然明白他們的算盤，這群人擔心自己會為了復仇而壞了他們的計畫，這個世界上沒有人會理解自己心中的仇恨。

葉青虹道：「如果一切順利，再有兩天一夜咱們就能夠進入既定的海域。」

張長弓笑道：「一定會順利，我估計那幫海盜到現在才發現我們已經走了。」腦補出海盜發現那艘空船的愕然情景，他忍不住就想笑。

陸威霖道：「這艘明珠號是經過改裝的，明顯速度快了不少，我看他們追不上，就怕……」

張長弓道：「怕什麼？」

陸威霖道：「就怕有人故意留下線索，讓他們追上來。」

葉青虹和張長弓對望了一眼，他們都知道陸威霖所指的是什麼，可能留下線索的人未必都是內奸，老安也有這個可能，他急於復仇，在他的心中沒有什麼事情比復仇更加重要。在仇恨的驅使下，他極有可能做出不理智的事情，所以這也是讓瞎子緊盯他的原因。

陸威霖已經完全適應了船上的生活，回想起此前暈船的情形仍然是噩夢一般的經歷，長舒了一口氣道：「如果順利咱們明晚就能到地方了，這些海盜應當不知道咱們要去哪裡，不能總把事情往壞處想。」

張長弓點了點頭，他想到了一個很重要的問題，那就是羅獵堅持把老安帶上船的原因，這次的歷險是因為白雲飛的要求而引起，羅獵之所以答應，不僅僅因為白雲飛以任忠昌遇刺一事作為要脅，最主要的原因是羅獵自己的好奇心。

其實何止是羅獵，他們此次同來的幾人，對於冒險都有著一種割捨不去的情結，應當說這就是一種癮。

每個人的內心深處都有一個無法拒絕的情節，陸威霖眼角的餘光瞥了葉青虹一眼，又唯恐被她發現，匆匆轉向一旁，葉青虹內心中無法拒絕的情節就是羅獵，陸威霖對葉青虹也動過心，甚至為她不惜和穆三壽反目，冒著生命危險去北平探險，然而他已經明白，無論自己為她做多少事，在她心中只有羅獵，就算自己為她獻出生命，也不及羅獵為她披上一件外衣更能讓她感動。

想透了這個道理，困擾陸威霖內心許久的煩惱也就迎刃而解，他雖然沉默寡言，可並不是個執迷不悟的人，羅獵是他最好的朋友，如果葉青虹能夠和羅獵走到一起，自己會真誠地祝福他們。

「我還沒去過東瀛！」張長弓望著前方道。

葉青虹淡淡笑了起來，她去過，對於這樣一個方方面面都在模仿中華的國家，到了那裡會有種熟悉感，可熟悉中又透著陌生，縱觀對方的歷史就能夠瞭解他們的發展由來，他們善於學習，善於取長補短，或許正是捉襟見肘的土地和遍佈在土地上的自然災害讓他們的國民產生了深重的危機感，他們對中華的文明，對中華的地大物博，因羨慕而產生了據為己有的野心。

陸威霖歎了口氣道：「他們的地圖就像是一條蟲子，一條小小的蟲子。」現在這條小小的蟲子正在一口口啃食著神州這片巨大的葉子。

張長弓道：「無恥！」

葉青虹微笑望著他們兩個，她開始漸漸理解羅獵因何會為了這些朋友不惜赴湯蹈火，其實他們對羅獵也是一樣，拋開昔日的動機和目的，方能看清每一個人的優點，葉青虹腦子很快又浮現出羅獵的身影，她意識到自己已經變得無可救藥了，無可救藥地喜歡上了他，可讓她鬱悶的是羅獵對自己卻始終若即若離。

張長弓道：「威霖，還記得百惠嗎？」

陸威霖點了點頭，怎麼能忘呢？畢竟一起同生共死過，只是離開甘邊之後就失去了她的下落，不知這位冷若冰霜的女忍者是否成功逃亡。

第七章

多年承受的痛苦

他要殺了海明珠，要在昔日家人遇害的地方用海明珠來活祭，
要讓海連天體會自己多年以來承受的痛苦，
只要殺了海明珠，就不愁找不到海連天，
就算不去找海連天，對方踏破天涯海角也要尋找他復仇。

有些事有些人永遠無法忘記，難得的睡眠對羅獵來說卻是一次漫長而痛苦的煎熬，噩夢在反反覆覆地困擾著他，夢中的世界沒有美好，血腥和慘痛折磨著他，羅獵掙扎著想要醒來，可那些黑暗絕望的影像卻如濃重的夜色一樣包圍著他，夢中的羅獵周圍是一片血色的海洋，一隻隻白骨森森的手臂正拚命向下拖拽著他。

羅獵看到了艾莉絲，看到了凌風而立的艾莉絲，看到了站在用白骨建造而成的巨大艦船之上，她的周身閃爍著朝陽般金色的光輝。這光輝迷亂了羅獵的雙眼，讓他眼前的世界變得一片空白。

耳邊彷彿聽到有人在哭泣，這哭泣聲像極了艾莉絲，仔細傾聽卻又有些像顏天心，腦海中的景象從波濤洶湧的血色海洋變幻成為漫天風雪的冰雪世界。

飄雪的空中，漂浮著一座冰山，透明冰山內禁錮著一個模糊而熟悉的身影。

羅獵在冰與血的世界來回掙扎徘徊，醒來的時候已經是黃昏時分，他感覺到極其口渴，抓起床頭的隔夜茶大口大口的飲下，等到頭腦恢復了清醒，這才拉開艙門走了出去，迎面正遇到了老安。

老安沉聲道：「我等了你一整天。」

羅獵因他的這句話而眺望了一下遠方的晚霞，這才意識到自己居然睡了那麼久的時間。

羅獵笑道：「安伯有要緊事？」

老安搖了搖頭，如果有要緊事他也不會耐心等到現在，老安道：「我準備更改此前定下的航線。」

羅獵內心一怔，警覺之心頓生。

老安來找他之前就已經料定他會對自己產生懷疑，將手中已經準備好的航海圖展開道：「我們原定是這條航線，我準備在天目島改變方向朝正東行進，然後再折返向北。」

羅獵沿著他所指示的航線觀察了一下，此前他們訂下的航線是一條直線通往目標海域，老安的改變等於畫出了三角形的另外兩邊，雖然頂點相同，可是這樣的航線要多走不少的冤枉路。

羅獵道：「說一下您的理由。」

老安道：「侯爺告訴我，天目島有個秘密，和我們要找的目標有關。」這個理由足夠充分，他相信能夠說服羅獵，畢竟羅獵之所以沒有將他拋下，力排眾議讓他隨隊前行的動機就是要從他的身上得知白雲飛的秘密。

羅獵靜靜望著老安的雙目，這是一位深藏不露的高手，羅獵無法看透他的內心所想，羅獵甚至想到了對老安動用催眠術，可面對一個意志如此堅定之人，他並無足夠的信心入侵並控制對方的腦域。

老安道：「羅先生若是不信，我們可以沿著原定航線行進。」

羅獵道：「既然安伯有要事在身，我們走一趟也無妨，想想也有些好處，那些海盜應該不會想到我們會中途改變航線吧。」

老安點了點頭，表情居然顯得有些溫和。

羅獵道：「咱們要登島嗎？」

老安道：「是！」

天目島是一座位於茫茫大海上的孤島，小島的形狀狹長，中間寬闊兩端狹窄，像極了一葉扁舟，小島上沒有植被，只是在小島的中心部分有一座死火山，黑色的火山在周圍沙灘的圍攏下，又如一隻眼睛，天目島的名稱因此得來。

因為天目島缺少植被生物，也沒有淡水，即便是漁民經過此地也少有登島。一個無法補給的小島，誰也不會在此地浪費時間。

羅獵對老安登島的目的始終存疑，如果沒有海明珠的事情，他興許會相信老安的理由，可在知悉老安和海連天之間的恩怨之後，羅獵認識到完成白雲飛的任務已經不是老安的首要使命。

有一點羅獵不得不承認，老安的航海技術是出類拔萃的，至少在這片海域，他可以不依靠航海圖，因為他本身就是航海圖。

船長忠旺，其實他現在已經不是船長，屬於他的那艘船被丟在了海石林，目前所乘坐的這艘船叫明珠號，是他們從海盜手中搶來的，海明珠才是這艘船的真正主人，負責駕駛船隻的是老安，忠旺充其量只是他的大副，去哪裡，走什麼航線完全由不得他來做主，試問天下間哪有這樣的船長？可忠旺現在已經身不由已，他是真真正正體會到了上了賊船的滋味。

忠旺手下的六名船員也是一樣，事已至此他們唯有硬著頭皮繼續追隨下去。忠旺的航海經驗也算豐富，他過去也曾經途經天目島，不過從未有過登島的經歷。

船隻停穩之後，老安提議登島，不過讓羅獵感到奇怪的是，此次登島他要戴上海明珠同行。

張長弓對老安的動機表示懷疑，悄悄向羅獵道：「我看有些不對頭，他帶海明珠上去做什麼？」雖然老安說過擔心他們放走海明珠，這麼重要的一張牌還是留在眼皮底下最為放心，可這樣的理由實在是有些牽強。

羅獵決定由自己和張長弓隨同老安一起，其餘人都留在船上等候，當然老安登島的條件之一就是海明珠隨行。

海明珠明顯規矩了許多，她雖然生性刁蠻，可是也並非不識時務之人，明白自己現在的危險境遇，這些人已經成功突圍，每念及此，海明珠就從心底痛恨海龍幫的那群人，人數眾多，可多的是濫竽充數之輩，這麼多人，三艘船居然還奈何不得羅獵他們幾個。

當然羅獵他們一個個身懷絕技也是海明珠無法否認的事實，這群人中最讓海明珠感到畏懼的人就是老安，還好目前負責看守她的人還是張長弓。

海明珠在此前試圖逃走之後已經放棄了這方面的嘗試，她知道自己沒機會，更何況現在處在茫茫大海之上，就算他們肯放自己逃走，自己也不可能在這樣的環境下生存下去。

四人乘救生艇來到小島，張長弓最後一個跳下救生艇，羅獵和他同心合力將小舟向上拖拽，將之束縛在一塊可靠的礁石之上。

海明珠站在沙灘上，寧願看著張長弓和羅獵拖船，也不肯向老安靠近一步，偷偷望向老安，正與他陰森可怖的目光相遇，海明珠心膽俱寒，不由自主又朝著張長弓靠近。

張長弓將救生艇拴好，抬頭看到海明珠的臉色極其蒼白，脫口道：「你怎麼了？病了嗎？」

海明珠咬了咬嘴唇，小聲道：「別把我交給那個人……」如果不是在這種狀況下，她又怎會向張長弓低頭。

張長弓從海明珠求助的雙目中察覺到了她的惶恐，不知為何感到有些同情，低聲道：「放心吧！」

說來奇怪，海明珠聽到他這聲放心吧之後，心中頓時感覺安穩了許多，抿了抿嘴唇道：「我信你。」

張長弓的內心一沉，他很快就意識到是因為海明珠這句話的力量，被信任本身就是一種責任。

前方羅獵已經追趕上了老安的腳步，這是一座死氣沉沉的小島，他們所經過的地方看不到一絲一毫的生機，腳下的沙灘非常鬆軟，臨近火山的時候，沙灘就變成了黑色，羅獵特地留意了一下周圍的狀況，目光所及之處見不到一絲一毫的綠色。

老安在半山坡一塊宛如老人般聳立的火山石前停下腳步，凝望著那塊火山石，伸出手去輕輕撫摸著佈滿孔洞的石塊，他的目光變得前所未有的溫柔。

羅獵在一旁望著老安忽然道：「這裡是你家人遇害的地方對不對？」

老安臉上充滿錯愕之色，事到如今他也沒必要否認，點了點頭道：「是！」

羅獵道：「你堅持要登島，並非是因為白先生的命令，而是另有目的對不對？」

老安道：「對也不對。」他指了指自己太陽穴道：「侯爺告訴我的秘密全都在這裡，這些事對我並無特殊的意義，你想知道？就用她來交換。」他的目光投向不遠處的海明珠。

羅獵平靜道：「你想做什麼？」

老安道：「你明白的，你不可能不明白。」他要殺了海明珠，要在昔日家人遇害的地方用海明珠來活祭，他要讓海連天體會到自己多年以來承受的痛苦，只要殺死了海明珠，他就不愁找不到海連天，就算他不去找海連天，對方踏破天涯海角也要尋找他復仇。

海明珠聽到了他們的對話，嚇得藏到了張長弓的身後，張長弓道：「殺你家人的是海連天，你找他復仇就是，何必殃及一個無辜的小姑娘。」

老安冷冷望著張長弓：「沒有人能夠阻止我！」他的目光回到了羅獵的身上：「你答不答應？」

羅獵微笑道：「我這個人從不受別人的要脅。」

老安呵呵笑了起來：「既然如此，我們就沒有談下去的必要。」他緩緩向後退了一步，腳落在平整的石塊上，腳下旋即傳來劈啪作響，那塊石頭竟然被他一腳踩碎。

羅獵雖然早就看出老安騙他們上島另有居心，可是他對老安的實力仍然缺乏正確的評估，眼前老安一腳碎石的本領方才顯露出他真正的實力，這是一位真正的高手。

老安緩緩撩起灰色長衫，輕聲道：「我不想與你們為敵，可是凡是阻止我的人，終將會是我的敵人。」

張長弓的手悄悄摸向腰間的手槍，老安身軀一晃，羅獵只覺得眼前閃過虛影，老安並未向他出手，而是鬼魅般衝向張長弓，在張長弓尚未拔出手槍之前，一把摁住了他的右手，張長弓揮拳向老安打去，老安不閃不避，等到張長弓的拳頭擊打在他的胸口之時，胸口卻軟若無骨般塌陷了下去，張長弓感覺自己的拳頭全無受力之處。

張長弓尚未來得及應變，老安塌陷下去的胸膛卻又如充滿氣的皮球般彈射而起，一股來自於他身體內部的潛力撞擊在張長弓的拳峰之上。

這股潛力從張長弓的拳頭沿著他的手臂傳遞到他的身軀之上，在這股力量的彈射下張長弓立足不穩，倒飛了出去，後背撞到身後的海明珠，兩人同時飛起重重摔落在後方的沙灘之上。

羅獵此時方才明白老安因何敢隨同他們前來，不但因為他豐富的航海經驗，也非仰仗白雲飛這個靠山，而是因為他自身就擁有著一身已臻化境的內家功夫。

張長弓雖然力大勇武，箭術超群，可是在武功方面絕不是老安的對手。

自己也是一樣，就算在甘邊沒有受傷，在身體的巔峰狀態下，單憑武功也無法勝過老安，自己的身體雖然基本康復，可是內心的創傷遠未平復，他也有過通過精神控制老安的想法，可是老安的意志力極其強大，像他這樣專注的人很少會受到別人的影響。

其實最根本的問題還是出在自己身上，自從顏天心出事之後，羅獵已經不敢輕易地去開啟自己的腦域世界，控制別人，首先就要看到自己，他害怕看到腦域深處那孤獨的蒼狼。

羅獵手中的飛刀在張長弓被彈飛的剎那已然發射，飛刀劃出一道雪亮的光芒，倏然射向老安的右腿。

老安選擇先行攻擊張長弓是有原因的，通過幾次戰鬥他已經發現羅獵不肯用槍的習慣，所以他才會將張長弓列為首先擊倒的對象，擊倒張長弓的同時他也奪得了張長弓的駁殼槍，調轉槍口瞄準了那柄射向自己的飛刀，一槍射出，子彈準確無誤地命中了飛刀，噹的一聲，疾速行進的飛刀被準確擊中，歪歪斜斜落在火山石之上。

羅獵並沒有發動第二次攻擊，因為他意識到自己的攻擊無法對老安造成致命的威脅。

老安將槍口瞄準了羅獵：「你太慢了！」他的語氣依舊漠然，沒有嘲諷，只是在闡述一個簡單的事實。

羅獵歎了口氣道：「半年之前，你躲不過我這一刀。」

老安道：「我的家人死後，我花了整整三十年，忍受常人無法想像之苦，就是為了有朝一日要復仇。」

羅獵道：「你選錯了對象。」

老安道：「錯！我也認了！」

呯！槍聲突然響起。

老安聽到槍聲，馬上意識到這一槍的目標應該是自己，右肩一震，一顆子彈從他的肩頭穿過，他看到肩頭血花四濺，他武功雖然高強可並非金剛不壞之身。

老安右臂一麻，剛剛搶來的駁殼槍掉落在了地上，抬頭望去，這一槍顯然是從山頂射來。

老安左手捂住了右肩，低聲道：「你……你設了埋伏？」

羅獵道：「你和我們從一開始就不是一條心，有些事畢竟要在事先做好防範措施，你別動，威霖的槍法百發百中，是我讓他如無必要不可傷了你的性命。」

羅獵當然信不過老安，在老安提出登島計畫之後，羅獵就想到了應對之策，他讓陸威霖提前下船，游泳前往天目島，這邊故意做出拖延，給陸威霖的登島留好足夠的時間。

在估計陸威霖差不多登島之後，方才放下小艇，和老安一起登上天目島。

老安猝然發難之時，陸威霖早已在天目島的高地埋伏好，居高臨下鎖定目標，如果不是羅獵事先叮囑，不到萬不得已一定不要射殺老安，此刻老安已經是一具屍體。

武功再高也扛不住子彈。

老安的臉上頓時失了血色，張長弓雖然受了他一擊，可並未受重傷，爬起來向老安衝去。

羅獵示意張長弓不要走得太近，微笑望著老安道：「我給你一個選擇。」

老安道：「沒得選，不答應我的條件，你永遠不可能從我這裡得到想要的東西。」

羅獵點了點頭：「那只有委屈您了。」

張長弓猛然揚起槍托重重砸在老安的腦後，將他砸得暈倒在地。

老安不願選，羅獵卻不得不選，他不想同伴的生命受到威脅，所以只能對老安採取強硬的手段。

老安醒來，發現自己已經回到了船上，雙手雙腳都被上了鐵鐐。剛好艙門被打開，瞎子給他送飯進來，望著被鐵鐐鎖住的老安，嘖嘖歎了口氣道：「有些人吶，就是敬酒不吃吃罰酒，我真是鬧不明白了，何必自討苦吃。」

老安道：「小子，少說風涼話吧。」

瞎子笑道：「不是我想說風涼話，而是您老先生有些自不量力。」

老安閉上雙目，心中暗歎，自己終究還是低估了羅獵，本想將他們引到荒島之上，憑藉一身出神入化的武功將他們逐個擊破，卻想不到最終還是失敗，他並非敗在武力上，而是敗在了頭腦上，羅獵雖然年輕，可做事縝密，幾乎算準了每一步。

瞎子道：「如果依著我們，一槍殺了你最省心。」

老安依然沒有睜開雙眼，在島上陸威霖的確有殺死自己的機會，如果沒有羅獵的事先交代，自己必然已經死了，可是老安並不感恩，是羅獵阻止自己復仇。

瞎子道：「報仇無可厚非，可殺一個俘虜，還是個女人總有些不夠厚道，你既然不搭理我，我也懶得白費唇舌，吃吧，千萬別餓死了。」

張長弓雖然受傷不重，可右腕也被老安的反震之力扭傷，羅獵幫他抹了些跌打油，張長弓想起在天目島發生的一切，仍然感到心有餘悸，老安的武功讓他想起了吳傑。

如果不是憑藉羅獵的頭腦，他們今次難逃此劫，不過張長弓也發現了羅獵的變化，他笑道：「你出刀的速度明顯慢了，是不是內傷還沒有完全康復？」

羅獵沒有否認，只是笑了笑，他出刀的速度慢了，不是內傷沒有康復，而是內心沒有康復，自從甘邊歸來之後，他就失去了信心，如果他擁有足夠的信心，他或許不會安排陸威霖事先埋伏，有些時候信心太強也不是好事。

張長弓道：「老安不會跟咱們合作。」

羅獵道：「也不盡然，對付海龍幫的時候就合作得很好。」

張長弓哈哈大笑起來，此時船長敲門進來，卻是他對這艘船的一些地方欠缺瞭解，老安被關起來之後，明珠號理所當然交到了他的手裡。

張長弓道：「海明珠一定知道，我去問她。」

羅獵點了點頭。

張長弓和船長一起去找海明珠，他們剛剛出門，葉青虹就走了進來，手裡端著一碗剛剛熬好的海鮮粥。

羅獵聞了聞海鮮粥的香氣，由衷讚道：「好香啊，你做的？」

葉青虹搖了搖頭道：「想親手做來著，可惜我沒那個本事，所以只好求助大廚了。」

羅獵接過那碗海鮮粥喝了一勺，葉青虹就在他對面靠在牆上，靜靜望著他。

羅獵只當沒有發現，埋頭喝粥，忽然聽到葉青虹柔聲道：「答應我，以後不要再拿性命冒險好不好？」

羅獵沒有說話。

葉青虹道：「如果真要冒險，就帶上我一起。」

羅獵默默喝完了那碗粥，抬起頭，他的目光溫暖而平和：「好！」

葉青虹點了點頭道：「我相信你！」

當一個女人表示相信你的時候，證明她將生命託付到你的手上，如果她出自真心，而你又接下了這個重擔，彼此的關係會變得不同，張長弓雖然沒有意識到，可海明珠卻率先覺察到自己看張長弓和別人已經有了很大不同，每當張長弓出現的時候，自己的內心就如同小鹿一般亂衝亂撞，她也搞不清楚是為了什麼，論英俊張長弓不如羅獵，論驕傲他不如陸威霖，論風趣他比不上瞎子，可她偏偏會因他而心動。

閉上眼睛，總會浮現出張長弓為了掩護自己和老安對抗的情景，那一刻的張長弓真是帥炸了。

張長弓只是覺得海明珠突然變得配合了許多，溫柔了許多，自己只是提出讓她幫忙指導一下船隻的操作，她毫不猶豫地就答應了。

張長弓依舊木訥，認為海明珠是因為島上的事情感恩，瞎子卻率先看出了不同尋常之處，用肩膀扛了一下陸威霖道：「你有沒有發現？」

陸威霖有些不滿地瞪了瞎子一眼，這廝干擾了自己擦槍。

瞎子道：「海明珠好像對老張有些興趣。」

陸威霖歎了口氣道：「我說你就不能有點正行，別整天想著那些男歡女愛的事情。」

瞎子呸了一聲道：「你懂個屁，飽漢不知餓漢饑，要是有人關心我喜歡我，我犯得著去想這些事兒？」停了一下又道：「是啊，我的確有些毛病，噯，老陸，你說我這是不是屬於飽暖思淫欲啊？」

陸威霖忍不住哈哈大笑了起來，他向來不苟言笑，這一笑反倒把瞎子嚇了一跳，小眼睛狠狠瞪了陸威霖一眼道：「有毛病啊，笑得跟個夜貓子似的？」

陸威霖正準備反駁，卻聽到老安的聲音從船艙內傳來：「小安子，去把羅獵給我叫過來！」

瞎子瞬間將怒火轉移到老安的身上，怒道：「老子最煩別人叫我小安子！」他總覺得這個稱呼像太監，好端端的男子漢被人當成太監這實在是太侮辱人了。

瞎子氣勢洶洶叫道：「你叫我什麼？」

陸威霖拍了拍他的肩膀示意他要冷靜：「安伯，找羅獵什麼事？」

老安大聲道：「要緊事，如果你們不想這艘船沉，還是儘快讓他來見我！」

瞎子眨了眨小眼睛，低聲向陸威霖道：「老狐狸，一定是想騙我們？」

陸威霖道：「或許他真有什麼急事，去！」

瞎子雖然有些不樂意，可還是去向羅獵通報了這一狀況，羅獵得知之後第一時間去見老安。

無論在任何狀況下羅獵總是表現得從容不迫彬彬有禮，老安對眼前沉穩的年輕人從心底感到佩服，說來奇怪，他並沒有因為羅獵粉碎了他的計畫，讓他變成了階下之囚而生出仇恨，怪只怪自己技不如人。

羅獵道：「實在對不住安伯了，我想不出更好的辦法也只有委屈您了。」

老安道：「不知我是應當讚你有度量呢，還是應當誇讚你夠虛偽。」

羅獵道：「我主宰不了您的看法。」

老安呵呵笑道：「想不到啊，我居然栽在了一個年輕人的手裡。」

羅獵道：「如果不是安伯執著於仇恨，也不會讓我鑽了空子。」

老安道：「你不用替我解釋，栽了就是栽了。」

羅獵道：「安伯找我有什麼要緊事？」

老安道：「侯爺給你的那幅地圖有誤，如果你們按照原有的航線行進，是不可能找到地方的。」

羅獵望著老安，如同望著一個習慣於喊狼來了的孩子，此前老安就用這樣的辦法試圖將他們逐一清除，現在誰又能保證他不會故技重施，羅獵發現自己的判斷能力下降了不少，過去如果一個人在撒謊，他幾乎一眼就能夠識破，可是面對老安的時候卻不起作用，究竟是老安的道行過於精深，還是因為自己在天廟之戰後始終未能恢復過去的精神力和感知能力，連他自己也搞不清楚。

像白雲飛這種人絕不可能在一開始就將底牌呈現於人，羅獵當然明白這個道理，只不過老安在現在這種時候說出這件事，卻不能不讓人懷疑他的動機。

老安道：「按照你們目前的航線，再往前走就會進入鳴鹿島，過了那座島嶼就會進入風暴區，在這個季節那裡的風暴最為頻繁，這艘明珠號通過風暴區的可能性不大。」

羅獵道：「你的建議是？」

老安道：「朝東岩島的方向。」

羅獵看了一下航海圖，按照老安的指示豈不是又回到了原來的航線上，他的說法顯然是前後矛盾。如果折返回原來的航線，極有可能和前來追擊的海盜相遇，原本他們已經爭取了足夠的時間擺脫那些海盜，可經過老安在天目島的折騰，大大耽擱了他們的時間。

羅獵道：「安伯是想我們和海龍幫狹路相逢吧？」

老安歎了口氣道：「狹路相逢也好過硬闖那片風暴海，話我已經說了，你不聽就罷了。」

羅獵回到駕駛艙，將老安的提醒向船長忠旺說了，忠旺聽完皺了皺眉頭道：「羅先生，這片海域我也走過不少次，從未聽說過鳴鹿島附近有什麼風暴海。」

羅獵聽他這樣說，越發肯定老安還是在故意使詐，意圖將他們引到原來的航線，此人居心叵測，不可輕信，不過出於謹慎，還是詢問有沒有其他的航線。

忠旺道：「羅先生放心吧，那片海域冬季很少會有風暴，至少我從未聽說過，如果羅先生堅持，咱們可以選擇從鳴鹿島右側的另外一條航線，不過那樣就會多繞行一段距離，只怕要花去一天一夜的時間，這樣一來，咱們恐怕就沒有足夠的燃料返程了。」

羅獵斟酌了一下道：「就按照你說的辦。」

瞎子給老安送飯的時候，發現他此前的那些飯菜一點未動，驚奇道：「你不吃不喝是打算絕食嗎？」

老安道：「早晚都要死！」

瞎子笑道：「說得也是，既然如此我也不必給你送飯了，省得麻煩。」

老安道：「忠言逆耳，你們終究還是不聽我的話，現在是不是已經到了鳴鹿島？」

瞎子對老安航海的本領還是佩服的，點了點頭道：「厲害啊，待在船艙裡都能知道？」

老安道：「每個人都有長處，你也有自己的長處，能在黑暗中視物。」

瞎子嘿嘿笑道：「算不得長處，有得必有失，我在白天就是半個瞎子。」他並不忌諱探及自己的缺點。

老安道：「人往往會被經驗所迷惑，中華的每一個節氣都有著背後的道理，這世間的萬事萬物無時無刻不在變化，想要看清一件事，不能僅看表面。」

瞎子感覺老安的這番話有點莫測高深，仔細一品很可能是故弄玄虛毫無內容，若說節氣，明兒好像是臘八，可臘八跟老安所說的事情又有什麼關係？他拉開舷窗的窗簾，一道刺眼的陽光從外面投射進來，瞎子道：「您老人家看清楚了，外面豔陽高照，什麼風暴？連雲都沒有一絲兒，哪來的風暴？」

老安道：「風暴未必來自天上。」

瞎子在心底暗自呸了一聲，這老騙子嘴巴可真硬。

「前面就是鳴鹿島了！」葉青虹手指夕陽即將墜落的方向，一座青色的小島被夕陽的餘暉鑲上了一層金邊兒，這座小島比天目島還要小上一圈兒，不過和天目島的寸草不生相比，鳴鹿島上充滿了勃勃生機，放眼望去滿是鬱鬱蔥蔥的蒼翠叢林。

羅獵舉起望遠鏡，遠眺鳴鹿島，在他目光所及的範圍內並沒有看到鹿的身影，這麼遠的距離即便是有鹿也聽不到鹿鳴。

葉青虹舒展了一下美好的腰肢道：「真想去島上看看。」

羅獵道：「咱們可以將船就近停靠，明早看了日出再走。」

葉青虹有些驚喜地看了他一眼，卻發現羅獵的目光有些迷惘，這才意識到他說這番話可能不僅僅是為了滿足自己的心願，而是另有想法，內心瞬間又冷卻下來，搖了搖頭道：「不必了，還是趕路要緊，萬一被海盜追上，會有麻煩。」

羅獵卻道：「停停再走也無妨。」不知為何，他的心中升起一股不祥的預兆，結合到剛才老安對他的提醒，羅獵忽然意識到有必要做出一些反應，眼前唯有停船等候才是最為穩妥的辦法。

葉青虹道：「你當真相信他的鬼話？」

羅獵道：「和他無關。」

葉青虹道：「與我也毫無關係。」她轉身就走。

羅獵此時方才意識到剛才自己的話在無意中已經得罪了她，女人的心思是極其細緻的，她可以為羅獵不計代價地付出，可是卻無法容忍對方只將她當成一個藉口。

老安從船隻的動靜就猜到船停了下來，羅獵終於還是聽從了自己的奉勸，不過他是沒有機會下船的，羅獵不會做放虎歸山的事情。身上的這副枷鎖原本他可輕易掙脫，可是他現在卻感覺到無從施展力氣。

僅僅是兩頓飯沒吃應當不會變成這樣，老安意識到可能是自己的身體被動了手腳，他仔細回想，這段時間跟自己密切接觸的只有瞎子，最可能就是這小子。

老安沒有猜錯，他雖然沒吃飯，可並沒有拒絕飲水，於是瞎子就在飲水中動了手腳，稍稍加了一點外婆秘製的酥骨散就可以讓老安強大的武力大打折扣。

瞎子的手段雖然見不得光可是行之有效，這種事情是不會告訴張長弓的，張長弓知道必然不齒，在這方面他遠不如陸威霖冷酷和果斷，也不如羅獵那般靈活，瞎子做任何事都不會瞞著羅獵，羅獵在這件事上沒有表態，分明是睜一隻眼閉一隻眼的默許。

鹿鳴島名不副實，整座島上找不到一頭鹿，小島不大，並不需要花費太大的功夫就能夠環島一周，陸威霖負責在船上留守，羅獵和瞎子則下海摸魚捉蝦，兩人很快就抓了許多獵物。

這群人中張長弓是個真正的獵人，不過他對水有種發自內心的恐懼，在被海明珠一腳踹入海中之後，內心留下了很大的陰影，如果不是被逼無奈，他不會選擇進入海水之中。

張長弓老老實實在沙灘上升起了一堆篝火，海明珠也跟著上來，在一旁幫忙撿拾枯枝，現在她明顯將張長弓當成了保護神，而且也配合了許多，她也認清了現實，己方的人馬短時間內應當無法追得上來，即便是能夠追上也很難成功將自己救出，自己想要活下去就得低頭，至少這群人中除了老安之外，其他人對自己並無殺念。

只要尋找到合適的機會，還是有可能順利脫身，素來驕縱的海明珠在現實中也得到了教訓。

將撿來的枯枝放在篝火旁，悄悄看了一眼張長弓，周圍並沒有其他人，羅獵和瞎子在海中捕魚，葉青虹一個人沿著海灘漫步，一邊欣賞著落日的美景還是默默想著心事。

海明珠道：「張大哥！」

這聲張大哥把張長弓叫得一愣，畢竟他們之間還沒熟到這個地步，啪！張長弓折斷一根兒臂粗細的枯枝丟入篝火之中，將火燃得更大一些，然後道：「什麼事情？」

「謝謝你！」海明珠笑靨如花，一雙原本就明澈的眼睛分明就在發光。

張長弓心中暗自提醒自己，這海盜女正在對自己施展美人計，張長弓頓時警惕起來：「沒什麼好謝的。」

海明珠小聲道：「張大哥，咱們這是要去什麼地方？」

張長弓硬梆梆道：「跟你有關係嗎？還有，以後別叫我張大哥，咱倆沒那麼熟。」

海明珠並沒有因為他冷淡的態度而生氣，事實上她現在壓根沒有生氣的資格，柔聲歎了口氣道：「無論怎樣，在我心中你都是我的救命恩人。」

張長弓道：「你想怎樣？」

身後忽然傳來瞎子的大笑聲：「你想怎樣？老張，人家是想以身相許呢。」一句話把張長弓和海明珠都說紅了臉，海明珠雖然抱著魅惑張長弓的心思，可畢竟她是個黃花大閨女，聽到瞎子的這句話羞得無地自容，啐了一聲道：「下流！」轉身向遠處去了。

張長弓瞪了一臉壞笑的瞎子道：「下流！」

瞎子樂呵呵將捉來的一桶海蟹海貝放下，在篝火旁坐下道：「累死我了，烤火歇歇。」

張長弓道：「羅獵呢？」

瞎子朝遠處的沙灘努了努嘴：「你真是個榆木疙瘩，看不出葉青虹不開心？羅獵去哄她了。」

張長弓朝遠方望去，果然看到羅獵正緩步向遠處的葉青虹走去，歎了口氣道：「麻煩！」

瞎子在他肩膀上捶了一拳道：「你是說羅獵麻煩，還是說你自己麻煩？」

張長弓抄起一根木棍道：「信不信我揍你？」

瞎子道：「信！可君子動口不動手……」話沒說完張長弓抬腳就把他踹倒在沙灘上，不過明顯留了力。

葉青虹想起了許多關於戀愛中女人的格言，過去認為矯情和可笑的話語如今看來都充滿著哲理，戀愛並不一定會讓一個人感覺到快樂，至少她就不是，當她堅定決心返回國內，當她決定對自己昔日的所為進行補償，不顧一切去愛羅獵的時候，卻發現羅獵處處躲閃著自己，這種躲閃是出自於內心，雖然他就在自己的身邊，雖然這段時間他們朝夕相處，可葉青虹卻感覺他們之間越走越遠。

她的身上還披著羅獵的毛呢大衣，可以聞到大衣上淡淡的煙草味道，身體可以感受到溫暖，可心卻變得越來越冷，難道是因為海風吹拂的緣故？葉青虹想到了顏天心，如果她還活著那該有多好，至少自己還有證明的機會，而現在，顏天心已經不在了，可卻永遠佔據了羅獵心底最重要的地方，自己永遠也爭不過一個已經去世之人，自己再也沒有機會。

葉青虹感覺到鼻子發酸，從心底生出一種想哭的衝動，可是她卻不能哭，眼淚會讓羅獵更加看不起自己。

羅獵在她的身後輕輕咳嗽了一聲，用以提醒葉青虹自己已經到了。

葉青虹沒有回頭，只是輕聲道：「我忘了，忘記歸還你的大衣。」

羅獵笑了起來：「不用，我不冷！你更需要。」

葉青虹心中暗想，我需要的不是大衣，而是一個溫暖的懷抱，她聽得到羅獵的呼吸，他和她之間的距離謹慎地保持在一米左右，暫時沒有走近的意思，葉青虹道：「有煙嗎？」

羅獵有些詫異，他記得葉青虹親口對自己說過已經戒了煙，任何事情都是有理由的，葉青虹不會平白無故提出這個要求。

羅獵撒了謊：「忘帶了！」

葉青虹轉過身去，雙目中充滿了質疑，她才不會相信羅獵的話，這個年輕的老煙鬼就算不帶武器也不會忘帶香煙，他一定是不想自己抽煙，葉青虹的笑容有些蒼白：「想不到你我之間連一支煙的交情都沒有。」

羅獵道：「我第一次聽說交情可以用煙來衡量。」

他向前走了一步，和葉青虹在沙灘上並肩而立，冬天落日的海灘雖然很美，可是寒風刺骨，遠方的夕陽已經大半沒入了海中，將海水燃得紅彤彤一片，遠遠望去如同海水在燃燒，和海面相鄰的天空也是一樣，從下到上呈現出紅、紫、深藍、黑不同的色彩，用不了太久的時間，黑夜就會將這瑰麗的晚霞徹底吞沒，整個天地都會沉浸在黑夜之中。

葉青虹道：「美好的東西都是短暫的，短暫得讓人感到不現實。」

羅獵道：「現實往往是殘酷的。」

葉青虹道：「如果有一天我走了，你會不會忘了我？」

羅獵沒有回答，他的手指動了一下，此時忽然生出抽煙的衝動，可馬上又控制住了自己的這個想法。

葉青虹繼續問道：「若是我死了呢？」她盯住羅獵的雙目一字一句道：「如果我死了，你會不會像記住顏天心一樣記住我？」

羅獵搖搖頭，就算面對葉青虹如此尖銳的提問，他仍然保持著一如既往的平靜：「不會，你不會死……」停頓了一下，終於下定決心道：「除非我死！」

葉青虹感覺自己努力經營的冷漠和堅強瞬間瓦解，就這樣被羅獵輕描淡寫的一句話全部瓦解，她再次意識到自己在羅獵的面前已經失去了防禦的力量，她猛然撲向羅獵，緊緊將他抱住。

瞎子聚精會神地看著遠方，冷不防一顆飛灰迷到了他的眼睛裡，這貨趕緊閉上眼睛，眼淚嘩嘩流了下來。

張長弓看到他的狼狽相禁不住笑了起來，一鍋海鮮已煮熟，香氣四溢，香氣也將海明珠吸引了過來，盯著那一大鍋海鮮雙眸灼灼生光：「看起來很好吃。」

張長弓道：「一起吃吧，去叫他們。」

海明珠向遠方看了看，吐了吐舌頭道：「還是別打擾人家為妙。」

羅獵和葉青虹很快就循著香氣走了回來，看到三人已開吃，葉青虹禁不住抱怨道：「羅獵，你看你的好兄弟，共患難可以，可享福的時候就把你給忘了。」

瞎子道：「我們沒豔福可享，只能享口福……」一話沒說完，葉青虹已經一巴掌拍在他後腦瓜子上。

瞎子笑道：「你對我好點，我以後才能幫你說好話……」話還是沒說完，葉青虹揪了一條螃蟹腿塞到了他的嘴裡。

張長弓將一瓶酒遞給羅獵，這些酒都是從明珠號的船艙內找到的，羅獵看了看居然是上好的威士忌，葉青虹看了看上面的商標，喝了一口向海明珠道：「搶的？」

海明珠沒好氣道：「不是搶的難道我自己釀啊？」

瞎子偷偷向她豎起了大拇指，敢公然頂撞葉青虹就是給自己出氣。

葉青虹這會兒心情好，並沒有跟這小妮子一般計較。用刀挑起罐頭內的水果，笑道：「收藏頗豐。」

海明珠心中暗歎，他們海龍幫素來以打劫為生，這次偷雞不成蝕把米，非但沒有完成刺殺任務，反倒自己連船帶人都被他們給劫了，記得父親跟自己說過，這個世界上拳頭才是硬道理，當初自己對此不以為然，可現在才真正體會到這句話的意義。

海明珠也拿起了一瓶酒主動跟葉青虹碰了碰道：「過去是我的東西，現在屬於你們了。」

葉青虹微笑望著海明珠心中暗忖，這小妮子倒也識時務。

海明珠跟葉青虹喝完酒，趁機套關係道：「大家既然都在一條船上，又喝過了酒就算是朋友了，你們到底要去哪裡啊？」

葉青虹自然明白她的意圖，飲了口酒道：「你還沒告訴我，為何要來殺我們？」

海明珠有些難為情道：「只是受了人家的委託，我跟你們可無怨無仇，海龍幫也跟你們沒有過節，如果知道你們幾個那麼厲害，我們才不會接下這吃力不討好的任務。」

瞎子道：「還好意思說，你們可殺了我們不少人。」

海明珠道：「我這邊死的更多。」說起死去的那些手下她並未表現出任何的憐惜，對她而言，這些人的生命不值一提。

張長弓皺了皺眉頭，雖然他過去以捕獵為生，可並不意味著他會漠視生命，他也殺過人，但是從不濫殺無辜。

海明珠道：「不打不相識。」她笑了笑，卻發現周圍人並無一人發笑，難免有些尷尬，獨自飲了一口酒道：「你們要去哪裡？」

葉青虹道：「一個人如果想活得久一些，不該問的事情就不要去問。」

瞎子跟著幫腔道：「不錯，好奇害死貓，女人好奇心太重，總不是什麼好事。」

第八章

偎依

葉青虹偎依在羅獵懷中，羅獵從未主動表達對她的愛意，
可是出於本能反應已經表明他對自己的關愛出於內心，
葉青虹擁住羅獵，彷彿害怕一鬆手他就會離開自己。

海明珠眨了眨眼睛道：「你們不說我也能猜得到……」她壓低聲音神神秘秘道：「一定是去尋寶對不對？」

沒有一個人搭理她，海明珠道：「讓我猜中了！」

葉青虹道：「你不怕被殺人滅口？」

海明珠搖了搖頭道：「事到如今還有什麼好怕，你們要殺我早就殺了，再說了，張大哥答應過會保護我的。」

張長弓又被她鬧了個臉紅脖子粗，想否認，可自己的確說過。

還好葉青虹替他解圍道：「你不要亂套關係，以為張大哥老實所以就賴著他。」

海明珠因為喝酒的緣故膽子大了許多：「他明明自己說過，不信你問他。」

張長弓張口結舌道：「不是……一回事兒。」

海明珠道：「一個大男人怎能出爾反爾，你敢說不敢認啊？」

葉青虹道：「張大哥，你若覺得麻煩，我幫你滅口，所有麻煩一了百了。」

海明珠嚇得尖叫一聲慌忙向張長弓靠近，一隻手已經抓住了張長弓的手臂，張長弓被臊得臉都發紫了，羅獵和瞎子卻忍不住大笑起來，海明珠抬頭看了看天空，只見頭頂的月影有些模糊，還有些發紅，忽然道：「壞了，要來風暴了！」

羅獵幾人聽她這樣說都抬頭望去，瞎子以為她喝多了，切了一聲道：「你喝醉了！」

海明珠道：「你才醉了，從小我爹就教我看天氣，這場風暴很大，而且……」她的話還未說完就已經起風了，幾人慌忙轉過身去，避免風揚起飛灰迷住了眼睛。

張長弓擔心風吹火星會引起林火，頂著風拎了桶海水將篝火澆滅，這一去一回，風又大了許多，他們準備在風暴到來之前返回船上休息。可是此前乘坐的小船在風中竟然掙斷了繩索，越漂越遠。

他們的船隻距離岸邊還有一段距離，水借風勢，這會兒海水迅速漲潮，將他們和大船的距離進一步拉遠，浪也是一浪高過一浪，如果強行回到船上肯定會遇到危險。

羅獵果斷道：「咱們先找個避風的地方躲一躲，等風小了再說。」

其餘幾人也和他想到了一處。

海明珠道：「跟我來！」她在前方引路，帶領幾人進入了鳴鹿島東南的一個山洞，原來她過去曾經來過這裡。

五人剛剛走入山洞中，外面就下起了瓢潑大雨，沒走幾步看到一具早已腐朽的屍體，瞎子雖然早有心理準備仍然被嚇了一跳，那屍體穿著軍服，胸膛的部位插著一把刀，刀尖從胸前透出，看來是被人從後面突襲一刀透體而入。

瞎子向海明珠道：「你認不認識？」

海明珠望著那已經腐化得只剩下骨架的屍體，自己能認識才怪，回憶往事道：「我上次過來還是在五年前，當時和我爹一起追擊白鯊幫的人，在這裡發生過一場戰鬥。」

羅獵和葉青虹對望了一眼，海盜之間為了爭奪財寶而火併是常有的事情，白鯊幫也是一支橫行於東海的海盜隊伍之一，後來被海龍幫擊敗，從東海驅趕了出去，海龍幫稱霸一時，不過也沒能持續太久，最終還是被迫離開了這一海域。

這山洞過去曾是白鯊幫海上的巢穴之一，洞穴結構就像是一個大大的葫蘆，入口處狹窄，走入之後會變得寬闊，再往裡會再次收窄，然後可以進入洞穴的後半部分。

在二次收窄的地方設置了兩道鐵門，鐵門上了鎖，不過這可難不住瞎子，瞎子連一分鐘不到就將兩道門鎖打開，裡面的洞穴是過去白鯊幫用來儲存物資和武器的地方，基本上都已經被搬空，不過還是遺留了一些。

單單是遺留的那些彈藥也足夠武裝一支小型軍隊，張長弓和海明珠搜集並檢查所剩的武器彈藥，瞎子則忙於檢查裡面儲備的罐頭和酒水，羅獵讓葉青虹幫忙，自己折返回到了洞口處，外面雨勢很大，風吹著雨，雨水在空中橫飛亂舞，分不清從那裡落下。風卷海浪，驚濤拍岸，發出洪荒野獸一般的低吼。

站在羅獵的位置可以看到如牆的海浪，一浪接著一浪向島上襲來，他們剛才點燃篝火的位置已經被海浪吞沒。海天之間有一道紫色的光華，分不清是閃電還是星光，滔天海浪之中，能夠看到明珠號的部分剪影，明珠號已經落了錨，停泊在鳴鹿島背風的地方，應該不會有事。

羅獵想起老安的提醒，他果然沒有欺騙自己。

陸威霖舉起望遠鏡眺望著遠方，因為受到視野的限制他看不到島上的同伴，風暴發生在羅獵五人登島後不久，只要不是在海上，應該不會發生太大的危險，只是這樣一來羅獵他們短期內應當無法返回船上。

陸威霖想起此前老安的話，他轉身走向關押老安的船艙。

「你怎麼知道？」這不但是陸威霖也是所有人都感到奇怪的事情，為何老安在此之前就預測了這場風暴的存在，難道天氣的變化當真和節氣有關？

老安陰測測笑道：「我就是知道，說了你也不懂。」他還不知道羅獵等人登島的事情，向陸威霖的身後看了一眼道：「羅獵呢？我找他有事。」

陸威霖道：「他不想見你。」

老安從陸威霖的回應中已猜到了端倪，呵呵笑道：「他去了島上對不對？」

陸威霖早已領教過他的狡詐，此事被他識破也實屬正常。

老安看到陸威霖沒有回答，認為這就等同於默認，輕聲歎了口氣道：「羅獵是個人才啊，他雖然懷疑我的動機，可是卻仍然多了個心眼，這才選擇在鳴鹿島停泊一夜。」

陸威霖淡然道：「您老想多了，其實羅獵只是為了博紅顏一笑，想看看明天鳴鹿島的日出。」

老安道：「希望他有機會……」停頓了一下方才道：「看到明天的日出。」

羅獵返回的中途遇到了前來尋找他的葉青虹，葉青虹對他單獨出來還是有些不放心，所以出來找他。

羅獵將外面的情況簡單說了一遍，雖然外面暴風驟雨，濁浪滔天，可是他們目前在山洞裡面可以躲過這場磨難，即便是這場風雨短時間不會停歇，他們也能夠依靠洞內儲存的罐頭解決吃飯的問題。

葉青虹道：「老安怎麼會預知這裡會有風暴？」

羅獵道：「可能只是湊巧吧。」外面突然響起一聲炸雷，雷聲似乎就擊打在洞外，震得整個山洞都顫抖起來，洞頂沙石簌簌而落，羅獵下意識地將葉青虹攬入懷中，用身體為她遮擋頭頂落下的沙石，以免她受到傷害。

葉青虹緊緊偎依在羅獵的懷中，羅獵從未主動表達對她的愛意，可是這出於本能的反應已經表明他對自己的關愛出於內心，葉青虹緊緊擁住羅獵，彷彿害怕一鬆手他就會離開自己。

羅獵在黑暗中輕輕拍了拍她的背脊，小聲道：「沒事了，不用怕！」

葉青虹仍然不肯放手執著地抱著羅獵，羅獵的手微微抬起，可腦海中卻又浮現出一張蒼白的面孔，內心猛然感到一陣刺痛，蓬！又是一聲炸雷響起，葉青虹的嬌軀在羅獵的懷中不由自主顫抖了一下。

羅獵感覺到外面海浪拍岸的聲音越來越大了，他和葉青虹重新來到了洞口，舉目望去，這會兒功夫海水竟然又上漲了許多，羅獵意識到一個嚴峻的問題，這是他最初沒有想到的，山洞的開口位置居於鳴鹿島的中部，羅獵本以為海水不可能漫過洞口，而且剛才他們在洞內所見，並沒有潮水浸泡過的痕跡，可過去沒有並不代表著現在沒有。

一旦海平面漫過洞口，就會發生海水倒灌的狀況，如果他們堅持待在山洞裡面，就會被海水吞沒。

葉青虹也意識到這個嚴峻的問題，她驚呼道：「必須離開這個山洞。」雖然只是一種可能，但是他們不能就這樣等著，一旦潮水上漲過快，再想撤退恐怕就來不及了。

兩人轉身回去通知其他人，一群人收拾之後離開了山洞，來到洞口的時候，發現潮水已經上漲到距離洞口下方不到兩米處。他們五人之中要數海明珠海上的經驗最為豐富，可海明珠也從未見過如此詭異的景象，從眼前潮水上漲的速度來看，這是一場前所未有的風暴。

五人頂著風雨向小島的頂端走去，目前來說只有走到最高點才是最安全的，風越來越大，他們不得不用繩索將彼此相連，避免有人被大風吹入海中，每個人都儘量壓低身軀，以這種方式來減小風阻。

瞎子走在最前方，其實他的夜眼在這樣惡劣的天氣狀況下也起不到太多的作用，黃豆大小的雨滴迎面飛來，劈哩啪啦地打在臉上，火辣辣疼痛，瞎子大叫道：「前面就是樹林了，咱們進林子裡避一避？」

張長弓大吼道：「不可以，林中會有被閃電擊中的危險。」這只是一個人所共知的基本常識，瞎子也是一時間昏了頭，他們終於來到了小島的頂峰，找了個石凹，所有人都擠了進去。

瞎子抹去臉上的雨水，舉目望去，只見前方海面上一堵數層樓高的浪牆鋪天蓋地般向島上拍來，浪峰幾乎要和他們所在的地方平齊，驚呼道：「哇靠！這浪太大了，鳴鹿島該不會被浪給淹沒吧？」

其實所有人心中都想到了這個可能，海明珠搖了搖頭道：「沒可能的，我從未聽說過鳴鹿島會被海水淹沒。」

張長弓左右看了看模糊的樹影道：「應該不會，如果漲潮淹沒小島，這些樹就不可能生長得如此茂密。」

瞎子道：「世事無絕對，過去沒有，誰知道今天會不會？」他話音剛落，天上一道紫色的閃電撕裂夜幕，重擊在他們右側的樹林之中，一時間電光閃爍，整個鳴鹿島亮如白晝，閃電過後驚天動地的雷聲接踵而至。

整個小島都被震得顫抖起來，閃電擊中的那棵樹燃燒了起來，鳴鹿島植被豐富，但是種類單一，以松柏居多，松柏多油脂，點燃之後，火勢瞬間蔓延開來。

冬日打雷絕無好事，很快他們就驗證了這個道理，因為樹林被閃電擊中引發了山火，隱藏在其中的小動物紛紛向空曠之處逃來，鳴鹿島上沒有一頭鹿，可是卻有許許多多的臭鼬。

瞎子第一個發現，看到從樹林中密密麻麻竄出數千隻毛茸茸的東西，最初他還以為是老鼠，可又覺得尋常老鼠體型沒有那麼碩大，定睛望去方才認出是臭鼬，他驚呼道：「黃鼠狼，天哪，這麼多黃鼠狼！」其實臭鼬和黃鼠狼不同，後者通常被稱為黃鼬，體型也比前者稍小。

葉青虹和海明珠已經嚇得尖叫起來。

羅獵提醒同伴先將口鼻蒙住，臭鼬最強大的武器當屬牠們的屁，這麼多的臭鼬如果同時放屁，身處中心的他們只有被熏倒的份兒。

張長弓道：「此地不宜久留，咱們向樹林撤退。」

尤其是對葉青虹和海明珠這兩位女孩子來說，就算是進入燃燒的樹林也比和這群臭鼬為伍要強得多，瞎子在前方開路，羅獵和張長弓兩人分別護住葉青虹和海明珠，用棍棒將湧上前來的臭鼬趕走。

好在這些臭鼬並沒有攻擊他們的意思，不過一個個出於本能的反應開始放屁，因為牠們的屁中含有硫醇，奇臭無比，往往靠近牠們的生物會避之不及，一個臭鼬放屁足以熏倒一頭牛，更何況這成千上萬隻臭鼬。

羅獵幾人誰也不敢停下腳步，屏住呼吸，快步向燃燒的樹林中逃去，好不容易才從潮水般湧來的臭鼬群中衝出一條道路，進入燃燒的樹林之中，張長弓和羅玃分別撿拾了一根燃燒的樹枝，將周圍的臭鼬驅趕出去，此時幾人方才敢喘息。

雖然這裡距離臭鼬群已經有一段距離，空氣中仍然彌散著讓人作嘔的臭味，海明珠率先忍受不住，躬身哇哇吐了起來，此前吃下的東西吐了個乾乾淨淨。

張長弓找到上風口，狂風將煙霧和臭氣吹向西北，這裡的空氣相對清新一些。

雨似乎小了一些，天氣的可見度也提升了不少，瞎子瞪大一雙小眼睛四處張望，尋找他們船隻所在的位置，他們所在的方位恰恰是小島的另外一端，從這裡看不到船隻停靠的地方。

海面上波濤洶湧，瞎子忽然看到海面東南的部分竟然泛起一絲紅意，他以為自己的眼睛受到了夜雨的干擾而出現了幻覺，慌忙拍了拍一旁的羅玃。羅玃順著他所指的方向望去，兩道劍眉頓時擰在了一起。

葉青虹吃驚的聲音響起：「你們有沒有看到，那片海紅了。」

海水紅了，宛如血染，似乎海面之下藏了一輪火紅的夕陽。陸威霖在聽到消息之後第一時間衝到了甲板上，眺望著遠方如同血染的海面，他抓緊了護欄，瞠目結舌。

船長顫聲道：「血海……血海……必有大災……」他撲通一聲就在甲板上跪了下去，船上的水手也隨同他一起跪了下去，他們開始祈禱，祈禱災難不要降臨到他們的身上。

陸威霖並不信邪，他跌跌撞撞進入老安所在的船艙。

老安冷冷道：「逆天而為，必遭天譴，現在來找我已經晚了！」

陸威霖舉起槍用槍口抵住老安額頭，怒吼道：「說，到底發生了什麼事？」

羅獵道：「火山！應當是火山！」

根據資料顯示，在這片海域之中存在著許多的火山，他們途經的天目島就是其中的一座，海面上的火山他們能夠看得到，可許許多多的火山位於海面以下，那就是海底火山，海底火山處於休眠期的時候從外表看不出任何的異常，可是一旦開始噴發，就如同一個個埋在海底的地雷。

羅獵幾人身在鳴鹿島雖然經歷了多次險情，可是比起仍在船上的人反倒安全許多，一旦大大小小的海底火山開始噴發，且不說從海底噴湧而出的岩漿和熱氣，單單是掀起的海浪就可將船隻傾覆。

羅獵將自己想到的事情告訴了同伴，張長弓他們也不禁擔心起來，可擔心歸擔心，他們目前也無法回去通知船上的人，現在只能是各安天命。

陸威霖的手指已經搭在了扳機之上，老安抬起頭，雙目盯住陸威霖，從他的表情看不出絲毫的懼怕，老安卻從陸威霖的目光中讀到了他內心中的猶豫，老安咬牙切齒道：「為什麼不開槍？開槍啊！」

陸威霖的確在猶豫，羅獵之所以將老安這個麻煩帶在身邊是因為他有用，不到必要的時候不可以將之剷除，作為一個殺手，陸威霖不介意多殺一個人，可他又感覺到如果殺死老安，他們這次的任務很可能就此破滅。

從老安有恃無恐的眼神他意識到，老安心有所恃，陸威霖點了點頭，抵在老安額頭的槍口慢慢垂落下去，低聲道：「你有什麼主意？」

老安望著陸威霖，許久終於道：「起錨，向東而行，不然我們全都得死！」

陸威霖道：「羅獵他們還在島上！」

老安道：「如果船沉了，他們再也沒有離開鳴鹿島的機會。」

兩人並沒有做更多交談，彼此之間卻已達成了默契，陸威霖明白老安的意思，如果繼續將船停泊在這裡，他們只能坐以待斃，這艘船不但承載著他們的生命，也肩負著帶羅獵等人離開鳴鹿島的使命，如果這艘船沉了，大家都要玩完。

陸威霖為老安打開鐵鐐，扶著他走出船艙，大吼道：「所有人給我聽著，馬上起錨開船，聽安伯的指揮！」

仍然在甲板上跪拜祈禱的那群人並沒有聽從陸威霖的這聲召喚，陸威霖氣得抬起腳將船長忠旺踹了個屁墩兒怒吼道：「祈禱有個屁用，趕緊的，開船！」

船長忠旺結結巴巴道：「可……可羅先生他們……」

「開船！」

起錨之後，船在老安的指揮下駛離他們臨時停泊的海灣，剛剛離開就聽到身後傳來蓬的一聲悶響，眾人回頭望去，剛才停船的地方一股黑色的噴泉從海底噴出，伴隨著大量的白色水汽，原來他們停靠的地方就潛藏著一座海底火山，如果不是他們及時離開，此時已經被海底噴湧而出的熔岩擊中。

眾人驚魂未定，遠方的海面如同沸騰一般，海面下方紅光明滅，時而黑潮湧動，海底火山噴發之後，噴射出的灼熱岩漿遇到了冰冷的海水，迅速冷卻生成大量的白色水汽，將整個海面籠罩。

白色的水汽隨著海風飄散，包裹了整個鳴鹿島，瞎子隱約看到他們的船隻離開，指著遠方模糊的船影道：「走了……船走了……」

羅獵鎮定如故，越是在危險關頭，他超人一等的穩定心態就表現出來，陸威霖還在船上，以陸威霖的頭腦應當可以控制住明珠號的大局，選擇離開是為了規避危險，如果船隻仍然留在原地，很可能會被海底噴湧出的岩漿摧毀，目前明珠號是他們唯一的一艘船。

張長弓道：「慌什麼？就算離開也會回來。」

葉青虹和海明珠兩人緊張地盯著西南方的火紅海域，那片海域越來越紅，如果發紅的部分是一個火山口，那麼這個火山口顯然是極其巨大的，一旦噴發，其威力要超出此前所有。

她們擔心的是，即便是在鳴鹿島上，可能也在那座海底火山的覆蓋範圍內。鳴鹿島並不大，一旦發生那種狀況，恐怕他們連躲藏的地方都沒有。

羅獵道：「海水在退。」

眾人低頭望去，果然看到已經上漲到半山腰的海水開始緩慢向下退卻，瞎子揉了揉眼睛，霧氣太大，他也無法做出明確的判斷。

羅獵道：「回到那山洞中去。」

幾人都明白了他的意思，他們必須要在那座巨大的海底火山噴發之前找到隱蔽的地方，避免灼熱的岩漿直接落在他們的身上。

在生死存亡之時勇於擔當，敢做決斷，這樣的人才是真正的領袖，越是危險當頭的時候羅獵的潛力就會被激發起來，他率領眾人向山洞狂奔。動物對危險往往比人有著更靈敏的預感，漫山遍野的臭鼬也已經意識到了危險的到來，牠們開始排著整齊的隊形向山下逃竄。

瞎子叫道：「這些黃鼠狼跟我們搶地盤？」

張長弓糾正道：「臭鼬，不是黃鼠狼。」海底火山不斷噴發，空氣中滿是硫磺味兒，反倒沖淡了臭鼬的臭氣。他們還沒有進入山洞，海面上那片被染紅的地方冒升出大量的白煙，突然之間，地動山搖，一聲驚天動地的爆炸聲從海底深處響起。

海水沖天而起，巨大火山口範圍內的海水因海底熔岩的衝擊宛如一條黑龍般沖向夜空，黑龍的尾部拖曳出一條紅黃色的熔岩流。

瞎子驚呼道：「我靠，天崩地裂！」

一塊巨大的燃燒火球從天而降，就砸在他們前方不到五米的地方，幾人被嚇了一大跳，那火球正砸在臭鼬群之中，數十隻臭鼬被當場砸成肉醬，那火球沿著傾斜的山坡一路滾落下去，這樣一來臭鼬群可遭了殃，大火球從臭鼬群中碾壓而過，那些臭鼬雖然逃得夠快，可圓球滾動的速度也是奇快。

羅獵幾人不敢停步，山洞已經不遠，海底火山已經開始噴發，熔岩宛如火龍般沖出海底升騰到夜空中的最高處，然後又四散開來，宛如漫天花雨般向海面傾瀉而下。

場景如此瑰麗，可這瑰麗景色的背後卻隱藏著致命的危險，沒有人敢駐足觀望這大自然難得一見的景色，他們的內心都被危險籠罩著。他們的身上都包裹嚴實，儘量將面孔埋下。

儘管如此從天而降的岩漿還是落在了瞎子的身上，羅獵眼疾手快，一刀將瞎子背後的熔岩挑落。

他們依次衝入了山洞，剛剛進入山洞，熔岩雨就紛紛落下，整座鳴鹿島頓時變成了人間煉獄。有不少臭鼬劫後餘生也逃到了山洞裡，山洞內潮水尚未完全退去，最深處齊腰深度，不過水面還是在緩慢下降的，他們向葫蘆形山洞的底部走去，進入內洞，將兩扇鐵門關閉，避免有更多的臭鼬進入其中。

約莫一個多小時之後，水已經退到了足踝，雖然鳴鹿島已經成為熔岩和烈焰的世界，可是海水仍然冰冷，他們身上的衣服都被海水浸透，除了羅獵之外所有人都被凍得瑟瑟發抖。

在這樣的狀況下只怕無法熬上一整夜，即便是能夠扛過去，他們之中肯定也會有很多人生病，羅獵決定出去看看，推開鐵門，水已經退得差不多了，山洞的地面上橫七豎八躺滿了臭鼬的屍體，往前走沒幾步就聞到一股焦臭的皮肉味道，卻是有一些熔岩湧入了洞內，這對他們來說可不是什麼壞事，利用這些熔岩的熱度可以烘乾他們身上的衣服。

羅獵將同伴都叫了出來，熔岩尚未冷卻，溫度極高，在三米開外就能夠感覺到滾滾而來的熱量，這對他們而言等於是雪中送炭。

葉青虹和海明珠兩人也靠在一起，過去立場不同的兩人在共同的危險面前不由自主相互依靠。

瞎子也被凍得臉色青白，一邊烤火一邊哆哆嗦嗦道：「這岩漿該不會把洞口給封住吧？」

張長弓舉目看了看道：「不會，只是湊巧有岩漿噴射進來，機率很小。」他稍稍緩過勁來就和羅獵一起清理地上死去的臭鼬屍體。

幾人將衣服烘乾，感覺舒適了許多，羅獵和張長弓又將山洞仔仔細細檢查了一遍，避免有彈藥隨同潮水漂出，萬一遇到灼熱的岩漿必然會引發爆炸，他們要盡可能規避危險。

兩人來到裡面的洞內，卻發現地面上居然有一道暗門，原本這暗門被灰塵覆蓋，因為海水漲潮倒灌入洞口，將表面的灰塵沖刷乾淨，所以才顯露了出來。

羅獵和張長弓兩人撬開邊緣兩人同時用力，將暗門掀開，鐵板下方露出一個四四方方的洞口，這地下岩洞顯然是人工砌成。張長弓趴在洞口感覺洞內冒出森森冷氣，裡面的空氣似乎比外面清新許多，張長弓憑藉經驗判斷，這地洞一定和外界相通。

兩人對望了一眼，正準備商討是不是下去一探究竟的時候，突然聽到外面傳來瞎子的一聲驚呼，他們慌忙向外面趕去。

瞎子三人倒是沒什麼事情，只不過從山頂流下的熔岩宛如瀑布般掛在了山洞的出口，而且因為地勢的緣故，熔岩開始向洞內湧入，瞎子擔心的事情終究還是發生了。

這樣一來他們就堅定了去地洞中一探究竟的決心，幾人商量之後，還是由瞎子和張長弓先進入地洞。

地洞的石壁上有可供手腳攀爬之處，張長弓率先爬下，約莫下降了十米方才到了底部，瞎子隨後跟了下來，舉目四顧，發現周圍並沒有其他的洞口，認為只不過是一個普普通通的地洞，頓時有些失望。

張長弓指了指右側道：「有風，風是從這裡來的。」

瞎子這方面的感覺遠不如張長弓靈敏，伸手感覺了一下，並沒有發現任何的異常。

張長弓雙掌貼在右側的石壁之上全力一推，轟隆一聲，那面牆居然被他推得坍塌倒地，眼前出現了一個可供出入的洞口，原來這面牆是用石塊排列而成，石塊之間並沒有黏合。

張長弓感覺到的風就是從石塊的縫隙中吹入，所以才用力推牆，想不到一推就將石牆推倒，露出了後面的山洞。

瞎子驚喜道：「老張，居然讓你給蒙準了。」

張長弓憨厚地笑了笑，他絕不是蒙，多年打獵積累的經驗，在同樣的環境中，他對自然界的感知力要比一般人強大得多，陽光、空氣、水、風、味道，這些人們習以為常的一切，他卻能夠從中察覺到微妙的變化。

兩人向前走了幾步，瞎子就有所發現，地面上散落著一些硬幣，將之拿起湊近一看，這些硬幣全都是金幣，從金幣上的圖案來看應當不是來自於中華，瞎子驚喜道：「洞中有洞，這裡才是海盜真正藏寶的地方。」

張長弓道：「那又如何？」就算財寶堆積如山，在生命面前也不值一提。

瞎子不滿地看了張長弓一眼道：「你是不是傻？寶藏，寶藏！咱們得了海盜的寶藏，這輩子就有花不完的錢。」

「那又怎樣？」

瞎子簡直是有些無語了：「有錢就能為所欲為。」

張長弓道：「如果咱們這輩子都離不開這座小島，再多錢又有什麼用？」一句話把瞎子給問住了，瞎子撓了撓頭，不錯啊！如果離不開這座小島，就算他成為這世上最富有的人又有什麼意義？再多錢到最後可能連一個饅頭都換不來，如此簡單的道理自己居然沒有相透。

張長弓忽然伸出臂膀將瞎子攔住，瞎子抬頭望去，只見前方站著一人，那人彎弓搭箭，鏃尖的方向正瞄準了他們。其實在這樣的環境下，瞎子的目力遠勝於張長弓，只是這廝雜念太多，所以還不如張長弓發現得早。

瞎子倒吸了一口冷氣，慌忙去掏槍。張長弓道：「不妨事，是個假人！」

那人像一動不動，始終保持著他們第一眼看到的姿態，瞎子這才喘了口氣，兩人分從兩側靠近，雖然是個假人，誰也不敢迎著鏃尖向前走。

那人像周身穿著甲冑，臉上帶著古怪的面具，頭盔之上生有兩個犄角，從甲冑的規制來看應當來自東瀛，弓也和中原不同。

張長弓是用弓的行家，這張弓保持著繃緊的狀態應當已有多年，張長弓將長弓從那人像的雙手中取下，弓弦放鬆瞬間向弓身彈射過去，只聽到嗡的一聲悶響，弓弦來回顫抖不停，弓身已經恢復了原來的形狀，張長弓暗自驚歎，如果弓弦保持鬆弛的狀態，這麼多年仍然擁有良好的彈性並不稀奇，要知道這張弓是在滿弓的狀態下保存了許多年。

張長弓將長弓握在手中，弓身應當是金屬材質，不過密度很小，在手中和普通的木材無異，韌性絕佳，張長弓再度將弓弦拉開，這弓的強度和力量絲毫不次於他日常使用的弓箭。

張長弓可謂是意外之喜，他將長弓背在身上，那人像箭囊內密密麻麻插著數十支羽箭，腰間環圍著一圈特製的鏃尖，這些鏃尖更換在原有的箭矢之上就可以成為爆裂箭。

瞎子道：「你既然這麼喜歡，乾脆連這身盔甲也扒下來帶走。」

張長弓搖了搖頭道：「太笨重。」

瞎子手快，已經將那頭盔從人像上取了下來，人像的本來面目頓時暴露出來，他們本以為盔甲裡面是一座石像或銅像，可取下頭盔一看，竟然是一個栩栩如生的腦袋，面目和活人無異，一雙眼睛怒目而視。

瞎子被嚇了一跳，以為根本就是個活人，雙手嚇得一哆嗦，頭盔也掉落在了地上。

張長弓素來膽大，他伸手摸了摸那人像的面孔，發現硬梆梆滑膩膩毫無彈性，辨別出並非是真人，乃是蠟像。

瞎子聽說是蠟像之後馬上緩過勁來，呸了一聲道：「奶奶的，嚇了我一跳，這些海盜真是有毛病，在這裡弄了尊蠟像，難道想嚇死人嗎？」

張長弓道：「或許海盜的頭目就是個日本人呢？」

瞎子認為很有道理，從日本人的腰間將一長一短兩把太刀抽了出來，嘖嘖讚道：「刀不錯，歸我了。」

張長弓道：「日本人鍛造的工藝真的很厲害。」

瞎子道：「回頭跟羅獵的那把刀比一比，看看誰的更厲害。」羅獵在西夏地下王城得到了一把名為虎嘯的長刀，瞎子一直羨慕不已，現在自己也得到了寶刀，頓時產生了躍躍欲試的想法。

張長弓潑冷水道：「好馬配好鞍，就算給你天下第一利刃也沒用。」

瞎子呸了一聲道：「你就這麼看低我？」

張長弓忽然指著前方道：「金子！」

瞎子趕緊扭頭去看，卻啥也沒看到，這才知道是張長弓故意晃點自己：「老張，你真不是個好東西。」

張長弓哈哈大笑，兩人往前又走了近半里路也沒發現什麼寶藏，不過地上零零散散的金幣倒是有一些，這裡應當是當初海盜的一個藏寶處，不過裡面的寶藏已經轉移走了。

張長弓看重的也絕非寶藏，他們沿著山洞一路下行，前方冷風越來越強，張長弓憑著經驗判斷出他們距離出口應當越來越近。瞎子已經看到前方湧動的海水，洞裡的海水應當和外界相通，原來這藏寶處的另外一個開口位於小島的底部，漲潮之時會將開口徹底隱藏，落潮的時候，洞口會暴露出一部分。

兩人搜尋到這裡不再前行，回去通知羅獵幾人下來。

這會兒功夫熔岩已經將他們進入山洞的入口徹底填塞封閉，還好這裡另有出口，不然他們要被活活困住。

眾人一起來到山洞的底部出口，雖然潮水已經退了，可洞口也只是暴露出一小半，羅獵在眾人之中水性最佳，由他率先出去探路，羅獵脫去外衣，露出裡面黑色緊身的潛水服，健美的體型展露無遺。

瞎子小眼睛流露出羨慕的光芒，雖然自己減肥成功，可啥時候才能練成羅獵這樣的體型？人比人氣死人。

羅獵可沒工夫顧及他的那點小心思，下水之前，葉青虹道：「小心！」

羅獵笑著點了點頭。

瞎子想起了一件事，將剛剛得來的短刀遞給羅獵道：「帶著，水裡這玩意兒好使！」

羅獵接過一看也不由得感到驚奇，這把刀入手沉重，鋒利非常，一看就不是凡品，他也沒跟瞎子客氣，走入水中向洞口的方向展臂游去，眾人都關注著羅獵的一舉一動。

從海水的溫度來看並沒有提升許多，羅獵在冰冷的海水中破浪而行，一會兒功夫就已經來到了洞口，因為水位較高，洞口因潮起潮落忽隱忽現，羅獵在水位下降的時候從洞口游了出去，外面夜色深沉，海面上到處飄蕩著白色的水汽，海底火山噴出的熔岩和冰冷的海水相遇迅速冷卻降溫，從而導致海水大量汽化。

因為周遭都是水汽的緣故，羅獵看不清周遭的狀況，他也不敢游得太遠，生怕迷失了方向，找不回原來的出口。羅獵準備回頭的時候，卻看到前方一個黑色的小三角正朝著自己的方向飛速靠近。

羅獵在第一時間就反應了過來，那黑色小三角應當是一頭鯊魚的背脊，內心頓時一驚，轉身向洞口全速游去，福無雙至禍不單行，還沒等他游入洞口，就看到前方同樣有兩個小三角向自己靠近。

瞎子指著前方的水面道：「那玩意兒是什麼？」

水中正有一個小小的三角緩慢移動，海明珠順著他所指的方向定睛望去，驚聲道：「鯊魚，那是鯊魚！」

張長弓彎弓搭箭，覷定那移動的鯊魚背脊一箭就射了出去，雖然水中的鯊魚對他們此刻並無危險，可是羅獵還在水中，張長弓要幫助羅獵盡可能地掃清障礙，這是張長弓第一次使用剛剛得來的弓，鬆開弓弦，弓弦彈性十足，鏃尖劃出一道筆直的寒芒，咻的一聲射向目標，射出的速度超乎張長弓的想像，張長弓暗自欣喜，這張弓要比自己過去使用的優秀許多。

羽箭已經命中水中的目標，鏃尖從鯊魚的背部射入，深深透入牠的體內，血霧從傷口中流了出來，於海水中迅速蔓延開來。

那鯊魚被張長弓一箭射死，緩緩翻起了肚皮。讓人震驚的一幕緊接著發生了，鯊魚周遭的海水如同沸騰，十多條饑餓的鯊魚聞到血腥之後從水底浮了上來，牠們爭先恐後地撕咬著那頭剛剛死去的同伴，場面讓人驚心動魄。

葉青虹看得噁心，垂下雙目，自然界就是如此，弱肉強食，其實人類何嘗不是一樣，她不由得為羅獵的安危擔心，驚聲道：「羅獵還沒回來，他會不會遇到麻煩？」

張長弓連續射出幾箭，箭無虛發，又有幾頭鯊魚被他射殺當場，羅獵肯定遇到了麻煩，他現在能做的就是盡可能幫助羅獵剷除這些水中殺手。

葉青虹和瞎子兩人也舉槍射擊，那些鯊魚雖然凶猛，可是牠們對岸上的幾人卻無法構成真正的威脅，只有被動挨打的份兒，海明珠雖然也想幫忙，可惜手中並無武器，只有抓起地上的石塊向水中投擲。

瞎子一邊開槍一邊叫道：「羅獵，快回來！你快點回來！」

暗潮湧動，羅獵已經來不及游回洞內，他將目標鎖定在距離自己不到十米處的礁石，這是一場和死亡的比賽，羅獵的手剛剛觸及礁石，一頭鯊魚從他的右側就撲了上來，張開血盆大口向他咬來，羅獵一刀捅了出去，短刀從鯊魚的下頜捅了進去，刀鋒從牠的嘴裡透出。

羅獵不敢多做停留，刺殺一頭鯊魚之後馬上向礁石上爬去，他的雙腳剛剛脫離水面，就有一頭鯊魚從水中探出頭部，試圖撕咬他的雙足，羅獵狠狠一腳踹在那鯊魚的鼻子上，借著蹬踏的反作用力一躍而起，又有一頭鯊魚從水中躍起，因羅獵的突然騰躍而錯失了目標，一口咬空，然後墜入海中。

礁石距離海面大約兩米高度，羅獵在群鯊環圍前，成功攀爬到礁石的頂端。坐在礁石之上，羅獵總算得以喘息，只見周圍的海面上群鯊巡弋，已經將他團團包圍，如果他的反應再慢上一刻，恐怕就會落入群鯊圍攻的境地，就算他手中有刀，就算他武功夠強，也很難從群鯊的包圍中突圍出去。

粗略估計單單是環繞礁石的鯊魚就有百頭之多，那群鯊魚一個個虎視眈眈盯著中心礁石上的獵物，圍繞礁石形成了一個大大的漩渦。

羅獵坐在礁石頂端一時間無法突圍，心中暗忖，只能等等再說，沒必要冒險回去，只是他擔心洞內的同伴，如果自己久去不回，他們必然會擔心自己遇到了危險，冒險前來營救豈不是麻煩。於是羅獵朗聲叫道：「我沒事！」

羅獵用盡全力呼喊，他雖然中氣十足，可聲音仍然難免被海風吹散。

儘管如此，身在洞內的四人還是隱約聽到了聲音，其中以張長弓耳力最勁，他停下射擊，示意同伴也都停下，側耳傾聽了一會兒道：「沒事，羅獵沒事。」

其餘幾人也都聽到了羅獵斷斷續續的聲音，葉青虹得知羅獵平安無事，這才鬆了口氣道：「看來是被鯊魚困住了。」

瞎子道：「咱們必須想個法子將他解救出來。」

海明珠望著水中爭相搶奪同伴屍體的鯊魚，此時海水已經被染紅，她雖然在海上長大，可如此凶殘的場面也是第一次見到，搖了搖頭道：「下水就是死路一條，除非……」

「除非什麼？」張長弓問道。

「除非咱們能夠找到一條船。」

瞎子切了一聲道：「還不是等於白說。」現在這種狀況下又去哪裡找船。

葉青虹道：「不如咱們分頭找找，看看這裡有什麼可用的工具。」按照她的想法與其在這裡乾等下去，不如四處找找，興許還能有些發現，就算找不到工具，能夠找到另外的出路也是一件好事。

葉青虹和瞎子一路，張長弓帶上海明珠，他們折返回頭，因為剛才是沿著海風吹來的方向一路尋來，所以他們並沒有走彎路，遇到一些旁支洞口都未曾選擇進入，而這次不同，他們必須從頭尋找，不放過洞內每一個細節。

瞎子樂於如此，畢竟剛才他就有仔細搜索的心思，看看能否找到過去白鯊幫留下的寶藏，他目光銳利，一雙夜眼在這種昏暗的環境下極具優勢，不時彎下身去，撿起地上的金幣。

葉青虹雖沒有出聲制止，可對瞎子的舉動明顯有些鄙夷。瞎子自然有所察覺，笑道：「咱們出身不同，我和羅獵打小窮慣了，有錢不撿，天理不容。」

葉青虹道：「別忘了，你最好的朋友還被困在外面。」

瞎子道：「他那麼走運，肯定沒事。」話雖然這麼說卻不由自主加快了腳步，雖然金幣重要，可是如果讓他將兜裡所有的金幣去換羅獵的平安，他肯定會毫不猶豫，金幣誠可貴，友情價更高。

張長弓和海明珠走的則是另外一條路，行至中途，張長弓忽然想起了一件事，海明珠過去曾經來過這裡，剛才也是她把他們帶到這山洞之中，他的內心頓時警覺了起來？就算海明珠五年前來過，她對洞內的情況顯然是清楚的，這一路走來她多數時間都表現得一無所知，究竟是真是假？到底她是真的沒有到過這裡還是她故布疑陣，如果是後者，這小妮子的心機也夠深，甚至連海水中有鯊魚可能她都早已知道。

張長弓低聲道：「這裡有船？」

海明珠道：「我記得好像有一艘船掛在牆上，不過記不得當時是在什麼地方看到的了。」

張長弓嗯了一聲。

海明珠道：「你們脫險之後會不會放了我？」

張長弓沒有搭理她。

海明珠又道：「我知道你是個好人，打我第一眼看到你的時候就知道你是一個好人。」

張長弓道：「你說的船在什麼地方？」

海明珠指了指前方：「那兒！」

第九章

船棺林立

張長弓推開身上的朽木和屍體，從海明珠身上爬了起來，
海明珠也爬起，面孔一歪，看到一張近在咫尺的死人面孔，
嚇得她尖叫一聲差點沒閉過氣去。

張長弓順著她所指的方向望去，看到前方道路已經到了盡頭，手電筒的光束正投射在一條小船之上，那小船豎著倒扣在石壁之上，應當就是海明珠此前所說的掛在牆上的船了。

張長弓舉起手電筒向周圍照射，眼前的一幕讓他驚得目瞪口呆，不是一艘船，在正前方的崖壁之上竟然懸掛著近百艘小船，每一艘小船都是倒扣在崖壁上縱向排列，一共分成七層，由下至上呈遞減分布。

張長弓愕然道：「你不是說只有一艘？」

海明珠道：「五年前的事情誰記得那麼清楚？」

張長弓觀察了一下腳下，腳下有許多散落的金幣，他先用足尖試探，確信腳下都是實地，這才大膽向前走去。

海明珠駐足不前，望著張長弓的背影表情顯得頗為猶豫，終於她還是叫道：「你停下！」

張長弓停下腳步，轉身看了看海明珠，其實他也擔心其中有詐，可和營救羅獵相比這一切算不上什麼，就算冒再大的風險也是值得的。

海明珠咬了咬櫻唇道：「還是不要碰這些船。」

「為什麼？」

海明珠道：「我聽說這些船上都有詛咒。」

張長弓心中暗忖，不做虧心事不怕鬼敲門，在結識羅獵這群好友之後，自己經歷了無數驚險詭異之事，若是詛咒當真靈驗的話，自己不知死過多少次了，他才不信邪。

不過這麼多的船隻排列在一起，場景也頗為詭異，張長弓來到崖壁下方，用刀把輕輕敲了敲其中一艘小船，想不到只是稍稍一碰，那艘小船就完全解體，一道黑影從裡面向他迎面撲來，張長弓反應神速，反手一刀劈斬而出，向黑影劈成兩段，一顆圓球狀的東西橫飛出去。

海明珠就在距離張長弓不遠處，看到那圓球朝著自己飛來，倉促之中伸出雙手一把抓住，定睛一看，卻是一顆早已腐爛風乾的人頭，嚇得海明珠尖叫了一聲，猛然將那顆人頭丟了出去。

人頭撞擊在其中一艘小船上，這近百艘小船大都已經腐朽，被人頭撞中的小船頓時解體，掛在崖壁上的小船宛如多米諾骨牌一般，一個接著一個的解體，一道道身影從空中俯衝而下。

張長弓轉身將海明珠抱住，用身體為她擋住那紛紛落地的小船，他現在已經明白，這一艘艘掛在石壁上的小船就是一具具的棺槨，每艘小船的裡面都盛放著一具屍體，而後又將小船倒扣懸掛在石壁之上。

海明珠剛剛扔出的那顆頭顱引發了多米諾效應，從石壁上紛紛落下的小船儘管多半都已經腐朽，可是仍然可以造成傷害，更何況每艘小船內都有屍體，一時間小船和屍體接二連三地落在他們兩人的身上，將他們覆蓋在了下面。

海明珠嚇得尖叫不已，只覺得身上的份量也是越來越沉，因為上方的衝擊，壓力透過張長弓的身體不停傳到她的身上，如果不是張長弓為她遮擋，海明珠受到的傷害肯定會更大。

好不容易才等到周遭平歇下去，張長弓推開身上堆積的朽木和屍體，從海明珠的身上爬了起來，海明珠也隨後爬起，面孔一歪正看到一張近在咫尺的死人面孔，嚇得她尖叫一聲差點沒閉過氣去。

張長弓一把將她從地上拉起，海明珠因為恐懼，一雙臂膀緊緊將張長弓抱住：「我怕，我怕……」

張長弓伸出大手輕輕拍了拍她的肩膀，想要說句安慰的話，一時間又不知從何說起，雖然覺得海明珠這樣抱著自己大大的不妥，可又不忍心將她推開，只能任由她抱著。

海明珠嚇得身軀瑟瑟發抖，趴在張長弓懷裡，過了一會兒，內心稍定，一時間羞澀難言，用力將張長弓推開，啐道：「你抱著我作甚？」

張長弓明明知道她是惡人先告狀，可也不好反駁。

海明珠見他不反駁自己反倒不好意思了，小聲道：「嚇死我了。」

張長弓總算說了一句：「別怕，有我在呢。」

海明珠聽到他的這句話心中一股暖流湧起，原本盤踞在心中的恐懼頃刻間變得無影無蹤，黑暗中悄悄看了一眼張長弓，竟覺得他魁梧的身影卓爾不凡，比起先前變得順眼了許多。

張長弓環視周圍，地面上到處都是橫七豎八的屍體，還有殘舟的碎片，他感覺到臉上有異物流過，伸手去擦，方才發現自己的額頭被砸破了。

海明珠驚呼道：「你受傷了！」

張長弓道：「皮外傷，不妨事。」

海明珠取出金創藥，堅持幫他清理了傷口。

因為身材高大，張長弓不得不躬下身去，以方便海明珠為自己清理包紮，海明珠先用清水將他的傷口洗淨，然後又用烈酒消毒，最後才將金創藥塗抹在他的傷口上，她極其仔細，因為兩人距離很近，張長弓甚至能夠感覺到海明珠輕柔的呼吸噴到自己的臉上，有生以來，他還從未和任何一個年輕女子如此接近過，不由得滿面通紅，還好山洞內足夠黑暗，海明珠看不到他的臉色。

海明珠道：「還好傷口不深，以後應當不至於落下疤痕。」

張長弓笑道：「落下疤痕也沒什麼好怕，我又不是女人。」

海明珠白了他一眼道：「女人怎麼了？在你心中是不是覺得天下的女人都不如你們男人？」

張長弓哪比得上她伶牙俐齒，一時間不知如何作答，還好此時又有一條船從石壁上落下，雖然距離他們尚遠，可是也把兩人嚇了一跳。

張長弓舉目望去，只見石壁上還剩下一條船，那條小船自始至終都掛在原來的位置，那位置並非是最高點，如果不是其他的船隻都已經掉落，還真不會留意到這艘船。

海明珠也意識到了這一點，小聲道：「還有一艘船沒掉下來。」

張長弓點了點頭，他並沒有急於靠近，從地上撿起一塊拳頭大小的圓石，瞄準了石壁上的那條船用力投擲過去，遠距離攻擊向來都是他之所長，圓石準確擊中了小船，發出噹的一聲鳴響，從聲音判斷應當是砸在了鐵板之上，小船仍然掛在原處紋絲不動。

海明珠道：「這艘船和其他的不同。」

張長弓點了點頭，他示意海明珠在一旁等待，自己來到岩壁下方，手足並用，抓住岩石的縫隙爬了上去，靠近那艘特別的小船，發現船隻頂部有一個圓環，圓環掛在鐵釺之上，鐵釺深深楔入岩壁之中，這些船隻的材料雖然不同，可懸掛在岩壁上的原理都是一樣。

張長弓神力驚人，單臂抓住那小船的邊緣，用力一推，將小船從鐵釺上推落下去，小船的底端距離地面還要三米左右的距離，因為地面上堆滿了腐爛的屍體和船隻的碎片，起到了一定的緩衝作用，這小船的主體應當是用金屬製成，張長弓相信應當不會損壞。

船隻掉落下去，然後平著倒了下去。

張長弓隨後爬了下去，海明珠跟著他來到那條小船的旁邊，小船從外形來看和其他船隻並無不同，兩頭尖尖中間圓鈍，形如獨木舟。張長弓用手拍了拍外面確信這艘小船是用金屬製成，將上方的金屬頂蓋撬開，裡面是一層皮革樣的隔膜。

海明珠提醒張長弓務必小心，張長弓抽出短刀，將這層皮革劃開，裡面充滿水樣的透明液體，在液體的中心，一名身穿黑色盔甲帶著銀色骷髏面具的男子懷抱大劍躺在液體之中。

張長弓認為此人應當是這群船棺的中心人物，周圍的液體應當是為了保護他的屍體免於腐爛，張長弓低聲道：「得罪了！」他的目的並非是要掘人墳墓，而是想要營救羅獵必須要有一艘船，眼前的這具船棺應當是他眼下唯一的選擇了。

海明珠忽然抓住張長弓，顫聲道：「此人，此人可能是海無常……」

張長弓不知海無常是誰？只是認為此人姓海，可能和海明珠有些關係，問道：「是你親戚？」

海明珠搖了搖頭道：「我姓海，他是外號，號稱海中無常，據說他有驅動海妖的能力。」

張長弓自從和羅獵相識之後，經歷了無數詭異之事，多次的生死歷險讓他也明白了一個道理，其實在大多數時候死人反倒要比活人安全得多，即便眼前是讓人聞風喪膽的海中無常，如今也只不過是一具屍體罷了，對任何人都構不成威脅。

張長弓來到船棺的一側，雙臂推動船棺，將之傾斜，船棺傾斜之後，棺內的透明液體隨之流出，海無常的屍體也因為船棺的傾斜，而從中滾落出來。屍體趴在了地上，在他的背後露出一條手腕粗細的黑色條索狀物體。

海明珠率先發現了那古怪的物體，驚呼道：「張大哥，你看！」

張長弓已將小船騰空，聽到海明珠的呼喊，注意力方才轉移到海無常的身上，他本以為那黑色的條索狀物體應當只是盔甲表面的飾物，可是那黑色物體竟然開始緩緩蠕動起來。

海明珠雙目圓睜，她顫聲道：「海妖……」其實她也沒見過什麼海妖，只是過去聽了太多關於海無常的可怕傳說，所以從心底對此人感到懼怕，認為和海無常相伴的必然就是海妖了。

張長弓看到那黑色條索狀的東西在海無常的背脊上緩緩蠕動，看在眼中異常的噁心，他抽出弓箭，瞄準了那東西，突然那東西的頭部從海無常的體內抽離出來，半截身軀如眼鏡蛇一般立起，在牠的身體兩側生滿紅色的短足，形如一條巨大的蜈蚣。

張長弓毫不猶豫一箭向那蜈蚣樣的東西射去，在這樣近的距離下，張長弓的箭法更是例無虛發，羽箭的鏃尖穿透了大蜈蚣的腦袋，綠色的漿液四處飛濺。這一箭雖然洞穿了怪蟲的腦袋，卻沒有致牠於死命。那怪蟲以驚人的速度從海無常的體內抽離出身體，牠的身長竟然達到了兩米之多。

張長弓擔心怪蟲會對他們發起攻擊，彎弓搭箭，羽箭如同連珠炮一般向怪蟲射去，箭無虛發，怪蟲身體被射中數箭，可是仍然堅持向遠處逃遁。張長弓認為那怪蟲已經對他們構不成威脅，於是停下了射殺。

怪蟲生命力極其強大，在連中五箭的狀況下仍然沒有氣絕，逃竄的速度卻受到了很大的影響，畢竟張長弓射出的五箭大都透體而入。

海明珠看到那怪蟲受傷，心中的懼怕也消失了，怪蟲應當不是海妖，如果是海妖又怎能受傷。

張長弓正準備將小船拉開時，卻聽到前方傳來一聲重物墜地的聲音，舉目無望去，卻見前方多了一個高大的灰影，那怪物有些像人形，不過身體要比常人高大許多，牠從高處跳下落在地上，正擋住怪蟲的方向，一雙過膝長臂抓住中箭的怪蟲，三下五除地將怪蟲身上的羽箭抽掉，張開大嘴一口就將怪蟲咬成兩段。

海明珠看到那怪物周身佈滿灰色鱗甲，雙目赤紅，再看到牠生吞怪蟲的情景，不由得嚇得發出一聲驚呼。

張長弓暗叫不妙，果不其然，海明珠的這聲尖叫將正在享受美食的怪物注意力成功吸引了過來。

那怪物一雙血紅色的眼睛死死盯住海明珠，佈滿獠牙的大嘴仍然在咀嚼怪蟲，綠色的漿液沿著牠的口唇流出。

張長弓最初以為是一頭蒼猿，可是猿猴類身體分佈的應當是毛髮，而不是鱗甲，一種深重的危機感籠罩了張長弓的內心，他大吼道：「你先走！」說話的同時以驚人的速度抽出了羽箭。

怪物這會兒功夫已經將蜈蚣樣的怪蟲吞了個乾乾淨淨，牠大踏步向海明珠衝去，顯然已經將海明珠鎖定為自己的下一個獵物，海明珠顫聲道：「海……海妖……」

這種時候已經無暇去辨明對方到底是不是海妖，張長弓一箭射出，只聽到咻的一聲箭嘯，離弦之箭已經抵達怪物的面前，怪物不閃不避，任由羽箭射中自己的身體，噹的一聲，鏃尖撞擊在牠的鱗甲之上，一時間火星四射。

張長弓曾經遭遇過如此強橫的怪物，他在潛入山田醫院，炸毀日本人實驗室的時候曾經遭遇變異成為野獸的方克文，方克文就是周身佈滿鱗甲，擁有刀槍不入的本事，張長弓不知野獸後來有沒有死於山田醫院，只是在後來他再也沒和野獸相逢過。

眼前的這個怪物應當不是變異後的方克文，這怪物身材魁梧，比起張長弓都要大出一號，而且牠的面部輪廓更像是一頭猩猩。

危險面前張長弓不敢怠慢，在第一箭未能如願射穿怪物體表的鱗甲之後，他的第二箭緊接著就射了出去，這支箭乃是爆裂箭，鏃尖部分為特製，在擊中目標後，因為鏃尖在遭受瞬間的強大撞擊力就會發生爆炸，從而重創目標。

張長弓接連射出了兩隻爆裂箭，只是這些爆裂箭因為時間太久，而且又沒有在相對密閉的環境下，竟然已失效，兩箭雖都命中了目標，可是都沒有爆炸。

張長弓抽出駁殼槍掩護海明珠向後方退去，因為這次登島並未帶來足夠的彈藥，他所剩的子彈已不多，張長弓儘量瞄準怪物的面門射擊，子彈射擊在怪物身上，發出叮叮咚咚的聲響，卻無一能夠對牠造成傷害。

眼看那怪物已經逼近，張長弓大吼道：「快走！」準備和怪物展開一場貼身肉搏。

海明珠聽到他在這種時候仍然不忘掩護自己先走，心中異常感動，腳下並未移動步伐，暗忖死則死矣，不可以捨棄張長弓獨自逃離。

張長弓抽出腰刀準備衝上前去，眼看就要展開貼身肉搏，身後傳來葉青虹的厲喝聲：「快退！你擋不住牠！」

聽到葉青虹的聲音，張長弓心中大喜過望，知道援手已經到了。

葉青虹和瞎子兩人舉起手槍瞄準了那鱗甲怪物同時施射，高速奔行中的怪物不得不用雙手遮住面孔，不過牠雖減速，卻仍未放棄進攻，低著腦袋繼續向前。

瞎子一邊開槍一邊從腰間抽出他的匕首，將匕首拋向張長弓道：「老張，接著！」

張長弓看到一抹藍光向自己飛來，慌忙向後飛躍一個箭步搶在匕首未落地之前將之接住，這匕首乃是吳傑贈給羅獵的，匕首內含有地玄晶的成分，其實張長弓也有用地玄晶鍛造的箭矢，只是這次並未隨身攜帶。

張長弓剛剛抓住匕首，那怪物就衝到了他的身邊，長臂抓向張長弓的肩頭，張長弓閃身躲避，雖然身法很快，可終究還是慢了一步，被怪物的利爪抓中肩頭，宛如五柄利刃劃過，肩頭的衣服撕裂開來，皮開肉綻，登時多出五道血痕。

張長弓揮動匕首刺出，匕首的鋒刃正中怪物的右臂，這柄用地玄晶鍛造的匕首竟然戳破了怪物的鱗甲，鋒刃深深刺入鱗甲防護的血肉之中，怪物感到手臂劇痛，這疼痛讓牠無比恐懼，周身堅韌的鱗甲讓牠認為自身很難受到傷害，張長弓輕易刺穿了牠的鱗甲，這讓牠產生了死亡的威脅，恐懼之下，怪獸竟然放棄了繼續進攻，轉身就逃。

張長弓本想揚起匕首投向那怪物，可又恐遺失了這把可以克敵制勝的利器，手揚起之後又放了下來。

怪獸發出陣陣哀嚎，以驚人的速度攀上前方的岩壁，它的身法如同靈猿一般，在近乎垂直的石壁上奔行如履平地。

葉青虹和瞎子舉槍瞄準了那怪物，他們只是提防怪物再度反撲，並沒有急於射擊，畢竟普通的子彈對怪物沒有任何的殺傷力，開槍至多是延緩怪物的攻擊，對牠造不成任何傷害。

還好那怪物應當被嚇破了膽，並不敢回來報復，逃得影兒都不見了。

海明珠第一時間來到張長弓的身邊，看到張長弓肩膀血糊糊一片，緊張得眼淚都流了出來，顫聲道：「你受傷了，痛不痛。」

這下連瞎子都看出海明珠對張長弓的特別了，張長弓反倒顯得有些不好意思。

葉青虹道：「此地不可久留，先包紮一下傷口，咱們儘快離開這裡。」

海明珠為張長弓清理包紮傷口的時候，葉青虹和瞎子兩人去檢查了一下那條船，雖然小船是用金屬製成，可份量算不上重，瞎子看到地上的面具，心中不由得生出據為己有的念頭，趁著葉青虹不備，他過去想要撿起那張面具，卻看到死屍那張慘白的面孔，海無常雖然死去多年可容貌未改，屍體也沒有任何的腐爛，只是蒼白的臉色極其駭人。

張長弓留意到瞎子的舉動，知道他想幹什麼，提醒瞎子道：「千萬別碰，這具屍體裡面可能有蟲。」

瞎子嚇得打了個激靈，眼看就要摸到面具的手趕緊又縮了回來，裝模作樣道：「我才不碰死人東西，晦氣。」

張長弓讓海明珠將地上的幾隻羽箭撿起，那是他剛才射殺怪蟲的箭矢，畢竟箭矢的數量有限，在現有的條件下必須重複利用。

葉青虹利用手電筒的光束檢查了一下那條船，確信小船裡面沒有藏著什麼可怕的東西，方才提議將這條船拖出去。

幾人一起合作抬起那條小船，讓他們奇怪的是，這條金屬製成的小船甚至比起普通的木材還要輕上許多。

回到洞穴出口，張長弓和瞎子一起將小船艙內用海水沖洗乾淨，畢竟這條船此前是用來盛屍體的，其中的液體不知有沒有腐蝕性，也不知對人體有沒有害。

瞎子又弄了些沙子鋪在艙底，這才和葉青虹上船，根據他們的估計這艘船至多也就是能夠容納三人滑行，所以準備先由他們兩個出去找尋羅獵為羅獵解圍。

張長弓水性不行，也不善舟楫，再加上他的左臂被怪物抓傷，行動不便，葉青虹讓他留下來等候，讓海明珠陪同照顧。

瞎子用木板當成船槳划著小船向洞口外面行去，這會兒洞內水面上已經見不到鯊魚的背鰭，不知那些凶猛的鯊魚是否已經轉戰他處。

潮水又退了許多，洞口可以容納小船出入，瞎子戰戰兢兢，葉青虹一刻也不敢放鬆，始終子彈上膛，只要發現水中有異動她就會馬上開槍，其實他們乘坐小船前往也冒著極大的風險，如果遇到體型巨大的鯊魚，隨時都有覆舟之危。

張長弓長弓在手，注視水面，就在小船即將離開洞口的時候，他看到水面浮現出一隻三角背鰭，張長弓眼疾手快，一箭射了出去，羽箭正中水中潛游，準備向小船發起衝擊的鯊魚，鯊魚中箭之後，平靜的水面馬上又沸騰起來，那些凶惡的鯊魚一個個衝上去將同伴的屍體分而食之。

瞎子和葉青虹不敢逗留，兩人同時向後推動岩壁，利用反作用力將小船推出岩洞。

小船剛剛駛出岩洞，就有一波海浪襲來，兩人慌忙揮動木板，好不容易方才保持住小船的平衡，不至於被這波海浪掀翻。

外面到處都是霧氣瀰漫，葉青虹焦急道：「羅獵，羅獵！」

羅獵其實距離他們並不遠，聽到葉青虹的呼喊，頓時意識到葉青虹不顧風險前來營救自己，內心又是感動又是擔心，他大聲道：「我在礁石上，我沒事！」

瞎子和葉青虹辨別羅獵的聲音方向，正準備循聲划去，卻聽羅獵又在大聲提醒他們不要過去。

羅獵的提醒並不是沒有原因的，他雖然暫時躲過了鯊魚的攻擊，可是數十頭鯊魚仍然不肯放棄這個近在咫尺的獵物，鯊魚群圍繞著礁石巡弋久久不願離去。羅獵擔心葉青虹他們不清楚狀況，靠近這裡很可能會遇到危險。

然而羅獵很快就發現鯊魚群改變了策略，在聽到葉青虹的呼喊聲後不久，那些鯊魚就不再繼續環繞礁石游動，轉而向洞口處游去，羅獵趕緊提醒葉青虹他們，魚群朝著他們的位置去了。

葉青虹和瞎子聽到羅獵的提醒，慌忙留意海面的動靜，只見數十頭鯊魚排列著整齊的隊形從小船的前方游過，牠們並沒有對小船發動攻擊，而是游入了他們剛剛出來的洞口。

瞎子眨了眨小眼睛，不解道：「怎麼？放著人肉不吃？難道去吃死人？」

葉青虹道：「別管牠們，先去接羅獵。」

兩人同時划動木板，趁著這個機會靠近羅獵所在的礁石，羅獵已經在礁石上被困了許久，看到兩人不顧危險前來，心中大為感動，小心走入船艙，從葉青虹的手中接過木板。

瞎子道：「邪門了，鯊魚都不見了。」

羅獵忽然指向前方道：「那裡有一頭。」

三人循著羅獵所指的方向望去，只見海面上漂浮著一頭鯊魚，那鯊魚已經翻了肚皮，顯然死了，很快他們就發現死的並不僅僅是一頭，他們還沒有離開礁石，就見到了五頭鯊魚的屍體。

瞎子喃喃道：「難道是岩漿有毒，把海水給沾染了？」

鯊魚的確是中毒而死，可並不是因為岩漿的緣故，比起他們外面的所見，洞內水面上更是浮屍一片，洞內水面上密密麻麻已經有幾十頭鯊魚翻起了白肚皮。

海明珠看得目瞪口呆，搞不清到底發生了什麼狀況，張長弓從箭筒內抽出一支羽箭，聞了聞道：「原來如此。」羽箭上的腥臭氣息讓他想到了原因，歸根結底是因為他讓海明珠撿來羽箭的緣故。

他用羽箭射殺怪蟲的時候，鏃尖上沾染了怪蟲的毒液，因為擔心武器不夠，所以他讓海明珠幫忙將射出去的羽箭又收回，剛才他射殺鯊魚的時候，恰恰使用了一支沾染怪蟲毒液的羽箭，那頭鯊魚被射殺後，很快就被凶殘的同伴分而食之，從而造成了更多鯊魚的中毒，正是同類相殘方才讓毒素宛如瘟疫般蔓延，歸根結底殺死這群鯊魚的是牠們自己凶殘的欲望。

羅獵他們並沒有急於返回洞內接人，畢竟這條小船不足以同時承載五人的重量，他們先在附近尋找到一片相對安全的登陸地，先讓瞎子和葉青虹上岸，由羅獵一人撐船回去接人。

返回的途中看到數十具鯊魚的屍體，除此以外還可看到數以千計的死魚，這些魚是因為吸入了被鯊魚毒液污染的海水所致，可見那怪蟲的毒性是何其劇烈。

羅獵將兩人接出洞外，張長弓將導致魚類死亡的真正原因告訴了他，羅獵聽到那遍佈鱗甲刀槍不入的怪物之時，第一時間想到的就是方克文，在北平圓明園之後他曾經和張長弓專門探討過這件事，所以張長弓對其中的內情是瞭解的。

張長弓搖了搖頭道：「那怪物和我此前在山田醫院所遇的野獸肯定不同，牠體型很大，移動的速度雖然很快但是比不上野獸，而且，在力量方面也要稍弱。」張長弓和變異後的方克文交過手，如果剛才所遇的是方克文，那麼自己很可能已經遇難。

羅獵的目光投向海明珠，希望能夠從她那裡得到一些答案。

海明珠道：「你別看我，我什麼都不知道，我可沒有故意把你們引到這島上來。」

此時海面之上仍然籠罩著白茫茫的霧氣，因為海底火山噴發的緣故，周遭的空氣極差，可見度也很低，羅獵全憑著自己的感覺方才來到了葉青虹和瞎子上岸的地方。

他們上了岸，將這艘金屬製成的小舟拖到了岸上，又牢牢拴好，避免回頭被上漲的潮水沖走，要知道，現在這條小船是他們離開鳴鹿島的最大希望。

海明珠又為張長弓重新檢查並包紮了一下肩頭的傷口，儘量避免被感染的可能。

羅獵和葉青虹在海邊站著，他們都用棉布蒙住口鼻，以免吸入太多的火山灰，海底火山的噴發規模雖然有所減弱，可是並不代表危險已經全部過去，更何況在眼前惡劣的天氣形勢下，明珠號應當不會冒險靠岸。

葉青虹道：「海明珠既然此前來過這裡，應該對這邊的情況有所瞭解。」

羅獵搖了搖頭道：「看她的樣子應該不清楚這裡的狀況。」

葉青虹道：「就算她知道，現在也沒辦法後悔了。」一雙美眸盯住羅獵道：「還說什麼帶我看日出！」

羅獵聽她提起這件事不由得哈哈大笑起來，葉青虹也笑了，雖然落入如此凶險的境地，可只要身邊有羅獵在場，仍然感覺到溫馨而浪漫。葉青虹主動挽住羅獵的臂膀道：「看海底火山爆發更加難忘。」

身後傳來瞎子的乾咳聲，葉青虹正在陶醉之時，並沒有覺察到這廝的到來，不過羅獵卻早已聽到他的腳步聲。

兩人轉過身去，葉青虹並沒有因為瞎子的到來而放開羅獵的臂膀，聰穎的她意識到在她和羅獵之間自己必須要採取主動。

瞎子看著親密的兩人，又乾咳了一聲，捂著嘴巴道：「打擾兩位了。」羅獵道：「少廢話，有什麼要緊事？」

瞎子其實沒什麼要緊事，只是那邊海明珠正在為張長弓清理傷口，自己總覺得變成了個電燈泡，於是才過來尋找老友羅獵，可這邊的情形也是一樣，瞎子心裡感覺有點失落，倒不是他嫉妒，而是讓他想起了周曉蝶，人比人得死，自己怎麼就那麼不受女人待見。

瞎子道：「沒啥事兒，你們繼續。」

葉青虹呸了一聲道：「瞧你心懷鬼胎的樣子，八成沒什麼好事。」

瞎子道：「我可懷不上。」

葉青虹因他這句話俏臉紅了，慌忙鬆開羅獵的手臂，作勢抬腳要踢瞎子，其實瞎子沒別的意思，是她自己誤會了，瞎子對葉青虹雖然沒有了當初的忌憚，可心底還是有些懼怕的，看到葉青虹要對自己出手，心中一慌，腳下一滑，失去平衡坐倒在了地上。

看到他的狼狽相，葉青虹忍不住笑了起來。

羅獵也笑了，過扶起瞎子，瞎子道：「由來只有新人笑，有誰見得舊人哭，羅獵啊羅獵，想不到你這濃眉大眼的傢伙是這樣。」他這張大嘴巴說起話來總是欠缺考慮，本來是想開個玩笑，可這個玩笑顯然又開錯了對象，羅獵內心一緊，臉上的笑容也不見了。

葉青虹明察秋毫，知道瞎子的這句話一定又勾起了羅獵的傷心往事，暗自埋怨瞎子說話不經大腦，可這種時候也不能點破，那豈不是在羅獵傷口上撒鹽，她藉口有事走開。

羅獵將瞎子從地上扶了起來，瞎子這會兒明白了過來，歎了口氣道：「我真不是說她，羅獵，我沒別的意思。」

羅獵道：「你那張臭嘴，我還能不清楚。」

瞎子道：「清楚就好，我這人就是有口無心。」

咻！羅獵突然聽到一聲尖嘯，他一把將瞎子推開，瞎子才站起來不久，這下又被羅獵推了個踉蹌，羅獵推開瞎子的同時身軀後仰，膝蓋的彎曲近乎九十度，一根鋼鐵標槍從海面下激射而出，穿過羅獵和瞎子之間的空隙，釘入他們身後十多米的沙灘中，因為極大的衝擊力，半支標槍都刺入到沙灘之中。

羅獵第一時間做出了反應，隨手一刀射向水中，飛刀入水宛如石沉大海，好半天都不見有反應。

羅獵和瞎子也不敢待在原地，兩人慌忙向後撤退，遠離海邊。

其餘幾人聽到動靜過來接應，羅獵示意他們找好掩護，來到那杆標槍前方，和瞎子兩人合力方才將標槍抽了出來，張長弓湊在標槍的末端聞了聞，低聲道：「是那個鱗甲怪物。」

羅獵雖然及時出刀，可是並未看到怪物的真身，根據張長弓的描述，地玄晶材料鑄造的武器可以對怪物造成傷害，也就是說他剛才丟出去的那一刀對怪物造成傷害的可能微乎其微，由此也能夠推斷出這種怪物和此前變異的方克文和孤狼有著一定的共同點。

和張長弓的觀點不同，羅獵認為這怪物很可能也是一個突變的人類，人類和動物的最大分別在對工具的使用上，既然這怪物能夠投擲標槍來偷襲他們，就證明這怪物擁有一定的智商和利用工具的能力。

羅獵道：「這座小島除了海盜之外，還有什麼人來過？」

海明珠道：「我聽說在白鯊幫佔領這座小島之前，日本人曾經駐紮過一支軍隊，不知後來發生了什麼事情而放棄了這座小島。」

羅獵心中暗忖，如果鳴鹿島過去當真有日軍駐紮，或許這裡就是他們其中一個實驗基地，用來進行追風者計畫的實驗，那個鱗甲怪物興許就是其中的某個實驗品。

瞎子道：「管他呢，咱們還是儘快離開這裡，這鳴鹿島有些詭異，還不知島上到底藏有多少怪物呢。」

張長弓道：「那怪物很厲害，居然可以生吞毒蟲。」

那條毒蟲的毒性他們都已經見識過，只是沾染了毒蟲體液的一箭就導致鯊魚群連鎖中毒，近百條鯊魚已經全部死亡，連一個倖存的都沒有，而那怪物生吞毒蟲，其身體吸收的毒液肯定要比鯊魚沾染得要多得多，而牠居然可以安然無恙地活在這個世界上。

張長弓將那柄匕首抽出遞給了瞎子，這柄匕首沾染了怪物的鮮血，豈不是說這匕首上也有毒，張長弓又聯想到了自己，自己被怪物抓傷，從傷口上看雖然並無異樣，可現在他的整條左臂都麻酥酥的，難道也是中毒的徵兆？

海明珠也和張長弓想到了同一處，關切道：「你傷口還痛不痛？」

張長弓搖了搖頭道：「剛才還痛，現在一點都不痛了。」

不痛未必是好事，羅獵讓海明珠幫著張長弓解開包紮的傷口，這會兒功夫傷口處的皮膚已經變成了灰白色，不知是因為腫脹還是因為別的緣故居然泛起類似金屬的光澤。

瞎子倒吸了一口冷氣：「壞了，老張，你可能也被那怪物感染了。」

海明珠看到眼前情景，急得眼淚都掉下來了：「怎麼辦？怎麼辦？」

張長弓道：「不妨事，你們先將匕首洗乾淨，然後將我肩頭傷口的血肉挖下來。」他說得輕鬆，可內心也變得極其沉重，感染就意味著自己很可能會變成那怪物的模樣。

羅獵皺了皺眉頭，現在張長弓的整個肩頭都已經被感染了，想要將感染的部分清楚，豈不是要將他的整個左肩都卸下來，如果當真那樣，張長弓的身體就算再健壯，只怕也無法活命。

羅獵默默在腦海中搜索著解救張長弓的方法，父親在他的體內種下智慧種子，隨著他對智慧種子的吸收，他也擁有著超越常人的智慧和認知，可是在除掉雄獅王之後，他的身體受到了很大的創傷，方方面面的能力都出現了停滯不前，甚至後退的狀況。

僅僅根據眼前的線索，羅獵還無法確定那怪物就是日方實驗的生成品。

幾人都望著羅獵，瞎子道：「怎麼辦？」

羅獵道：「我要回去一趟。」

所有人都是一怔，馬上明白羅獵所說的要回去，指的是要返回剛才的山洞。

張長弓用力搖了搖頭道：「不可以，太危險了，你沒必要為我去冒險。」

羅獵道：「換成是我，你也一定會毫不猶豫地去做。」

瞎子和葉青虹幾乎同時點了點頭道：「我跟你一起去。」

羅獵笑了起來：「又不是去打群架，人越多越好。鯊魚都已經死了，我只是回去看看，那怪物的巢穴肯定就在山洞內的某個地方。」

瞎子將那柄用地玄晶鍛造的匕首遞給羅獵道：「你帶上防身。」

羅獵搖了搖頭道：「我還有幾把飛刀，就算遇到怪物，我也能夠應付。」他隨身的確帶有十多把飛刀，可是其中用地玄晶鍛造的只有一把。

葉青虹道：「總得有個人幫你划船。」

羅獵道：「我泅渡過去。」

葉青虹抿了抿櫻唇，她強忍說服羅獵的想法，因為她明白就算自己說也改變不了什麼，更何況張長弓的狀況真的很危險，也許營救他的唯一機會就在洞內。

葉青虹柔聲道：「保重。」她將自己的手槍用油布包裹好遞給羅獵，就算這把手槍對付不了怪物，至少可以備著防身。

羅獵道：「我不用槍。」

葉青虹莞爾笑道：「就算是為了我，可否改變一下你的固執？」

羅獵猶豫了一下，終於還是從葉青虹的手中接過了那把槍。

瞎子送羅獵來到海岸邊，拍了拍他的肩膀語重心長道：「機靈點兒，別硬撐！」

羅獵笑道：「都不知道你在說什麼。」

瞎子道：「你們都是我的好兄弟，一個不能少！」

羅獵也伸手拍了拍他的肩膀道：「兩個女人一個傷患，真遇到什麼麻煩你得撐著。」

瞎子重重點了點頭道：「天塌下來我頂著。」

羅獵已經快步走入水中，這一區域的海水還是因為海底火山的噴發溫度上升了一些，羅獵透過目鏡望去，發現海面下的視野要比外面好許多，他不敢在水中逗留太久，迅速向山洞的方向游去。

途中雖然遭遇了幾條鯊魚的屍體，不過並未有真正的威脅靠近，他順利找到了剛才的那個洞口，從洞內潛游了進去，一口氣游到岸邊，爬上去之後，從防水的油布包內先取出了手電筒。

利用手電筒的光芒看到岸上的一片狼藉，橫七豎八地躺著近百具屍體，其中唯一沒有腐爛的那具屍體就是海明珠口中的海無常。

羅獵來到屍體近前，確信周圍沒有動靜，這才觀察了一下海無常的屍體，根據張長弓的描述，這屍體的後背吸附著一條毒蟲，羅獵戴上手套，解開海無常的甲冑。

海無常的後背暴露出來，在他的頸椎後方和骶骼處各有一個手腕粗細的血洞，當時那條形如蜈蚣的毒蟲首尾就插入了海無常的身體內部，羅獵不知海無常的屍體對毒蟲為何有這樣的吸引力，從其餘屍體上並未看到同樣的狀況。

羅獵將海無常的甲冑全都褪了下來，失去甲冑的屍體又如一條蒼白的蠕蟲躺在冰冷的地面上，羅獵將海無常的屍體反轉，發現海無常的肚皮幾近透明，用手電筒的光束照射海無常的肚子，可看到其中充滿了櫻桃大小的紅色蟲卵，能夠預見，等到以後這些蟲卵孵化之後都會變成毒蟲。

羅獵推測海無常生前很可能是個用毒馭蟲的行家，從海無常這身甲冑來看，此人應當來自日本。

羅獵從屍體上並未有任何驚喜的發現，周圍都是損毀的船棺，看來這些人都是海無常的殉葬者，這些船棺應當是他們特有的埋葬形式，羅獵用光束照射岩壁的頂部，發現岩壁和頂部的交界處似乎有一個小小的洞口，如果不仔細看，一般都會疏忽掉。

羅獵利用懸掛船棺的鐵釬向上爬去，石壁雖然近乎垂直，可是因為手腳都有攀附之處，對羅獵而言幾乎毫無難度，只是在爬到最上方的鐵釬之後，距離那小洞還有兩米左右的距離，羅獵利用石壁的凸凹處，稍微費了些力氣方才抓住洞口的下緣，雙臂趴在洞口邊緣，這洞口約有一米直徑，可以容納一人順利通過。

羅獵爬入洞內，先用手電筒照射了一下前方，看出這洞是傾斜向下，而且外口小，裡面越來越大，有海浪聲從下方傳來，看來這裡和海面連通。

羅獵沿著傾斜的石洞小心下行，地面陡峭濕滑，稍有不慎很可能就會失足滾落下去，走了一段距離前方現出一個平台，平台上竟然有幾堆灰燼，一看就知道是人為用火的痕跡，如果這裡是那怪物的藏身之處，火自然就是怪物所點燃，羅獵現在幾乎可以斷定那怪物絕非獸類，而是人。

第十章

化神激素

安藤井下周身都在瑟瑟發抖，並非害怕，而是憤怒，
他以為所有的化神激素都和他一樣被遺棄在這個島上，
其他人都已經死了，可是他萬萬沒有想到，
還有人帶著化神激素離開。

羅獵看了看平台周邊，在他左前方靠近石壁的地方有一個天然的凹窩，裡面存放著一些日常用品，羅獵從中發現了一些藥物和針劑，最讓他驚奇的是，這其中還有兩塊各有拳頭大小的藍色地玄晶礦石。

這可謂是意外之喜，羅獵將地玄晶礦石收入隨身攜帶的皮囊之中，又看到一本發黃發黴的筆記，旁邊還有不少的鉛筆頭，羅獵擔心怪物就潛伏在自己的周圍，先仔細觀察了一會兒周圍，並沒有感知到有危險存在，這才翻開那本筆記，筆記上畫著各種各樣的圖畫，羅獵從中找到了關於那條毒蟲的圖譜，旁邊都是用日文標注。

羅獵心中暗忖，那怪物在沒有發生突變之前應當是個日本人，興許還是某位從事研究的生物學家，不然也不可能留下如此翔實專業的筆記。在筆記的扉頁上找到了一個名字安藤井下，如果這筆記當真是那怪物所寫，那麼安藤井下就應當是他的本名了。

羅獵專門學習過日文，在閱讀和對話上沒有任何的問題，他最感興趣的還是關於毒蟲的介紹，根據安藤井下的記載，這毒蟲叫海蜈蚣，乃是鳴鹿島的特產，奇毒無比，可任何物質都有它的兩面性，海蜈蚣的毒素卻能夠起到抑制化神激素副作用的功效。

羅獵對化神激素這個名詞並不陌生，根據他的瞭解，日本人最早是從麻博軒體內血液中提煉出的化神激素，通過實驗將之運用於強化人體，日方為此專門成立了一個部門，並將這個計畫命名為追風者，當時福山宇治、藤野俊生、船越龍一、平度哲也都曾經或多或少地參與到了這個計畫之中。

或許鳴鹿島就是當初他們的實驗基地之一，不知是因為暴露還是因為實驗失敗這裡被中途廢棄，安藤井下應當是接受了最早的人體實驗，他之所以流落在此，應當是日方以為他死了。

羅獵想起了同樣產生變異的方克文，方克文是受到了九幽秘境的長時間影響，而安藤井下、孤狼那些人所接受的化神激素都來自於麻博軒，相比較而言，方克文的變異應當更加徹底。不過這也很難說，或許日方通過現代化的科技手段，將激素提純，摒除了其中對人體有害的物質，留下了對人體有益的部分。

羅獵合上了筆記，因為他內心中產生了警示，羅獵看到在他右前方的位置出現了一個高大的身影。

那周身佈滿鱗甲的怪物赤紅色的雙目死死盯住他。

羅獵表現出超人一等的鎮定，他將那本筆記收好，然後起身望著怪人，用日語道：「你是安藤井下！」

怪人下意識地向後退了一步，這個名字對他如此熟悉卻又如此陌生，已經整整五年沒有人再這樣稱呼過他了，身體的變異和長時間的孤獨生活早已讓他淡忘了過去的一切，他甚至忘記自己還是一個人類。

羅獵望著已經變得失去正常人形態的安藤井下，心中感到可悲，日方的野心讓他變成了這個樣子，羅獵道：「你還能說話嗎？」因為擔心安藤井下聽不懂中國話，所以羅獵全程使用了日文。

安藤井下搖了搖頭。

羅獵從他的反應中意識到安藤井下雖然失去了說話的能力，可是他仍然可以聽懂自己的話，這對羅獵而言算得上是一個好消息，只要是人，那麼興許他潛在的人性未泯，如果自己可以說動他，就能救治張長弓。

羅獵道：「你是不是注射了化神激素？」

安藤井下的目光驟然一亮，在他的心中，他們曾經從事的研究和實驗除了少數幾人之外再也沒有其他人知道，甚至稱得上這個世界上最為隱秘的計畫，可這個年輕人因何會知道？他聽過幾人的對話，他們應當來自中華，跟自己並不是同一國度。

安藤井下緩緩向羅獵走了過去，羅獵的手落在腰間，握住那柄用地玄晶鑄造的飛刀刀柄，提防這怪人隨時都可能發起的進攻，還好安藤井下暫時沒有攻擊他的意圖，只是捏起了一支鉛筆，又找出一個破舊的本子，攤開之後，在上面寫道：「你怎麼知道化神激素？」

羅獵猜到他會有此問，輕聲道：「這世上不僅你一個人被注射了激素。」

安藤井下繼續寫道：「這世上不可能再有化神激素了。」

羅獵道：「你認不認識平度哲也？」

安藤井下聞言吃了一驚，望著羅獵的目光充滿了錯愕。

羅獵又道：「他們將注射化神激素之後的實驗者稱之為追風者，你應當是最早的實驗者吧？」

安藤井下周身都在瑟瑟發抖，他並非是因為害怕，而是因為憤怒，他以為所有的化神激素都和他一樣被遺棄在這個島上，其他人都已經死了，可是他萬萬沒有想到，還有人帶著化神激素離開。

羅獵看到安藤井下的傷口，那是被張長弓用匕首刺出，安藤井下到現在仍然沒有痊癒，從這一點就能夠證明他當初注射的化神激素應當是最初的半成品，記得有孤狼之稱的佐田右兵衛擁有著驚人的自癒能力，受傷之後在短時間內就能夠痊癒。根據張長弓所說，有野獸之稱的方克文就算被地玄晶鑄造的武器刺傷，仍然可以迅速痊癒。

至少在自癒能力方面，安藤井下和兩者就無法相提並論。

安藤井下寫下了一個名字——福山宇治，雖然他長得醜怪已失去了人形，可不得不承認他的一手字還是相當漂亮。

羅獵道：「他已經死了。」

安藤井下忽然發出一聲暴吼，他的右拳重擊在地面之上，將地面的岩石砸得四分五裂，滿是鱗甲的胸口急促起伏著，顯然憤怒到了極點。

羅獵從他的表現看出安藤井下對福山宇治也恨到了極點，之所以憤怒是因為無法親手除掉此人。

羅獵道：「你們的化神激素是從麻博軒的血液中提取的對不對？」

安藤井下死死盯住羅獵，他開始懷疑羅獵的動機，對方怎麼會如此清楚他們的實驗和計畫，難道他並非是偶然來到鳴鹿島上，而是抱著特殊目的而來。

羅獵知道對方充滿了懷疑，想要營救張長弓首先就要打消對方的顧慮，他向安藤井下道：「你知不知道麻博軒因何會變成那個樣子？」

安藤井下本想在筆記本上寫下自己想說的話，不過鉛筆落在紙上又打消了這個念頭。

羅獵道：「你或許以為是個天大的秘密，可對我而言，你的秘密根本不值一提。」

羅獵的話已經將安藤井下的好奇心成功激起，本身安藤井下在鳴鹿島已經孤獨守望了那麼多年，這些年他只能依靠苦思冥想去研究自身的變化度日，在這樣的條件下，他根本沒可能找到答案。

羅獵道：「麻博軒是因為去了滿洲蒼白山的一處神秘地穴，所以才變成了那個樣子，如果你對他的事情有所瞭解，就應當知道，當時和麻博軒一起去的還有其他人。」

安藤井下一動不動，聽得異常專注，他已經對羅獵的話深信不疑。

羅獵道：「當時一起深入地穴的共有三個人，並不是只有麻博軒一個僥倖從那裡逃出生天。」他停頓了一下方才道：「我去過那裡，見到一個人，也發生了和你類似的變異，只不過他的進化比起你更加純粹，更加強大。」羅獵口中的這個人自然指的就是方克文。

安藤井下在筆記本上快速寫了幾個字——他在什麼地方？

羅獵道：「死了，他和麻博軒一樣感染的這種奇怪病毒，可以讓人的新陳代謝增加無數倍，增強體力和智慧的同時，也會損害自身的健康，縮短本體的壽命，你應當知道所謂的化神激素也是一把雙刃劍。」

安藤井下碩大的醜怪頭顱低了下去，他是最早主持追風者計畫的人，對化神激素的作用和副作用相當的瞭解，羅獵口中的平度哲也當年也只不過是他的一個助手罷了。

羅獵擅長心理分析，雖然安藤井下醜陋的相貌已經距離人類的本來面目越來越遠，可是從安藤不由自主流露出的細節上，羅獵仍然判斷出他人性未泯，那本筆記應當是安藤井下所寫，也證明安藤井下是個極其博學的人。

安藤井下又寫了一行字：「把資料還給我。」

羅獵猶豫了一下，還是拿出了那本筆記，他並未急於交還，而是低聲道：「安藤先生，我有一個不情之請。」

安藤井下的內心顫抖了一下，這麼多年還是第一次有人將他當成人類看待，事實上連他自己都幾乎忘了自己還是一個人，安藤的智慧並沒有受到影響，他意識到眼前的年輕人有求於自己，正在嘗試跟自己談條件。

羅獵指了指安藤井下的那雙利爪：「我的朋友被您抓傷……」

安藤井下陡然爆發出一聲怒吼，他向前跨出一步擺出要攻擊羅獵的架勢，他也受了傷，張長弓用含有地玄晶成分的匕首刺傷了他的右臂，到現在傷口仍未恢復。

羅獵知道這件事，他並未被安藤井下暴怒的氣勢嚇住，目光盯住安藤井下受傷的右臂道：「作為回報，我可以幫你療傷。」

安藤井下兇神惡煞的目光死死盯住羅獵的雙眼，兩人彼此對視著。

透過安藤井下瘋狂而充滿殺氣的雙目，羅獵進入了一個漆黑的世界，而安藤井下在羅獵侵入他腦域的同時，魁梧的身軀顫抖了一下，然後整個人如同石化一般呆立在原地。

如果不是走入安藤井下的腦域世界，羅獵絕對想不到一個如此醜陋的軀殼下竟包容著如此美麗的世界。

這是一片粉紅色的世界，到處都是櫻花，腳下是一片潔白單純的雪，即便是早櫻也不會綻放在這樣的季節，這樣的景色卻可以存在於安藤井下的心中。

雪野之上，櫻花林之中，靜靜站著一個戴著眼鏡的男孩，他穿著學生裝，背著大大的書包，迎著櫻花和雪正在等待著什麼。

賢一！

安藤井下的內心深處反覆呼喊著這個名字，當這個名字迴盪在他的腦域世界的時候，他醜陋面孔上的殺氣頓時消失，他的表情變得溫柔而慈和。他忘不掉，他又怎能忘記呢，他唯一的兒子，他最摯愛的兒子，自從妻子因病去世之後，他和賢一就相依為命，如果不是軍方的命令，他說什麼都不會離開，卻沒有想到這一走就是那麼多年。

羅獵在短暫進入安藤井下的腦域世界之後很快就抽離出來，他已經察覺到安藤井下潛意識中的抗拒，他甚至想到了當年遠渡重洋獨自一人去求學的自己。對羅獵而言他現在的精神力並不足以支撐他去探索他人的腦域世界，尤其是像安藤井下這種本身意志力就極其強大之人。

或許時間太過短暫，安藤井下並未意識到自己的腦域被短暫地入侵，只是認為自己剛才精神恍惚。

羅獵道：「我可以幫你做一些事作為交換。」雖然只是短暫地進入安藤井下的腦域世界，他卻已經發現了對方的弱點所在，安藤井下一直牽掛著他的兒子安藤賢一。

安藤井下握緊了雙拳，他的內心在激烈交戰著，長時間的孤獨生活和昔日遭遇的背叛已經讓他變得懷疑一切，而且他現在面對的是一個素昧平生的外國人。

羅獵決定嘗試著主動提出足以打動他的條件：「我可以把你從這裡帶走，我可以幫你和家人團聚。」

安藤井下垂下頭去，對方提出的兩個條件都是他心中最為渴望實現的，可是就算他能夠離開鳴鹿島，他現在的樣子又有誰會接受？賢一會接受一個醜陋的怪物成為他的父親嗎？

安藤井下遲遲沒有伸手去接自己的筆記，過了一會兒，他伸手指了指那本筆記，而後又拿起鉛筆在紙上寫下了一行字：「你幫我去找一個人。」

羅獵點了點頭。

安藤井下繼續寫道：「安藤賢一，我的兒子。」

濃霧和硝煙漸漸散去，天開始放亮，雖然仍是灰濛濛的，但是可見度已經提升了不少。張長弓的狀況開始變得越發惡劣了，發起了高燒，整個人變得迷迷糊糊，躺在沙灘上，嘴裡不停說著胡話。

瞎子利用隨身攜帶的酒給他擦身，幫助他物理降溫，他的醫療知識非常有限。

海明珠急得眼淚在眼圈裡打轉兒，她也搞不清楚自己為何會如此關心這個粗豪大漢，嘴裡不停道：「怎麼辦？我該怎麼辦？」

瞎子心中暗歎，現在他們唯有等羅獵回來，抬頭望向海邊，只見葉青虹正站在礁石上眺望，自從羅獵前去尋找怪人之後，她就在海邊觀望，等候羅獵歸來。

瞎子看在眼裡，心中難免失落，這天下間的男人都有女人疼，唯獨撇下自己一個，看來自己天生欠缺女人緣，正在顧影自憐之時，突然聽到葉青虹驚呼道：「壞了！」

瞎子心想什麼壞了？起身向葉青虹走了過去，葉青虹卻指著山坡上的方向，瞎子轉回頭望去，只見鳴鹿島的上方竟然冒升出大量的濃煙，原來鳴鹿島也是一座活火山，此前他們所經歷的只是海底火山噴發，而現在連鳴鹿島也要噴發了。

如果鳴鹿島發生火山噴發，那麼他們在這座小島上就再無容身之地。

葉青虹望著小島頂部的濃煙，推測出距離鳴鹿島這座火山的噴發已經沒有太久的時間了，如果他們不選擇在火山噴發之前離開這裡，恐怕會被奔流的岩漿吞噬，可是羅獵仍然沒有回來。

瞎子舉起手槍朝著天空連開三槍，大吼道：「陸威霖，快來救我們！」

這三聲槍響在這片海域中並未能傳播得太遠，明珠號也沒有走遠，陸威霖從望遠鏡中看到了鳴鹿島火山即將噴發的徵象，第一時間湧入他腦海中的念頭就是救人。

老安人在駕駛艙內，可掌控船舵的卻不是他，他只是負責指揮，具體負責駕船的人是船長忠旺。

忠旺始終處於高度的緊張中，在海底火山爆發之後，視野受到了嚴重的干擾，他雖然可以在驟然增大的波浪中行進，卻分不清應該朝何處行進，如果誤入海底火山爆發的範圍，恐怕全船的人都難以活命。

還好有老安指揮，包括忠旺在內的所有船員對老安都佩服起來，他們想不透老安何以在這樣的狀況下還能夠找到正確的逃生路線，按照老安的指揮，他們順利離開了海底火山的爆發範圍，來到了這片相對平靜的海域。

但是他們的神經並未放鬆太久，在陸威霖發現鳴鹿島那座活火山即將噴發之後，他又決定深入險境去救人。

對陸威霖而言這是很正常的事情，當初選擇離開火山噴發區域，只是暫時的，他從沒有拋棄隊友的打算，只是準備等海底火山最活躍的階段過去，然後再折返回頭營救隊友，然而他並未想到草木繁茂的鳴鹿島居然也是一座火山，而且這麼快就進入了噴發的階段。

對全體船員而言，陸威霖的決定是讓人費解且不明智的，他們歷經千辛萬苦，好不容易才從死亡之地逃出，現在卻又要返回，等於陸威霖帶著所有人去送死，既然如此何須那麼麻煩？

船長忠旺率先表達出自己的不配合，他搖了搖頭，毅然決然向陸威霖道：「我不可以這樣做，不可以拿全體船員的性命去冒險。」

陸威霖則表現出一如既往的強勢：「很抱歉，你沒有決定的權力！」為了留在島上的生死之交，陸威霖可以做任何事且不惜任何的代價。

忠旺的身後有數名船員站了出來，他們雖然從心底懼怕陸威霖，可在這種時候，左右都是一死，留下來興許還能夠有一條活路。

虛弱無力的老安坐在那裡，一雙深邃的眼睛打量著一觸即發的雙方，陸威霖一個人，而他的對立面卻有十幾個，看似強弱分明，但是陸威霖有槍，只要槍在陸威霖的手裡，這群船員就只有受死的份兒，老安清晰感覺到陸威霖身上散發出的濃烈殺氣，事實上陸威霖也是同行人中殺氣最重的那個。

老安感覺自己還是有必要說一句話，他歎了口氣道：「你殺光了他們，誰來開船？」

陸威霖將目光投向老安。

老安苦笑道：「我手無縛雞之力。」

忠旺大聲道：「陸先生，不是我們不想救人，而是現在這種狀況下，我們不能白白送死！」

陸威霖舉起了手槍，烏洞洞的槍口瞄準了忠旺的額頭：「我只問你一句話，救還是不救？」

一旁的船員紛紛怒吼道：「不救，要救人你自己去救，憑什麼連累我們？」

「兄弟們，跟他拚了！」

忠旺抿了抿嘴唇道：「我跟你去，划著小船去，其他人得留下！」這已經是他所能做的最大讓步，與其所有人都去送死，還不如犧牲自己。

忠旺的話更激起了船員們的同仇敵愾，就在所有人準備不顧一切和陸威霖展開搏殺的時候，外面負責觀察的船員跌跌撞撞衝了進來：「不好了……不好了……有兩艘船向咱們這邊來了……應當……應當是海龍幫的船！」

陸威霖內心一震，屋漏偏逢連夜雨，果然是禍不單行，他放棄了殺一儆百，以儆效尤的念頭，抓住船長忠旺，脅迫他和自己一起來到甲板上，陸威霖是個極其謹慎之人，在目前以寡敵眾的狀況下，只要有半點疏忽就可能在陰溝裡翻船。

在他們所處位置的後方，果然有兩艘船正在向他們靠近，兩艘船的速度並不慢，一左一右封住了他們可能的退路。

忠旺大吼道：「海盜來了，兄弟們儘快準備！」

船艙內老安拄著一根木棍，顫巍巍站起身來，低聲道：「來不及了！」雖然他們成功搶奪了明珠號，這艘船上同樣配備著火炮和武器，但是船員中能夠操縱火炮的人不多，和久經沙場的海盜更是無法相提並論。

邵威站在船頭之上，手中拿著一隻鐵喇叭，大聲道：「羅獵，你們已經被包圍了，趕緊停船，交出我家小姐，給你們一刻鐘時間考慮，如果膽敢不從，必將擊沉明珠號，讓爾等粉身碎骨！」他也就是出言恐嚇，海明珠還在羅獵的手上，就算借他一個膽子，他也不敢下令炮轟明珠號，殺了羅獵那些人固然痛快，可無論如何也不能讓海明珠陪葬。

老安陰森的雙目盯住陸威霖，這場海底火山爆發終究還是影響了他們的行進速度，被海龍幫的人追上，這群窮凶極惡的海盜如果知道海明珠不在這艘船上，必然會不顧一切發動攻擊。

陸威霖放開了忠旺，此時脅迫忠旺已經沒有了任何的意義，他思索對策的時候，身後有幾名船員同時叫道：「海明珠不在船上，她在鳴鹿島！」這些船員也是夠蠢，他們只想著自己如何脫困，認為海龍幫前來的主要目的是為了解救海明珠，如果他們知道海明珠並不在這條船上，興許就會前往鳴鹿島趕在火山噴發之前救人。

老安臉色一變，暗罵一群蠢才。

雖然這群船員並無用來擴大聲音的喇叭，可是幾人同時的呼喊還是讓聲音送了出去。

邵威聽得真切，他將信將疑，徐克定在另外一艘船上，兩人相距較遠，彼此之間還無法商量。

邵威道：「讓我家小姐出來，如果五分鐘內見不到小姐，我就下令開炮！」

那群船員聽到他的威脅一個個慌了神，紛紛聲嘶力竭地喊叫著，證明海明珠不在這艘船上。

邵威登上瞭望台，利用望遠鏡觀察著明珠號甲板上的狀況，他並未看到海明珠，也沒有看到羅獵，心中開始琢磨那些船員的話，看來海明珠很可能上了鳴鹿島，否則這種狀況下即便是海明珠不現身，羅獵也應該出現在甲板上。

更何況如果這群人手中有海明珠這張牌，沒有不用的道理，只要用海明珠的性命相逼，他們肯定還是投鼠忌器。

兩艘海盜船所有的炮手都已就位，擺出了炮擊明珠號的架勢，明珠號上的船員越是高呼海明珠不在船上，越是打消了海龍幫一方的忌憚之心。

老安拄著木棍來到陸威霖身邊，低聲道：「必須跟他們談談。」

陸威霖明白他的意思，如果他們說服不了海龍幫的人，而海龍幫一方又確定海明珠不在這艘船上，他們的炮火就會宣洩到這條明珠號上，這條船，包括他們所有的人都將葬身於炮火之中。

陸威霖環視了一下其他的人，生死關頭，這些人顯然已經亂了陣腳，剛才他們就不肯回去鳴鹿島救人，現在肯定更不會那麼做了，想救同伴，唯有從海龍幫那邊想辦法，如果能夠說服這幫海盜，或許能夠解去眼前之危，也能夠救出羅獵他們。

陸威霖沉聲道：「唯有投降！」

老安沒說什麼，忠旺和那些船員早已有了投降的打算，就算是當俘虜也好過被當場擊斃。

意見得到同意之後，陸威霖讓人升起了白旗，大聲道：「不要開火，我有要事相商。」

邵威示意手下人不要急於開火，其實他由始至終也沒有摧毀明珠號的打算，這條船是屬於海明珠的，就算海明珠不在船上，也不能開炮擊毀，不然這筆帳早晚都得由自己償還。

邵威給出訊號，他們的船向明珠號靠近，在兩艘船之間搭起木板，一部分海盜猶如蕩秋千一般飛掠過兩船之間的空隙，落在明珠號的甲板上，還有海盜從木板上迅速通過，這些搭在兩艘船之間的木板狹長，隨著海上的波濤不停起伏，可這難不住終日在海上討生活的海盜，他們奔跑呼號，如履平地。

明珠號上的所有人都將武器拋下，在海盜的命令下雙手抱著頭頂跪了下去。

邵威確信己方不費一槍一彈就奪回了明珠號，心中大感欣慰，他提前就已經下過命令，讓手下在找到海明珠並確保她安全之前千萬不可妄動殺機，他們對明珠號的瞭解遠勝於陸威霖一方。

在手下對明珠號展開搜索之時，邵威緩步來到陸威霖的面前，眯起眼睛審視著陸威霖，他聽得清清楚楚，剛才要跟自己商談的人就是陸威霖。

陸威霖像其他俘虜一樣雙手抱頭跪在地上，雖說男兒膝下有黃金，可是在這種時候逞匹夫之勇很可能會白白丟了性命，真正的大丈夫須能屈能伸。

一名海盜來到邵威身邊附在他耳邊低聲道：「都搜遍了，沒有發現大小姐。」

陸威霖點了點頭，向陸威霖道：「起來說話。」

陸威霖站起身來。

邵威道：「剛才要跟我談條件的人就是你嘍？」

陸威霖道：「海明珠在鳴鹿島上，你們想她活命的話就儘快去救她，再晚只怕來不及了。」

邵威皺了皺眉頭，陸威霖沒可能會關心海明珠，畢竟他們處於對立的雙方，唯一的解釋就是他的那些同伴也在鳴鹿島上，救海明珠等於救他的同伴，難怪這些人會主動放棄反抗。

派去搜索的第二組人馬也回來了，表示一無所獲。

邵威已經不再關心搜索的結果，海明珠既然不在這條船上，就算將明珠號的甲板一塊塊拆下來，也不可能將她找到。

陸威霖焦急道：「快去救人吧，那火山就要噴發了……」

邵威閃電般將手槍掏出，槍口指向陸威霖的額頭，怒吼道：「你有什麼資格指揮我？」

陸威霖臨危不懼，望著眼前烏洞洞的槍口道：「我不是指揮你，而是告訴你一個事實。」

邵威點了點頭，他收回手槍，向陸威霖道：「你跟我一起去，等我救出大小姐，你們全都要死！」

陸威霖並不怕死，他只是不想現在就死，哪怕只有一線機會，他都要嘗試去營救他的朋友，眼前唯有這群海盜才能幫助自己，為了海明珠，他們會冒險一試。陸威霖發現甲板上被俘的人之中並沒有老安，剛才的情況混亂，他一定是趁著混亂溜走了，陸威霖心中暗叫不妙，雖然老安的武功尚未恢復，可是這個人陰險狡詐，很可能會製造意料之外的麻煩。

瞎子焦灼地在沙灘上來回踱步，葉青虹則在礁石上望眼欲穿，島上濃煙滾滾，空中火山灰如同鵝毛大雪一般落下，一場空前的浩劫即將到來。

海明珠出於對張長弓的關切反倒忽略了環境的變化，張長弓魁梧的身軀在沙灘上竭力掙扎，海明珠想要去扶住他，卻被瞎子及時制止，瞎子擔心張長弓會因為失去理智而誤傷了她。

張長弓昔日正氣凜然的面孔因為痛苦而扭曲變形，雙手深深抓入沙灘之中，雙手因為粗糙砂礫的摩擦已經流血，看得出他在竭力和來自於身體的痛苦抗爭著。

葉青虹的苦盼終於有了結果，她看到五艘小船朝這邊划來，開始看到的時候還不相信自己的眼睛，揉了揉雙眸，方才確定自己看到的不是幻影，葉青虹揮舞著雙手，大聲呼喚道：「我們在這裡！」真正發聲的時候才知道自己的嗓子已經啞了。葉青虹鳴槍示意，生怕對方因為環境的干擾而錯過了方向。

陸威霖道：「他們在那裡！」他指著槍聲響起的方向，不過他的所有武器都已經被收繳，背後還有一名海盜用槍始終抵住他的後心。

邵威點了點頭，他此次一共出動了五艘救生艇，不算陸威霖，他一共帶來了十五名手下，而且全副武裝，邵威將島上可能的情況事先做出了一番估計，羅獵一方的戰鬥力他有了充分的思想準備。從他們審問船員得到的情報來看，陸威霖應當就是對方團隊中的狙擊手，也是邵威最為忌憚的一個。控制住陸威霖，不但手中握有了人質，而且讓對方的遠端攻擊力大減。

邵威讓船隻靠近槍聲響起的方位，看清沙灘上的四個人，邵威大聲命令他們將武器丟下。

海明珠聽到邵威的聲音又驚又喜，她慌忙奔到海邊，揮舞雙手尖叫道：「邵威，快來救我們！」

邵威確信自己沒聽錯，她說的是救我們，而非救她自己，隨著船隻的靠近他已經能夠看清岸上的形勢，有一人躺在沙灘上，其餘兩人也並沒有利用海明珠來要脅他們的意思。

出於謹慎，邵威還是勒令他們扔下武器，由兩艘救生艇先行上岸，海明珠急忙迎了過來。

邵威看到她無恙這才放下心來，恭敬道：「大小姐，咱們這就走。」

海明珠指著其他三人道：「都帶走，一起帶走。」

邵威用手遮住頭頂密集落下的火山灰，知道現在絕非將事情弄個明白的時候，反正對方目前已經威脅不到他們，局勢在自己的掌控之中，先離開這座即將噴發的火山島再說。

如果不是海明珠堅持，邵威絕不會帶走張長弓。瞎子看了看葉青虹，她並沒有離開的意思，瞎子猜到她心中所想，主動來到海明珠面前請求道：「可否再等等，羅獵還沒回來。」

邵威一旁聽得真切，怒吼道：「火山就要噴發了，你想死沒人攔著。」

葉青虹向瞎子笑了笑道：「你先走吧，我一個人留下來等著。」

海明珠道：「還是先離開再說，再說張大哥也需要醫治。」她心中最著緊的人居然是張長弓。

瞎子道：「我留下，羅獵不來，我不走！」在瞎子看來，葉青虹一個女子都能夠對羅獵表現出這樣的情義，自己作為羅獵的老友加兄弟，更加不能捨棄朋友離去。不過瞎子也算是頭腦極其靈活之人，他向海明珠道：「咱們也算是不打不相識，能否留一條船給我們？」

邵威暗罵這廝過分，如此厚顏無恥的要求都能夠提出來，他冷冷道：「你不要癡心妄想。」

海明珠卻點了點頭道：「給他們留一艘船。」

邵威心中暗歎，不用問，在海明珠被俘期間一定發生了不少的變故，別的不說，單從她對張長弓的關心就能夠看出他們之間的關係非同一般，這也是讓邵威想不通的地方，海明珠被俘並沒有多久，為何會變成這個樣子？究竟是突然轉了性子還是精神被人控制了？

海明珠的性子邵威是知道的，只要她決定的事情就必須堅持到底，邵威並不想跟她發生衝突，尤其是這種時候，能夠將她平平安安地帶回去就好，其他的事情以後再說。

邵威讓人留下了一條船，陸威霖提出也要留下，在這件事上邵威並沒有答應，雖然他認為留在島上和等死無異，可是他必須要留一手，看張長弓的那副樣子估計活命的希望不大，留下一個活口，以防這群人乘船追來。

其實葉青虹和瞎子並不想讓張長弓被帶走，可是羅獵至今未歸，海明珠將張長弓帶回海盜船上，至少那邊還有大夫，對張長弓意味著一線希望。

瞎子將那艘得來不易的救生船拖上沙灘，將纜繩牢牢牽在自己的手中，這艘船是他們最後的退路。瞎子已經決定要和羅獵共同進退，從葉青虹的雙目中他看到了葉青虹的倔強，也前所未有地發現了葉青虹的可愛之處，只要真心對待羅獵的女人都是值得自己去尊重的，瞎子相信羅獵的內心深處也是一樣。

蓬！伴隨著一聲震耳欲聾的巨響，鳴鹿島頂部一條火龍夾雜在濃煙之中，直沖天際。

岩漿噴射出火山口的巨響也波及到了海上，四艘救生艇離開鳴鹿島不久，所有人驚恐地望著那沖天而起的岩漿，他們盡一切努力划水，希望能夠遠離岩漿波及的範圍。

其中的一艘小艇仍然不幸被一個熊熊燃燒的火球擊中，小艇上的四人還未來得及逃生就被那火球整個砸入海面之下。

邵威聲嘶力竭地大吼道：「快，快！」

張長弓一動不動地躺在小艇內，不知是死是活，海明珠抓著他的大手，感覺他的手掌寒冷如冰，又看他沒有半點反應，以為他只怕已死了，淚水簌簌落了下來。

一名海盜道：「這個人只怕已經死了，咱們把他丟下去。」那海盜的本意絕不是要冒犯海明珠，在這種狀況下，所有人的求生欲都占到了主動，他只想著將多餘的人丟出去，好讓船行得更快一點。

海明珠冷冷望著那名海盜：「你敢再說一遍？」

那海盜懾於海明珠的威嚴，把腦袋低了下去，雙臂全力划動船槳。若是依著海明珠此前的脾氣，必然一槍崩了這廝，可這念頭只是稍閃即逝，希望能夠儘快脫離險境才好。

邵威和海明珠並不在一艘船上，剛剛被火球擊中的小艇就在他的右側不遠，火球如海激起的波浪險些將他所在的救生艇掀翻，艇上幾人費盡九牛二虎之力方才將小艇控制住不至傾覆，目睹幾名同伴的慘死讓他們無比惶恐，邵威向海明珠大吼道：「大小姐務必小心！」

在這種時候其實已經是自顧不暇，每個人的心中都生出對自然暴虐力的畏懼感，無論他們武功高低，實力強弱，在大自然的面前都猶如螻蟻，自然一旦發威，就會以摧枯拉朽之勢將他們碾壓成灰。

離開鳴鹿島的人尚且如此，仍然堅持留在島上苦苦等待的葉青虹和瞎子更是處於天崩地裂的中心，因火山噴發讓整座小島地動山搖，葉青虹立足不穩跌倒在了沙灘上，瞎子身體失去平衡，他擔心失去這艘唯一的救生艇，死死拉住纜繩，摔倒的時候，腦袋撞在了船舷上，額角的皮膚被撞開，鮮血模糊了半張面孔。

灼熱的岩漿噴湧出火山口又沿著鳴鹿島傾斜的山坡緩緩流下，在山坡上形成了一道金黃色的璀璨熔岩流，仿若黃金之河，熔岩流雖美，所到之地一切都被燃為灰燼。

葉青虹望著從山頂湧下的熔岩河，根據岩漿流動的速度來判斷，最多五分鐘，岩漿就會來到他們的腳下，留給他們的時間已經不多了，周圍的溫度越來越高，只怕不等岩漿流到腳下，他們就已經會被烤熟。

瞎子道：「羅獵！羅獵，你快回來！你快回來！」瞎子感覺到自己就快哭了，他可以為了羅獵去死，可他不想死，尤其是被活活燒死在這座小島上。

葉青虹內心中呼喊了千百遍羅獵的名字，她已經發不出聲音，心中暗忖道，若是羅獵無法回來，自己也不走了……

蓬！火山第二次噴發要比第一次更加劇烈，葉青虹剛剛從地上爬起，又一個踉蹌跌倒在了地上。瞎子還沒來得及爬起，趴在地上，雙手死死抓住纜繩，他雖然想全力保住那條救生艇，可是仍然未能如願，一顆燃燒的石塊擊中了救生艇的前部，雖然石塊只有拳頭大小，卻將救生艇的前部砸了個稀巴爛，瞎子的身上也被因碎裂而四處飛射的木屑擊中數處，他顧不上身體的疼痛，第一時間去檢查那條救生艇，看到那救生艇損毀嚴重，已經沒可能正常使用。

瞎子欲哭無淚，現在就算是羅獵能夠安然返回，他們也沒可能離開鳴鹿島了，唯有坐以待斃。站起來到葉青虹的身邊，竭盡全力大吼道：「羅獵只怕找不到我們了。」

葉青虹雙眸中流露出前所未有的堅定眼神：「他會回來，一定會回來，他答應過的事情從未食言過！」葉青虹沙啞的聲音更像是自言自語，她想要流淚，可是淚水已經被熾熱的岩漿烤乾。

瞎子咬了咬牙道：「對，這廝雖然吊兒郎當，可從來都是說話算話。」他轉身向後方波濤洶湧水火交融的海面望去，高叫道：「羅獵，你可不能說話不算數啊……」

瞎子看到了一艘小舟，他揉了揉眼睛，本來以為自己看錯，不過很快他就能夠確定，那小舟是真實存在的，他拍了拍葉青虹的胳膊，儘管兩人相距很近，可是因為周圍雜音太大的緣故，彼此間的說話都聽不太清楚，所以瞎子只能用這種方式引起葉青虹的注意力。

葉青虹順著瞎子所指的方向望去，卻見硝煙中，朦朧有個身影，那身影對她來說如此真切如此熟悉，不是羅獵還有哪個。

羅獵操縱的正是此前他們丟失的那艘鐵舟，羅獵大聲道：「快上船！」

瞎子愣了一下方才反應了過來，葉青虹卻早已在第一時間內做出了反應，她歡笑著朝羅獵跑去，渾然將身後的火山和瞎子丟到了一旁。

熔岩河即將逼近山下，瞎子嚇得吐了吐舌頭，暗歎葉青虹太不夠意思，怎麼說自己剛才也是陪著她共患難過，看到羅獵歸來竟然把自己丟到了一邊，人比人氣死人，瞎子可沒工夫生氣，眼前這種形勢下，腳底抹油快溜為上。

羅獵的安然回歸讓葉青虹激動非常，她才不會管別人怎麼想，她就是要投入羅獵的懷抱，緊緊擁抱住他盡情享受這久別重逢的溫暖。

葉青虹即將投入羅獵懷抱中的時候，意外卻發生了，一個身影迅速超越了她，搶在她之前一把就將羅獵給抱住了，葉青虹被這突如其來的意外給弄懵了，不過她很快就反應了過來，還能有誰？只能是瞎子。

瞎子抱著羅獵：「我就知道你不會拋下我！」

葉青虹咬著櫻唇，看到羅獵哭笑不得的表情，葉青虹旋即就笑了起來，她來到緊緊相擁的這對兄弟面前，拍了拍瞎子寬厚的肩膀道：「本來不想妨礙你們，可岩漿就要到了。」

瞎子馬上放開了羅獵，以驚人的速度進入了鐵舟之中，羅獵和葉青虹相視一笑，兩人誰都猜到瞎子剛才是故意在惡作劇，而葉青虹更可以將之理解為是對自己在某種程度上的報復，善意的報復。

羅獵既然歸來，葉青虹對鳴鹿島自然不會有一絲一毫的留戀之情，他們三人一同進入鐵舟，羅獵和瞎子一起動手，將鐵舟划離海岸。

葉青虹望著鳴鹿島上火山噴發的場面，內心中卻前所未有的平和，只要羅獵在就不會感到任何的懼怕。

瞎子操槳用力一划，感覺鐵舟行進的速度奇快，他嘖嘖讚道：「我現在划船的水準是越來越高了。」說話間看到一顆火球向他們飛了過來，嚇得瞎子拚命轉向，可鐵舟卻在此時不受控制，倏然向前方急速衝去。

瞎子一屁股坐在舟內，險些跌出船去，此時他方才意識到了什麼，指著舟底向羅獵道：「船……船下有……」

羅獵向他點了點頭道：「你以為自己真有本事將船划得那麼快？」

葉青虹和瞎子對望了一眼，兩人都猜到了對方此時心中所想，這鐵舟之下究竟是什麼人？竟然可以將鐵舟推動得如此之快，他們想到羅獵離開的目的，葉青虹向羅獵無聲做出了一個口型，羅獵看懂了她的意思，葉青虹分明在說「怪物」

兩個字，他微笑點了點頭。

在海底催動鐵舟行進的人正是葉青虹口中的怪物，安藤井下。安藤井下和羅獵達成了協定，羅獵同意幫他找到並照顧他的兒子安藤賢一，作為回報安藤井下會幫助羅獵救治張長弓。羅獵和安藤井下相識的時間雖然不長，可是對此人卻有種熟悉的感覺，興許是因為他和方克文有著類似的遭遇。

安藤井下的進化顯然不如方克文純粹，可是安藤井下卻擁有著方克文沒有的能力和秘密。

瞎子對羅獵的本事早就見怪不怪，這位老友就算創造出怎樣的奇蹟，瞎子都不會奇怪。

葉青虹靜靜望著羅獵，羅獵明顯感覺到和她此次重逢之後的變化，葉青虹變得溫柔了許多，體貼了許多。

鳴鹿島已經成為人間煉獄，如果羅獵再晚一刻返回，恐怕葉青虹和瞎子就無法活著離開，這種生死與共的患難之情是無法用價值來衡量的，羅獵將之藏在心中，他們為自己做過的，自己也會一樣。

瞎子看到了海上的浮屍，雖然他目光銳利，可是仍然無法判斷浮屍的身分，畢竟浮屍都已被燒得焦黑，根本無從看清面貌，只希望裡面沒有張長弓才好。

這次的營救比起邵威想像中更加艱難，去了五條船，除了留給瞎子的那一條，返回途中又有兩艘被損毀，徹徹底底的損毀，船毀人亡。不過還好海明珠沒事，自己也沒事，也算得上是不幸中之萬幸了。

徐克定聽聞海明珠被成功救回，也早早來到了黑鯊號上等待。

海明珠剛一登上甲板，徐克定就大步迎了上來，笑顏逐開道：「我早就說過，明珠吉人自有天相。」

海明珠顧不上跟他寒暄，焦急道：「劉郎中，劉金陽呢！」

劉郎中就是劉金陽，是他們隨船的郎中，江湖郎中自然談不上什麼高明的醫術，匆匆趕來為張長弓檢查了一下，馬上就表示愛莫能助。

海明珠聽他說張長弓已經沒救了，不由得勃然大怒，抓住劉郎中的領子，匕首抵住他的胸口道：「快給我救人，你若是救不活他，我就讓你陪葬！」

劉郎中嚇得牙關打顫，哆哆嗦嗦道：「大小姐……您……別為難我了……屬下實在是無能……為力……」

徐克定何等老道，一眼就看出海明珠和這個受傷的張長弓關係不一般，走上前去道：「明珠，你先冷靜一下再說。」

海明珠猛地轉過頭來，美眸通紅淚光盈盈盯住徐克定道：「張大哥就要死了，你讓我如何冷靜？」

徐克定心中暗歎，什麼張大哥，認識了才多久？正想如何勸說海明珠之時，忽聽有人叫道：「又有船來了！」

邵威慌忙下令瞄準下方的小船，此時小船內傳來一個清朗的聲音道：「不要開槍！我們是來救人的。」

陸威霖第一時間聽出這聲音來自於羅獵，他心中大喜過望，事實上羅獵也從未讓他失望過。羅獵既然能夠安全抵達，想必瞎子和葉青虹都已經在火山噴發之前逃離了鳴鹿島，沒有什麼比同伴無恙更能讓他感到欣慰了。

邵威冷冷道：「這裡沒有人讓你來救！」

海明珠卻厲聲道：「讓他們上來，讓他們全都上來！」

邵威看了看徐克定，這種時候需要徐克定拿主意，徐克定苦笑著面孔點了點頭，等於是默許了海明珠的決定，幫主海連天的溺愛造就了海明珠的驕縱和蠻橫，整個海龍幫內無人敢得罪這位大小姐。

羅獵三人順利登上了黑鯊號，瞎子和葉青虹頗為不解，那怪物從頭到尾都沒有現身，難道羅獵已經得到了救治張長弓的藥物？

羅獵示意先將張長弓送入艙內，海明珠尚未來得及發話，邵威道：「把所有武器都留下來。」他對羅獵一行充滿了敵意和警惕，其實這也難怪，在鳴鹿島之前，他們都處於敵對的雙方，而羅獵這群人之所以能夠登上黑鯊號全都是因為海明珠的堅持，如果沒有海明珠的庇護，現在羅獵這群人很可能要人頭落地，至少也要把他們囚禁起來，邵威心中暗想。

羅獵對此表現得非常配合，他向同伴使了個眼色，所有人都將武器放在了甲板上，邵威馬上讓人進行收繳，又派人去搜身。負責搜身的海盜尚未走近葉青虹，就被她充滿殺氣的凌厲眼神制住，葉青虹道：「你只要再敢前進一步，我就扭斷你的脖子。」那名海盜被她的威嚴震懾，一時間竟不敢上前。

邵威怒道：「廢物，難道要我親自搜身嗎？」

海明珠皺了皺眉頭，心中也明白邵威之所以如此謹慎也是站在自身的立場上，雖然在鳴鹿島上她和羅獵一方有過共患難的經歷，可是雙方之間談不上太深的交情，只有張長弓例外，海明珠道：「還是我來吧。」

她是個女性，由她來搜身葉青虹更能接受一些。

搜身過後，由羅獵和瞎子兩人一起將張長弓抬入船艙，葉青虹本想跟著一起進去，邵威卻道：「救人不需要那麼多，你和他留下。」他用手指了指一旁的陸威霖。

葉青虹這才看到早已被解除武裝的陸威霖就坐在右側船舷處，她點了點頭，緩步走了過去，陸威霖朝她苦笑了一下道：「他們好像不太友好。」

葉青虹點了點頭，環視周圍，至少有六名海盜虎視眈眈地盯住他們，而且麻煩的是對方全都荷槍實彈，而他們的手中沒有任何武器。

陸威霖抬起頭來，葉青虹循著他的目光望去，只見桅杆的上方也有兩名海盜坐在橫杆上居高臨下監視著他們，槍口就瞄準了他們的腦袋，只要兩人膽敢有任何的異動，子彈就會射穿他們的頭顱。

葉青虹暗自歎了口氣，現在他們的處境無異於羊肉狼群，就算羅獵順利救起了張長弓，他們也無法改變眼前被動的局面，破局的關鍵全都在海明珠的身上了，至少目前海明珠並未表現出太多的敵意，以她在海龍幫的影響力應當可以保證他們平安無事，當然要建立在她對他們沒有敵意的前提下。葉青虹沒有確然的把握，雖然她可以看出海明珠對張長弓產生了好感，可是她還無法確定這種好感到了足以感化並改變海明珠的地步。

在他們前來的途中，羅獵就已經考慮到了這件事，預感到青龍幫方面十有八九會收繳他們的武器，並將他們分開，現在果真一一應驗。登上黑鯊號之前，羅獵也已經做出了安排，做最壞的打算期待發生最好的結果。

由始至終葉青虹都未曾見到怪物的本來面目，那怪物始終在船底，利用他驚人的水下功夫將他們送到了大船的邊緣，不知他現在身在何方？是還在水底藏身，還是也來到了黑鯊號之上？

陸威霖悄悄觀察著這群海盜，心中默默計算著每個人何時走神，何時眨眼，這些細微而瑣碎的動作在外人看來毫無意義，可是陸威霖卻能夠迅速從中把握到規律，海龍幫既然是受了任天駿的委託而來，就不會輕易放過自己，想要脫離困境，就必須將主動權牢牢把握在自己的手中，陸威霖相信羅獵也一定是抱著相同的想法。

船艙很大，羅獵和瞎子將張長弓放在床上，海明珠已經在焦急地催促他們儘快救治。

羅獵向周圍看了看，隨同他們一起進來的還有七名荷槍實彈的海盜，說是負責保護海明珠，實際上卻是在監視他們。

羅獵道：「救人並不需要那麼多人在場，大家還是選擇迴避吧。」

海明珠咬了咬櫻唇，向身後眾人道：「聽到沒有，全都出去。」

那七人一動不動彷彿沒聽到海明珠的話一樣，海明珠不由得勃然大怒：「我的話你們沒有聽到？」

艙門從外面打開，徐克定歎了口氣道：「把明珠帶出來！她若是不肯出來，你們就開槍將那三個人殺了！」

海明珠內心一怔，不知他打得什麼主意，可是那七人已經將她圍攏了起來。旁觀者清，羅獵已經看出，徐克定一定是擔心他們趁機控制海明珠，故技重施，再以海明珠的安全作為要脅。

羅獵不慌不忙道：「海小姐請迴避，我保證一定會治好張大哥。」

海明珠只能離開船艙，艙門被從外面鎖了起來，荷槍實彈的海盜守住艙門。海明珠憤然向徐克定走去，怒道：「二叔，你究竟是什麼意思？他們是我帶到船上的，全都是我的朋友。」

徐克定暗自苦笑，朋友？這丫頭的敵我立場轉變也太快了，她難道忘了羅獵一方殺死了青龍幫多少人？也忘記了他們今次出海的主要任務。

邵威在遠處望著這邊的衝突，沒有走過去的意思，就算他走過去也解決不了，對於這位刁蠻的大小姐他是不敢得罪的，所以他才說動了徐克定出馬，畢竟徐克定是青龍幫的二當家。

葉青虹和陸威霖對望了一眼，他們都沒有說話，可是卻都明白事態變得更加麻煩了，如果海明珠跟入艙內，羅獵他們本來有可能將她控制住，再以她為條件來和青龍幫談判，青龍幫方面顯然考慮到了這件事，於是未雨綢繆，先行將這個可能消滅掉。

海明珠尖聲叫道：「如果張大哥有事，我絕不會放過你們任何一個！」

海明珠的這聲強調讓所有人都意識到一個事實，她所在乎的只不過是張長弓的性命罷了，其他人在她看來無關緊要。

請續看《替天行盜》卷十四　局中人

替天行盜 卷13 鳴鹿島

作者：石章魚
發行人：陳曉林
出版所：風雲時代出版股份有限公司
地址：10576台北市民生東路五段178號7樓之3
電話：(02) 2756-0949
傳真：(02) 2765-3799
執行主編：劉宇青
美術設計：許惠芳
行銷企劃：林安莉
業務總監：張瑋鳳

初版日期：2022年1月
版權授權：閱文集團
ISBN ：978-626-7025-13-0
風雲書網：http://www.eastbooks.com.tw
官方部落格：http://eastbooks.pixnet.net/blog
Facebook：http://www.facebook.com/h7560949
E-mail：h7560949@ms15.hinet.net
劃撥帳號：12043291
戶名：風雲時代出版股份有限公司

風雲發行所：33373桃園市龜山區公西村2鄰復興街304巷96號
電話：(03) 318-1378
傳真：(03) 318-1378
法律顧問：永然法律事務所 李永然律師
北辰著作權事務所 蕭雄淋律師

行政院新聞局局版台業字第3595號 營利事業統一編號22759935

定價：290元

國家圖書館出版品預行編目資料

替天行盜 ／石章魚 著. -- 臺北市：風雲時代出版股份有限公司，2021.07- 冊；公分

ISBN 978-626-7025-13-0（第13冊；平裝）

857.7 110003703